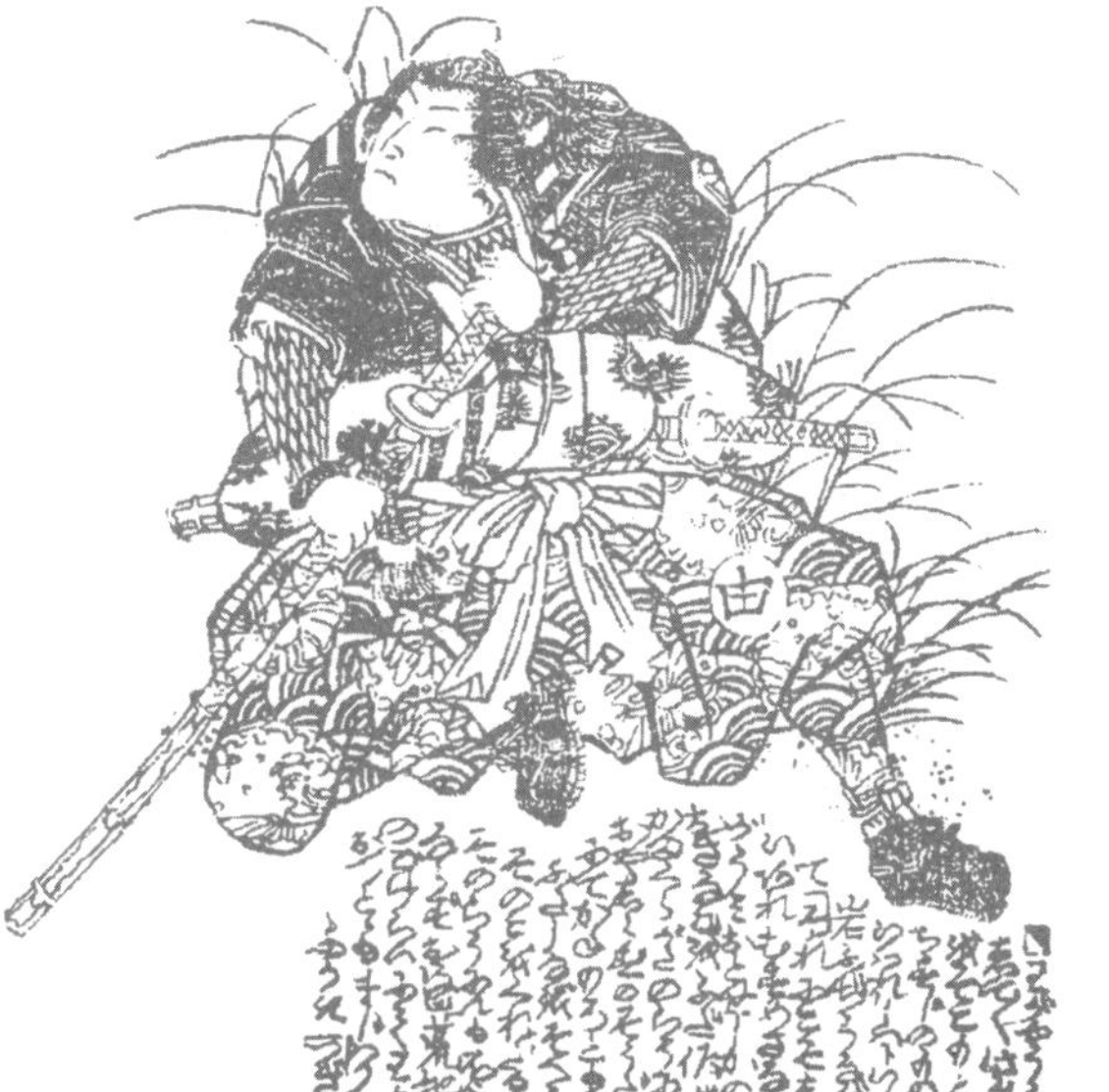

# 妖術使いの物語

Sato Yukiko
佐藤至子

国書刊行会

三代目歌川豊国「清書七いろは　まさかど　滝夜叉姫　大屋太郎」

三代目歌川豊国「清書七いろは　らいがう　清水冠者よし高」

三代目歌川豊国「豊国揮毫奇術競　藤浪由縁之丞」

三代目歌川豊国「豊国揮毫奇術競　蒙雲国師」

# まえがき

子ども向けのマンガやアニメには、忍者や魔法使いがよく出てくる。悪役の場合もあるが、清く正しい主人公のこともある。悪に立ち向かう忍術や魔法は、マンガやアニメを見ている子どもにとって「あったらいいな」と思えるものだ。現実には存在しない便利な道具を出して主人公を助ける「ドラえもん」が人気者なのも、同じ理屈だろう。

テレビが普及する前は、講談本や映画が、忍者や妖術使いの物語をはこぶ媒体だった。そのなかには江戸時代に作られた物語に拠《よ》っているものもある。たとえば幕末の長編合巻《ごうかん》（大衆向けの絵入り小説）の『白縫譚《しらぬいものがたり》』は、蜘蛛の妖術を使う若菜姫の活躍を描いたもので、大変に人気があり、明治以降はこれを基にした講談本がいくつも作られた。

ところで幕末には、『白縫譚』の他にも『児雷也豪傑譚《じらいやごうけつものがたり》』など妖術使いの登場する長編合巻が流行していた。その『児雷也豪傑譚』は読本《よみほん》『自来也説話《じらいやせつわ》』をふまえて作られている。実は江戸の読本や合巻では、妖術や妖術使いの出てくる話はさして珍しいものではない。歌舞伎もまた然《しか》りである。江戸時代の人々もまた、現実にはありえない不思議な術を使う人々の物語を楽しんでいたのである。

では、読本や合巻に限らず江戸時代の文芸一般に眼を向けて、いや必要ならそれ以前の古典にも範囲を広げて、〈妖術使いの物語〉を探してみたらどうだろう。妖術、幻術、忍術、仙術、魔法と表現はいろいろだが、あまり厳密に考えすぎずに、たとえば忍術で姿を消す盗賊や祈禱で不思議な現象を起こす僧侶なども広い意味での〈妖術使い〉に含めてみたら、何が見えてくるだろう。——そんな無謀な思いつきから、手探りで少しずつ〈妖術使いの物語〉を集め、十のテーマに添ってまとめたのが本書である。

有名な物語もあれば、今は忘れられてしまった物語もある。本書をきっかけに、往時の人々が楽しんでいた多様な〈妖術使いの物語〉を知っていただくことができれば、これ以上の喜びはない。

目次

# 凡例

1　古典籍資料から原文を引用する際は、原本・影印本・翻刻本にかかわらず、読みやすさに配慮して次のように手を加えた。
＊片仮名を平仮名に改めた。
＊平仮名に漢字をあてた。
＊踊り字を本来の文字に戻した。
(例)　こゝに→ここに
＊振り仮名を適宜加除した。加える場合は歴史的仮名遣いとした。
＊句読点・濁点を補った。
＊せりふに「　」を付した。
2　難読の人名・題名には現代仮名遣いで振り仮名を付した。
3　氏名の敬称は省略した。

# 隠形の術

自分の姿を他人に見られずに自由に行動できたら、どんなにいいだろう。平安時代に編まれた『拾遺和歌集』に、こんな和歌が載っている。

忍びたる人のもとに遣はしける　　平　公誠

隠れ蓑隠れ笠をも得てし哉《がな》　きたりと人に知られざるべく

隠れ蓑や隠れ笠を手に入れたいものだ、私があなたのもとに来たことを、他の人に知られないように。ひそかに通っている恋人のもとに送った歌である。道ならぬ恋なのか、身分違いの恋なのか。露見を恐れながらも逢瀬を続けたい男の気持ちが、「隠れ蓑隠れ笠をも得てし哉」ということばによく表れている。

隠れ蓑と隠れ笠は、身につけると姿を隠すことのできる蓑と笠のことである。もちろん想像上のものだが、説話の世界では世にも珍しい宝として描かれている。

図1 『桃太郎昔語』 隠れ蓑・隠れ笠・打ち出の小槌。

例えば「桃太郎」。むかしむかし、桃から生まれた桃太郎が猿と雉と犬を家来にして鬼が島に行き、鬼を降伏させて宝物を持ち帰りました、という、誰でも一度は聞いたことのある有名な話がある。その桃太郎が持ち帰った宝は、隠れ蓑と隠れ笠、打ち出の小槌だった。江戸時代の草双紙《くさぞうし》（絵入り小説）『桃太《ももた》郎昔語《ろうむかしがたり》』にも、ちゃんと描かれている（図1）。

鬼が島に棲む鬼が隠れ蓑と隠れ笠を宝物として持っていたという伝説は、中世の軍記物語『保元物語』にも出てくる（『保元物語』は諸本によって内容が異なり、この挿話がない『保元物語』もある）。

伊豆に流罪となった源為朝は、八丈島から船で未知の島にたどりつき、身の丈「一丈余り」（約三メートル）もある島人に出会った。

島の名前をきくと「鬼島」だと言う。さらに「汝等は鬼にて有か」（あなた方は鬼なのか）と尋ねると、島人は「昔は鬼也しが、今は末に成て、鬼持《おにのもつ》なる隠蓑、隠笠、うちでの履、しづむ履と云物共も、今は無ければ、他国へ渡ることもせず」（昔は鬼、今はその子孫で、鬼が持つという隠れ蓑・隠れ笠・うちでの履《くつ》・しずむ履といったものも今はないから、他国へ渡ることもしない）と答えた。

鬼の末裔と自称する島民が「今はない」（かつては存在した）と言う、隠れ蓑や隠れ笠。この時すでに失われていたということは、やはり誰かに奪われてしまったということだろうか。

姿が見えなければ、誰にも気づかれずに好きなように行動できる。たとえば物を盗むことも簡単だ。さらに姿を隠し続けることができれば、盗みがばれても簡単に逃げ出せる。隠れ蓑・隠れ笠があれば、盗賊にとっては鬼に金棒である。

江戸時代には、あたかも隠れ蓑・隠れ笠を身につけたように自由に姿を隠す術（隠形《おんぎょう》の術）を使う人たちの話が、たくさん作られている。それらのうちのいくつかを紹介していこう。

## 石川五右衛門

安土桃山時代に実在したとされる大盗賊、石川五右衛門は、江戸時代の演劇や小説などによく取り上げられている。そのなかには、五右衛門が姿を隠す忍術を使う話もある。

たとえば歌舞伎『艶競石川染《はでくらべいしかわぞめ》』（辰岡万作作、寛政八年〔一七九六〕八月、大坂・角の芝居）

では、五右衛門は「隠れ簑にも優りしと云ふ忍術」を使う。

この歌舞伎では、五右衛門は明智光秀の家臣四王天但馬守《しおうてんたじまのかみ》と女房石田の間に生まれた子という設定になっている。五右衛門はおのれの出自を知らぬまま、かつて真柴久吉《ましばひさよし》（羽柴秀吉）の軍勢が光秀の軍勢を滅ぼした天王山の麓にやって来る。そして周囲に陰火（人魂）が浮遊するのを見て、戦《いくさ》で死んだ人々の無念の魂がさまよっているのだと感慨にふける。

そのとき数羽の鳩が飛んできて、五右衛門の目の前で落ちて死ぬ。不審に思い、鳩の死骸をよけて地面を掘ってみると、石櫃が出てくる。なかには討ち死にした四王天但馬守の遺した二つの巻物があった。五右衛門は二つの巻物のうちの一つを読み、自分が四王天但馬守の子であることを知る。もう一つの巻物は伊賀流忍術の秘書であった。

それより一つの巻き物を開き、小口を見て、
伊賀流忍術の秘書。
ト読み、後は口の内にて、奥まで読み、こなしあつて、
すりや、この一巻《くわん》を肌に付け、草臥《さうぐわ》の法を行へば、我が形を隠し、人の目を暗《くら》ます事、彼《か》の神代《かみよ》の巻に記したる、隠れ簑にも優りしと云ふ忍術の極意。ムウン。
ト思ひ入れあつて、巻き納め、これも懐中して、
今日の今まで、土民の胤と思うて居たが、父は武勇の四王天、母も劣らぬ石田の局《つぼね》。これま

で盗み貯へし、金銀は幾程《いかほど》。この上は真柴の天下を奪ひ取り、久吉は君父の敵《かたき》、ずだずだに切り苛《さい》なみ、諸大名に沓《くつ》を取らせ、両手に摑む大日本。四海に羽を伸《の》す天の時来つたか。ハハハハ、ハテ、心地よや、喜ばしやなア。

五右衛門は主君と父の敵である久吉から天下を奪おうと決意する。金銀財宝だけでなく、権力も手中に収めようというのである。

この後、天王山の麓に筒井順慶と小田弾正がやって来る。順慶はひそかに真柴家の重宝「千鳥の香炉」を盗み出しており、これを弾正に渡そうとするのだが、五右衛門はさっそく術を使って姿を消し、順慶の手から香炉を奪い取る。順慶と弾正は不意に香炉が消えてまごつくが、五右衛門はそんな二人の様子を見てせせら笑う。

順慶　して、千鳥の香炉は。

弾正　即ちこれに。

ト香炉を出す。五右衛門、思ひ入れあつて、忍術の巻き物を出し、口の中にて秘文を唱へ、戴いて懐中し、真中へ出る。両人、五右衛門が目にかからぬこなしにて、

イザ、お渡し申さう。

ト差出す。五右衛門、引ツたくり懐中する。順慶、驚き、

南無三、香炉を。

トうろうろする。

弾正　如何いたした。

順慶　何者やら引ツたくりました。

弾正　何を馬鹿な。何者も人が居らぬが。

順慶　でも、引ツたくりました。

弾正　すりや、香炉を。

両人　ハテ、面妖な。

ト五右衛門、両人が顔を見て、我れも不思議なと云ふこなしにて、香炉をちよつと出して見せる。両人見付けて、

さてこそ。

ト取らうとする。五右衛門、ちやつと懐へ入れて、両人、飛び退く。キツと反り打つて擬勢。五右衛門、両人を見て、せせら笑ふ。

五右衛門は貯えた金銀を軍用金として、明智の残党を集めていく。企てが露見して追われる身になると、忍術で姿を隠し、捕り手たちを戸惑わせる。

捕一　南無三、五右衛門を取逃《とりに》がした。

捕二　たつた今、爰《ここ》へ付け出した五右衛門が、早風を喰《くら》うたさうな。

捕三　イヤイヤ、忍術を以て晦《くら》ましたと見えます。

捕四　このあたりに居るに相違ない。何《いづ》れも、油断召さるな。

皆々　合点ぢや合点ぢや。

ト各々《おのおの》十手を構へ、思はず、五右衛門に行き当《あた》る。五右衛門、取つて投げる。残りの人数《にんず》、十手を構へる。

皆々　さてこそ。

トこれより皆々、虚空を打つて廻る。五右衛門、一々取つて投げ、いろいろ慰《なぐさ》むこなし。トド抜いて振り廻す。この白刃ばかり見える心にて、皆々、オオオオと云うて逃げて入る。と五右衛門、一巻を出し、術を戻すこなしあつて、橋がかりを見やり、

五右　ハハハハハハハ。

ト嘲笑《あざわら》ふ。

姿を隠したままの五右衛門の動きに、捕り手たちはついていけない。ちぐはぐなところに切り込んだり、空中に白刃だけがひらめくのに怖じ気づいたりする。その様子は五右衛門にとっては

滑稽である。だから笑うのだ。超人的な身体能力を身につけた五右衛門は、自分の動きに翻弄される人々の様子がおかしくてならない。その優越感を、笑いによって示さずにはいられないのである。

文政七年（一八二四）六月に江戸・河原崎座で上演された歌舞伎『木下蔭狭間合戦《このしたかげはざまかっせん》』にも、五右衛門が伊賀流の忍術を使う場面がある。葛籠《つづら》を背負った五右衛門は捕手に追いつめられ、印を結んで姿を消す。難を逃れると懐から「忍びの一巻」を出し、手下の金蔵に渡してこう言う。

これが即ち伊賀流の、忍びの伝書、これさへ見れば数万の中でも、芥子《けし》ほども目にかからぬ大事の物。しつかりと預けたぞ。

この歌舞伎では、五右衛門は単に姿を隠すだけではない。この場面の後、連判状をくわえて走り寄ってきた狆《ちん》に向かって五右衛門が呪文をとなえると、狆は百介という手下に姿を変え、「コレ、頭《かしら》、こなさんに習つた忍術で、形を変へ、長慶が持つてゐた連判を」と言う。つまり五右衛門は変身の術をも会得しており、それを百介に伝授して盗みを手伝わせていたのである。

狆になった百介が盗んできた連判状は、時の将軍家（この歌舞伎では足利家）を滅亡させようと企てる三好長慶が、謀叛に与《くみ》する仲間から受け取ったものであった。五右衛門は実は滅亡した大内氏の落胤で、連判状を入手して悪人たちを味方につける魂胆だったのである。

これらの歌舞伎においては、五右衛門は盗賊であると同時に時の権力者を滅ぼそうとする謀叛人である。このように五右衛門が謀叛人として描かれるようになったのは歌舞伎『金門五山桐《きんもんごさんのきり》』（並木五瓶作、安永七年〔一七七八〕初演）からだった（鵜飼伴子『四代目鶴屋南北論』）。『金門五山桐』では五右衛門は幼少時に実父と離れ、竹地光秀（明智光秀）に育てられたという設定である。成長した五右衛門は光秀を滅ぼした久吉を恨み、同じく久吉に逆意を抱く此村大炊之助と心を合わせる。大炊之助の正体は明《みん》の宋蘇卿《そうそけい》で、日本を掌握する野望を抱いているのだが、結局この謀叛の企ては露見。自らの危機を悟った大炊之助は五右衛門に「明に残したせがれが自分を慕って日本に渡っているはずだが、まだ再会していない。蘭奢木《らんじゃぼく》という香木を形見に持っているせがれを探して久吉への無念を晴らしてくれ」という趣旨の書状を送る。五右衛門はこれを読んで、大炊之助こと宋蘇卿が実父だったことに気づくのである（この展開は『艶競石川染』で五右衛門が自分の出自を知る場面に受け継がれている）。

なお、五右衛門を忍術使いとする設定は実録『賊禁秘誠談《ぞつきんひせいだん》』（安永五年以前に成立か）にすでに見られ、『金門五山桐』もこの実録から影響を受けているという（菊池庸介『近世実録の研究』）。盗むという行為は、それ自体は悪であり、盗みのために忍術を用いるのは卑怯である。だが滅亡した武家の子として父の恨みを晴らそうとする、そういう志を持った盗賊は単なる悪人ではない。ある種の大義を背負った謀叛人である。

『艶競石川染』の五右衛門が忍術の巻物をひもとくのは、おのれの出自を知って謀叛を決意するのと同時である。忍術は、謀叛という大きな志を支えるためのわざになっているのである。

**稲田東蔵**

天明五年（一七八五）に処刑されたと『武江年表』にある盗賊稲葉小僧《いなばこぞう》も、歌舞伎『けいせい忍術池《しのばずがいけ》』（天明六年十二月、大坂・角の芝居）のなかでは五右衛門と同じように滅亡した武家の遺児ということになっている。劇中では、稲葉小僧は稲田東蔵の名で出てくる。

笠松村の百姓満吉は、夢のなかで稲田伊予之助とその主君斎藤龍興《たつおき》らにまみえ、次のような話を聞かされる。——実は満吉は伊予之助の子で本名は満寿丸だが、成人してから大胆不敵の者になり金気を盗む相があると言われたために、笠松村に捨てられた。伊予之助は主君龍興とともに、足利家の命を受けた薗原《そのはら》左京太夫によって滅ぼされた。

これを聞いた満吉は、薗原家に奪われた斎藤家の系図の旗を奪還し、一味を集めて主君と亡父の恨みを晴らすことを誓う。そして稲田東蔵と改名する。

目覚めた東蔵のところに手下の乞食坊主、土手の銅鉄がやってくる。銅鉄は習い覚えた「真言の法」で手箱に狐を封じ込め、「真言秘密の修法」によって思いのままに幻術を使えるようになっていた。東蔵から話を聞いた銅鉄は、自分が実は斎藤家の旧臣氏江左衛門の家来南宮左忠太であることを明かす。東蔵は手下の大助とともに薗原家に入り込むが、正体がばれてつかまってしまう。銅鉄は術を使って獄から大助を救い出し、東蔵も自力で逃れて系図の旗を奪い返す。

その後、東蔵は八橋村の木曾兵衛、実は伊予之助の家来六郷主膳から伊賀流の忍術を伝授される。木曾兵衛は主君が討ち死にした後、自分だけ生きのびてきたことを悔やんでおり、東蔵に忍術の巻物を伝授するとその場で自害する。その巻物には「遠霞《とおがすみ》の伝《つた》へと云ふ対陣、数万の人数取巻くとも、やすやす立退《の》く九字の切りやう秘文まで、詳しく記」されていた。忍術を会得した東蔵は、笛を吹きながら敵方の面前を通り、九字を切って笑いながら姿をくらます。

皆々　ヤ、この笛の音は。

　ト東蔵、花道にて立ちどまり、舞台の方へ向ひ、

東蔵　主膳が追善。

　トこれにて心付き、

皆々　稲田東蔵。

　トきつとなる。花道の方へ擬勢。東蔵、九字切りかけ少しドロドロ。皆々、こなしあつて、

　ヤア、姿を見せぬは。

東蔵　稀代の忍術。

皆々　ヤ。

東蔵　ムムムム、ハハハハ。

ト中音にて静かに笑ふ。

石川五右衛門も、姿を隠したまま人々に笑いかけた。東蔵の笑いは「中音」、つまり高音でも低音でもない音である。誰もいないところから聞こえてくる不敵な笑いである。

さて、自害した木曾兵衛の血が沢に流れ込むと、不思議な現象が起きる。生い茂っていたカキツバタが一斉に枯れ、水が吹き上がったのである。これを見た東蔵は、血のけがれによって銅鉄の使う野狐の術が消え失せたことを察する。

東蔵の術もまた、血汐のけがれによって効力を失うものであった。薗原家の家老万野《までの》兵庫は、斎藤家の先祖を祀る香炉のなかに蟇《ひき》の生血を絞り込み、香をけがして東蔵一味を調伏しようとする。忍術で挑んでくる東蔵へ、こちらも調伏の呪法で応じるというわけだ。ただ筆者の見た台帳では、実際に対決に及ぶところまでは描かれていない。

東蔵が滅亡した武家の遺児であり、最初はおのれの出自を知らないこと、出自を知って復讐心に目覚め、忍術を身につけることなどは、さきに紹介した石川五右衛門ものの歌舞伎に似ている。上演年代は『金門五山桐』が先で『けいせい忍術池』、『艶鏡石川染』の順である。同じ盗賊ものの歌舞伎として、影響関係があるのかもしれない。

## 鼠小僧快伝

再び盗賊の話。
実録『天明水滸伝《てんめいすいこでん》』（寛政五年〔一七九三〕序）に登場する鼠小僧快伝は五右衛門や東蔵のような謀叛人ではないが、隠形の術をはじめとする妖術を身につけている。
『天明水滸伝』は盗賊神稲《しんとう》徳次郎の出生から処刑までを綴ったものであり、徳次郎のモデルは寛政元年に処刑された実在の盗賊真刀徳次郎である。作中では、快伝は徳次郎の盟友として描かれている。

快伝はもともと上州にある林善院という寺の僧だった。あるとき行方不明になり、安永四年正月に不意に戻ってきた。自ら語るところによれば、天狗にさらわれ、浅間山の奥に入り、天狗の仲間入りをして飛行自在の身になった。とどまること数年、隠形の術など数々の幻術や呪《まじな》いの法も学んだという。

快伝は林善院を去り、上州のあちこちをめぐりながら幻術をもって生計を立てた。すなわち隠形の術によって姿を隠し、人の持ち物を盗むなど悪行を重ねたのである。その姿が物をくわえてさっと消える鼠をほうふつとさせたことから、世間の人は快伝を「鼠小僧」とあだ名した（なお、快伝と鼠小僧次郎吉とは別人である）。

快伝と徳次郎が出会ったのは安永六年のことだった。当時、徳次郎は表向き常陸屋喜右衛門と名乗り、真綿染糸を商っていたが、裏では盗賊稼業に精を出していた。徳次郎と快伝は、富む者から盗み、貧しい者に分け与える志において意気投合する。快伝と出会ったことで、徳次郎も義賊になったのである。

**牛若三郎義虎**

人間離れしたわざを身につけた脇役が出てきて主人公の悪人に力を添えるという展開は、幕末に書かれた長編の読本『俊傑神稲水滸伝《しゅんけつしんとうすいこでん》』（文政十一年〜明治十五年〔一八二八〜一八八二〕刊）の初編（岳亭丘山作）にも見られる。

鎌倉時代。没落した武家の子、小山悪四郎隆政は並外れた身体能力を持ち、才智にもすぐれていた。小山家再興を志して鎌倉幕府への謀叛を企て、一度は小山城を攻略したが、鎌倉勢に攻め立てられて敗走した。

東北へ向かった隆政は、軍学・兵術の心得ある者を味方につけては根城の山洞へ送り込んだ。東北の果てに至り、明け方に浜辺を歩いていると何やら恐ろしげな音が響き渡り、見上げると巨大な鷲が飛び込んでくるところだった。危機一髪、思いも寄らぬところから何やら真っ黒なものが鷲に飛びかかり、鷲は地面に落ちた。隆政が毒矢を射かけると、その怪しいものは空中でその矢をつかみ、鷲にとどめを刺した。よく見るとそれは、熊の皮を身にまとい、獅子頭の冠をかぶった人だった（図2）。

隆政が切りかかるとその人はひらりと飛びのき、いくら挑んでもまったく歯が立たない。そうしているうちに急に雲霧に覆われて、姿が見えなくなったかと思うと、その人は遥かに高い巌の

図２『俊傑神稲水滸伝』初編巻之三　空中で鷲をとらえる牛若三郎義虎（左）。

先に座っていた。これは凡人ではないと察した隆政は、「私には害心はありません。こちらにおりてきて下されば、私の大望をお話し申し、長くご縁を結びましょう」と呼びかけた。するとその人は巌の先からひらりと下りてきた。

その人は源義経の末裔、三郎冠者義虎《よしとら》と名乗り、次のように語った。

「小生《おのれ》も陸奥《みちのく》の果《はて》に産れ、土民の中に育ちたれど、幼き時より太刀《たち》打事《うつこと》、力業《ちからわざ》をこのみ、山林に隠れ住《すみ》て仙術を覚え、妖術を学び、隠形《いんぎやう》の術《じゆつ》又飛行《ひぎやう》の業《わざ》を成《なす》が故に、人吾《われ》に倬名《あだな》して、今牛若《いまうしわか》とも又は仙冠者《せんくわんじや》とも唱《よぶ》なり。飛行の術をもて時々《をりをり》は都に到り、閑都言語《みやびことば》を覚え、何卒一度《ひとたび》軍将の列に加はり、名を天下に露《あらは》さんと此年月《このとしつき》心に懸《かけ》て在《あり》けるを、今日丈夫《じやうぶ》に見《まみ》えし事、天の与へと謂《いひ》つべし」

義虎は山林に隠れ住んで仙術・妖術を会得し、隠形の術や飛行の術を行うことができるようになったという。隆政が切りかかった時に雲霧が出て、義虎がいつのまにか巌の上へ移動していたのも、妖術によるものだったのだろう。隆政も自らの身の上について語り、二人は意気投合して兄弟の義を結ぶ。隆政は義虎に教わって幻術・妖術を鍛錬し、霧を起こし雲を放つ術を会得し、また隠形の術も覚えて、「神変不思議」の動きができるようになる。

隆政とその仲間の物語はこの後も延々と続く。謀叛を志す主人公が他者から妖術を伝授されるという展開は、さきほどの五右衛門や東蔵の話にも通じるといえるだろう。

### 星影土右衛門

隠形の術を使う人のなかには、謀叛人でも義賊でもなく、何の大義名分もない悪人もいる。柳亭種彦の読本『浅間嶽面影草紙《あさまがたけおもかげぞうし》』(文化六年〔一八〇九〕刊)とその続編『逢州執着譚《おうしゆうしゆうじやくものがたり》』(文化九年刊)には、星影土右衛門《ほしかげどえもん》という賊が出てくる。土右衛門はもともと浅間家の家老職にあったのだが、腰元への横恋慕をきっかけに転落していく。かれが妖術を使う悪人になっていくいきさつは、次のようなものである。

浅間巴之丞は陸奥国牡鹿郡に母の遠山尼と共に住んでいた。小姓の角弥と腰元の杜鵑花《さつき》はひそかに将来を誓う仲だったが、家老の星影土右衛門は杜鵑花に言い寄り、角弥と杜鵑花の不義密通を遠山尼に言いつけて角弥を陥れようとする。遠山尼は土右衛門の意図を見抜き、浅間家から追放する。

その夜、巴之丞の茶の師匠である団一斎が帰宅途中で賊に襲われた。応戦すると賊は煙のごとく姿を隠し、ただ刀だけが空中にひらめいていた。賊は一斎に致命傷を負わせると懐中の財布を奪って逃げた。瀕死の一斎は二人の娘（忘貝《わすれがい》・寄居虫《やどかり》）を呼び、次のように言い残して死ぬ。

——自分を切った曲者が姿を消したのは隠形の術とおぼしい。そのような妖術を使う者がいたら敵の余類であろう。かつて聞いたところでは、隠形の術は鏡に照らされると破れて、その者の正体が現れるという。鏡は無心にして明らかなものだから、鬼魅妖怪も正体を隠すことはできないのだ。

その後、土右衛門は陸奥から下総・常陸を横行して悪行を重ねた。都に向かう途中で野宿していた時、坂東巡礼の少女に怪しまれて切り合いになる。そこに浅間巴之丞が通りかかって土右衛門に矢を放った。土右衛門は紙帳の内に逃げ込み、巴之丞の家来たちが踏み込むとすでにその姿はなかった。

ここまでが『浅間嶽面影草紙』に書かれている話である。土右衛門が団一斎を襲い、闇のなかに白刃だけがひらめく場面は『艶競石川染』の五右衛門の立ち回りを思わせる。このなかで瀕死

図3 『逢州執着譚』巻之三　星影土右衛門の隠形の術。姿隠して影隠さず。

の一斎が「隠形の術を破るには鏡で照らせばよい」と発言しているが、これが続編の『逢州執着譚』に生きてくる。

隠形の術で辛くもその場を逃れた土右衛門は、悪者たちを集めては多くの金銀をかすめ取るようになっていた。ある日、京の清水寺周辺をぶらついていた時に、かつて執心した杜鵑花を見かける。杜鵑花は五条坂の遊女になっていた。土右衛門は杜鵑花に近づき、金と引き替えに夫の五郎蔵（角弥）への去り状を書かせる。五郎蔵は杜鵑花が心変わりしたと誤解し、杜鵑花を殺すつもりで誤って遊女逢州（一斎の娘忘貝）を殺してしまう。そのとき逢州とともに歩いていた土右衛門も五郎蔵の刃を受けるが、すかさず術を使って姿を隠す。しかし月光に照らされて、その影法師がはっきりと見えていた。五郎蔵はそれを目当てに切りつけるが、土右衛門は雲が月を隠したのに紛れて逃げ失せる。

巴之丞はなじみの逢州が殺されたと聞き、五条坂に行って様子を探る。その折に逢州の妹寄居虫に出会う。かつて団一斎を殺した曲者が土右衛門であることに気づいた巴之丞は、遊興する土右衛門を追いつめ、切り結ぶ。土右衛門は秘文をとなえて姿を隠すが、寄居虫は用意した鏡をつきつけて土右衛門の術を破り、その首を討つ。

姿を消したつもりでも、月光に照らされれば影がありありと映し出されてしまい（図3）、鏡をつきつけられれば術は破れてしまう。原文には「彼が幻術も太陰の徳には勝《かつ》ことあたはず」とある。鏡や月光という「徳」のあるものに照らされることが土右衛門にとっては致命傷なのだ。それはかれの術が姑息な目くらましの術にすぎないことを意味している。

この話では、土右衛門がどこでどのように術を身につけたのか、具体的なことは全く書かれていない。それが先に紹介した五右衛門や東蔵、快伝の話とは大きく違うところである。作中で巴之丞は、土右衛門に矢を射かけて追い払った後、少女に「あの修業者は、わけあって四年前に追放した家臣である。東国でさまざまの悪行をなしているとか、幻術を用いて姿を隠すことができるとか聞いているが、噂どおりだ」という趣旨のことを述べている。土右衛門はもともと恋敵の小姓を陥れるような卑劣な人間だったが、武士だった頃はまだ隠形の術とは無縁であった。術を身につけたのが浅間家から追い出された後だとすれば、土右衛門にとって妖術とは、武家社会から疎外された人間が独りで生きていくための手段だったということになるだろう。謀叛人や義賊のように他者のためではなく、ただ自分のために術を使って悪事を働く。その意味では、土右衛門は真の悪人と言えるかもしれない。

## その後の隠れ蓑・隠れ笠

最後に、人間が隠れ蓑・隠れ笠を実際に使ったらどうなるかを描いた物語を紹介しておこう。江戸時代に作られた黄表紙《きびようし》（草双紙の一種）で桃太郎のその後を綴った『桃太郎宝噺《ももたろうたからばなし》』（安永九年〔一七八〇〕刊）は、こんな話である。

桃太郎は金に困って鬼が島から持ち帰った宝を売り払い、その金で吉原に通う。浪費のあげくなじみの遊女を身請けする金もなくなり、二人で隠れ蓑・隠れ笠を着て姿を隠し、駆け落ちする。途中で見つかってしまい、両国の見世物小屋に出されるなどの波乱もあるが、結局は故郷に帰ってめでたく夫婦になる。

零落した桃太郎は、遊女との駆け落ちという実に私的な目的のために隠れ蓑・隠れ笠を使っている。かつての英雄の面影は微塵もない、そんな俗化した桃太郎の姿が可笑《おか》しい。

もう一つ、初期の草双紙『浮世夢助出世噺《うきよゆめすけしゆつせばなし》』（明和八年〔一七七一〕刊）にある夢助なる人物の話。

酒屋を営む津の国屋甚兵衛に三人の子があり、惣領の甚六は大酒飲みで、三升樽と盃を持って町中を飲み歩くので、夢助と呼ばれていた。夢助は父甚兵衛からもらった百両をばくちでとられてしまうが、山中で天狗をだまし、自分のさいころと引き替えに、天狗の宝である隠れ蓑・隠れ笠を手に入れる。それを着て姿を隠した夢助は、伊丹屋という酒屋の蔵に入り込んでしこたま酒を飲む。

だが酔っぱらって寝てしまい、隠れ笠がずりおちると、夢助の頭だけが現れてしまい、伊丹屋の人々は「首だけの化け物が出た」と大騒ぎになる。夢助はたたき出され、隠れ蓑・隠れ笠を捨てて逃げていく。

桃太郎は金をかけずに遊女を手に入れたい一心から、甚六は酒が飲みたい一心から、隠れ蓑・隠れ笠の着用に及んでいる。どうやらこの二つの宝は、大義など持たない人間が使うと単に私欲を満たすための道具になってしまうようだ。隠形の術も悪人が用いれば、ただの卑怯な術である。隠れ蓑・隠れ笠も、凡人には禁断の宝なのかもしれない。

# 飛行の術

魔法使いと聞いて、ほうきに乗って空を飛ぶ女性を想像する人は少なくないだろう。西洋の魔女のイメージだが、日本における浸透度もかなりのものだと思う。筆者が子どもの頃に見たテレビアニメ『魔法使いサリー』のサリーや、角野栄子の『魔女の宅急便』（これも後にアニメ映画になった）のキキも、ほうきにまたがって空を飛んでいた。

飛行機、グライダー、気球など、現代では人が空を飛ぶための手段はいろいろとある。だが鋼鉄の機体に身をゆだねるのではなく、風まかせに飛ぶのでもなく、まるでスクーターに乗るようにいつでも好きなところへ軽々と飛行するのは、まだほとんど不可能である。だからサリーやキキが今でも「魔法使い」に見えるのだ。

さて、日本の古典にも、不思議な術を使って飛行する人たちの話がいくつもある。かれらは何に乗って空を飛んでいるのか、見ていくことにしよう。

### 役小角

不思議な術を使う人として、最も古くから語り伝えられているのが役小角《えんのおづぬ》である。小角についての記事は『続日本紀』にさかのぼる。文武三年（六九九）五月二十四日の項に、次のようにある。

丁丑《二十四日》、役君《えのきみを》小角《づの》、伊豆嶋に流さる。初め小角、葛木山に住みて、呪術を以て称めらる。外従五位下韓国《からくに》連広足《ひろたり》が師なりき。後にその能を害《そこな》ひて、讒《しこ》づるに妖惑《えうわく》を以てせり。故《かれ》、遠き処に配《なが》さる。世相《よあひつた》伝へて云はく、「小角能《よ》く鬼神《くゐじん》を役使《やくし》して、水を汲み薪を採らしむ。若し命を用ゐずは、即ち呪《じゆ》を以て縛る」といふ。

（五月二十四日、役小角が伊豆嶋に流された。初め小角は葛城山に住み、その呪術が称賛されていた。韓国連広足の師匠であった。後に、その能力を悪い方面に向け、人々を惑わしたとして讒言された。そのため遠流となった。世間では「小角は鬼神を使って水を汲ませ、薪を採らせる。もし命令に従わない時は呪法で縛る」と伝えている）

この話からは、二つのことがわかる。一つは、役小角は葛城山に住み、鬼神を使役して呪縛するような呪術を用いると考えられていたこと、もう一つは、その呪術で人々を惑わしたと讒言され、流刑に処せられたことである。小角の呪術は強力で危険なものと考えられていたことが窺える。
だがこの『続日本紀』の記事には、飛行の術のことは書かれていない。小角の飛行のことが出てくるのは、『日本霊異記』（九世紀前半成立）と『三宝絵』（十世紀成立）からである。『日本霊異記』の「孔雀王の呪法を修持《おこなひたも》ちて異《あや》しき験力《げむりき》を得て現《うつつ》に仙《ひじり》と作《な》り天に飛ぶ縁《ことのもと》」に記された小角伝のあらましは、次のようなものである。

役優婆塞《えんのうばそく》は大和国葛木上郡茅原村の出身である。常に「空を飛んで仙人と交流し、不老長寿を得たい」と願っていた。四十歳を過ぎてから、岩窟に暮らし、藤の繊維で作った衣を着、松を食べ、泉で沐浴して欲界の垢をすすぎ、孔雀の呪法を習い修めて奇異なる験術を身につけた。そして鬼神を自由に使役し、大和国の金峯山と葛城山の間に橋をかけるよう言いつけたので、鬼神たちは愁えた。文武帝の治世に、葛城山の一言主神《ひとことぬしのかみ》が託宣して「役優婆塞は帝を傾けようとしている」と讒言した。そこで帝は小角をとらえるよう勅命を下し、使者を遣わしたが、優婆塞は験力によって簡単にはつかまらなかった。そこで母親を人質にすると、優婆塞は自ら出頭してきた。そして伊豆に流されたが、時にその身は海の上に浮かんで、まるで陸を行くように走ったかと思うと、まるで鳳のように飛んだ。昼は命令に従って伊豆にいたものの、夜は富士山に行って修行した。罪を赦されて都の近くに行きたいと願い、剣の刃に富岻《ふじ》の表文を現して見せ、慈悲を請うた。大宝元年（七〇一）に都近くに戻されたが、ついに仙人になって天へ飛んでいった。

道照法師が勅命によって唐に渡った時、五百の虎に迎えられて新羅に至った。新羅の山中で法華経を講じると、倭語《やまとことば》で質問する者がいたので「どなたですか」と聞くと、「役優婆塞である」という答えだった。道照は祖国の聖《ひじり》であると思って高座から降りて小角を探したが、見つけることはできなかった。例の一言主神は、今も小角に呪縛されたままだという。

小角の出自からその呪術の様子、讒言のいきさつから流罪後の人生までが記されている。九世紀前半は、唐で仏教を学んだ最澄や空海らが帰国してそれぞれ天台宗・真言宗を開き、国家との結びつきを強めていった時期だった。これらの密教では山林での修行が重視された。宇多法皇が信仰のために吉野山や比叡山などに自ら足を運んだという記録もある。『日本霊異記』の小角伝も、山林での修行を経て通力を身につけるという密教的な色彩の濃い内容になっている。

『三宝絵』も大筋は『日本霊異記』と同じだが、小角の修行について書かれた箇所に「孔雀王呪をならひ行じて、霊験をあらはしえたり。或時には五色の雲にのりて仙人の城《みやこ》にかよふ」という文言がある。小角は孔雀明王の秘法を会得したことで、飛行自在の身になったのである。

さて、十四世紀に作られた仏書『元亨釈書』巻十五にも小角の伝がある。それには、帝が小角をとらえるよう勅命を下した時、「小角は空に騰りて飛び去る」と書かれている（原文は漢文）。小角が術を使って飛行し、追討使から逃れようとしたというのである。この小角伝をもとに、江戸時代に書かれたのが『葛城物語《かづらきものがたり》』（浅井了意作、十七世紀中頃刊）である。『元亨釈書』の漢文に対し『葛城物語』は仮名交じり文で、挿絵もあり、全体に脚色も加えられている。小角が追討使から逃れるために術を使う場面を、現代語訳で見てみよう。

紀の共方を大将軍とする三千余騎の軍勢が、葛城山に遣わされた。軍勢は山の四方から攻め上り、役小角を探した。小角は岩の上に座していた。大力で早業のつわものが走り寄ってつかまえようとしたところ、まるで風をつなぎ影をつかむようで、目には見えていても、陽炎、稲妻、水中の月のようにとらえどころがない。前にあるかと思えば後ろに立ち、地にあるかと思えば梢に登り、谷へ下るのに追いついたかと思えばたちまち峰にその姿が見え、四方から押し寄せて虜にしようとすれば飛び上がって虚空に座す。雨のように矢を放って射落とそうとすれば、その矢はみな弓の弦にくっついて離れない。鉾を振り剣を抜いて殺そうとすれば、剣は鞘から抜けず、詰まって動かない。鉾はにわかに重くなって、手がすくんで上がらない。

図4 『葛城物語』 空中に浮かぶ役小角。

挿絵には小角が座ったまま宙に浮かんでいる様子が描かれている（図4）。

『葛城物語』と同じ寛文年間には、『役《えん》の行者《ぎょうじゃ》』という絵巻も作られている。やはり小角の伝に脚色を加えたものだが、小角が修行によって孔雀明王の「しんしゅ」（神呪か）を学び、通力を得て

「飛行自在の身となり、五色の雲に乗りて、虚空を、歩き給ひけり」とあること、伊豆に流されつつも「夜は、虚空を飛び歩き、富士の岳にいたりて、遊びなむとし給ふ」とあることなどは、『三宝絵』の小角伝の流れを汲んでいる。

さて、赦免後に小角が海外に渡ったという話は多くの小角伝が伝えるところだが、そのときの移動方法はどのようなものだったのだろうか。『日本霊異記』では「仙になりて天に飛ぶ」、『三宝絵』には「ソラニノボリテトビウセヌ」とあり、別伝として「役行者ミヅカラハ草座ニ乗テ、母ヲバ鉢ニノセテ唐ヘワタリケリ」とある。『元亨釈書』には「小角は草座に座り、母を鉢に載せ、海に浮かべて唐に入る」（原文は漢文）、『葛城物語』では「御母をば鉄鉢にのせて肩にかけ、みづから草をむすび海にうかべ、これにうちのりて太唐国におもむき給ふ」とある。母親を伴わずに飛んでいったとする説と、母と二人連れで海上を移動したとする説とがあるわけだが、絵巻の『役の行者』はそれらを折衷したかたちになっている。すなわち「母をば、鉢に載せ、行者は、五色の雲に乗りて、万里の空を、飛行して、震旦国に渡り給ふ」とあって、母は鉢に、小角は雲に乗って飛行していったという。

江戸時代には、小角は修験道の開祖として崇められていく。『武江年表』を見ると、元禄十二年（一六九九）には役小角の千年忌法要が営まれている。『役行者伝記《えんのぎょうじゃでんき》』という古浄瑠璃の正本は、元禄末頃（一七〇三頃）に出版されたと見られているが、小角の千年忌法要をあてこんで作られたものだったのかもしれない。寛延四年（一七五一）にも『役行者大峰桜《えんのぎょうじゃおおみねざくら》』という浄瑠璃が上演されている。

没後千百年にあたる寛政十一年（一七九九）には、朝廷から小角に神変大菩薩の諡号《しごう》がおくられた。幕末の嘉永二年（一八四九）には『役行者御伝記図会《えんのぎょうじゃごでんきずえ》』（別名「神変大菩薩伝」）という絵入りの小角伝も作られている。

神格化の基盤には、厳しい修行を経て超人的な術を会得した小角に対する崇敬がある。その超人的な術の一つが飛行である。「現《うつつ》に仙《ひじり》と作《な》り天に飛ぶ」（『日本霊異記』）という表現からもわかるように、飛行は仙人にも通じる行為だったのである。

**魔風太郎**

幕末の大衆向け絵入り小説、合巻に『小野小町浮世源氏絵《おののこまちうきよげんじえ》』という長編がある（山東京山作）。その初編（天保二年〔一八三一〕刊）に、小角の秘術を受け継ぐ我慢坊という修験僧が登場する。桓武帝の時代、陸奥の強盗大熊丸《おおくままる》は、都から来た追討使の坂上田村丸《さかのうえたむらまる》に討ち取られる。大熊丸の側近猿飛《さるとび》太郎は、残党を集め、大熊丸の弟の我慢坊を大将に迎えて謀叛の旗揚げをしようと考える。我慢坊は越後国かすが峰に引きこもり、役行者の跡を慕って百鬼を使役し、風を起こしたり雨を降らせたりしているらしい。猿飛は我慢坊を訪ね、大熊丸の遺言と偽って謀叛を勧めるが、我慢坊は「わたしは役優婆塞《えんのうばそく》の流れを汲み、百鬼をしたがえ、飛行自在であるが、宝をむさぼり人を苦しめるようなことをすれば天道の咎めに遭い、たちまちこの身を滅ぼすだろう」と答えて

図5 『小野小町浮世源氏絵』初編　我慢坊（左）は猿飛を連れて飛行する。

なかなか承引しない。

だが猿飛はあきらめず、嘘泣きして「大熊殿の弔い戦をして田村丸の首を取り、修羅の恨みを晴らし給え」と懇願した。すると我慢坊は思案して、持っていた数珠を引きちぎって投げ捨てる。そして「これよりすぐさま陸奥へ飛んで行き、即時に旗揚げして田村丸をおびき寄せ、その首を取って都へ押し寄せよう。運がよければ天下の主となり、四海を掌に握ることができるだろう」と答えた。

さらに我慢坊は「猿飛太郎よ、わが幻術を見せてやろう」と印を結び、呪文をとなえる。すると山々が鳴動し、黒雲がさっとまい下がってきた。我慢坊は「猿飛、来たれ」と手を取り、雲に飛び乗って陸奥に向けて飛んでいく。挿絵には僧衣の我慢坊が猿飛とともに敷物に乗り、黒雲に運ばれて飛行するさまが描かれている（図5）。我慢坊があっさり翻心する様子には拍子抜けするが、破戒はしても通力は失われなかったらしい。

このあと我慢坊は魔風太郎と名前を変え、山賊の首領となって人々を悩ませる。それが都に聞こえ、田村丸は再び追討使として陸奥へ遣わされることになる。

田村丸は魔風太郎が「魔術を使い飛行自在をなす」と聞き、秘策を講じる。それは西岩倉の山奥に住む天しん道人の力を借りることだった。道人は朝敵を滅ぼして万民の艱苦を救うために、田村丸の影身に添って力を与えると答え、「天に二十八宿の星を祈りこめ、地に八百万神のひふうをしるし」た特別な団扇を田村丸に授ける。その団扇で立ち向かえば魔風太郎の術を破ることができるという。

田村丸の軍勢に追われた魔風太郎は、山中に海を現出させ、追手を退けるが、田村丸が例の団扇で仰ぐと術は破れてしまう。その後は魔風太郎がいくら呪文をとなえ印を結んでも無駄であった。大熊丸には戦をしかけて勝利した田村丸だが、魔風太郎には、その通力に対抗できる別の力の援護が必要だった。ここには間接的ではあるが、魔風太郎対天しん道人の対決構図を見ることもできる。

なお坂上田村丸が妖術使いの逆賊を退治する話としては、すでに浄瑠璃『田村《たむら》麿《まろ》鈴鹿《すずか》合戦《かっせん》』（寛保元年〔一七四一〕初演）があり、魔風太郎にはその逆賊（藤原千方）のおもかげもありそうだ。

空中に浮かぶ半時九郎兵衛。

## 半時九郎兵衛こと山田二郎

修験者ではないが飛行の術を会得している人もいる。たとえば合巻『旗《はた》飄《ひるがえる》莵《う》水葛葉《ぢのくずのは》』（吉見種繁作、天保五年〔一八三四〕刊）に登場する半時九郎兵衛《はんときくろべえ》こと山田二郎。

鎌倉時代、佐々木家の浪人神原佐《かんばらさ》七《しち》はひょんなことから若殿佐々木綱重《つなしげ》を助け、家にかくまうことになる。佐七の妻小糸《こいと》が借金取りに苦しめられていると、盗賊半時九郎兵衛がやって来て、借金を肩代わりするかわりに綱重を出せと迫る。実は九郎兵衛は滅亡した木曾義仲の家臣山田二郎で、義仲を討った源頼朝にゆかりある佐々木家を恨み、復讐の機会を狙っていたのである。

図６　『旗飄菟水葛葉』

帰宅した佐七が九郎兵衛に詰め寄ると、佐七の母が出てきて身の上話をする。——実は自分はかつて山田家に腰元奉公していたことがあり、あるじ山田左衛門のお手つきとなって生まれたのが二郎だった。その後また懐胎したが、嫉妬した正妻に追い出され、神原佐太夫に出会って再婚した。つまり佐七は佐太夫の子ではなく、本当は山田左衛門の子三郎で、二郎とは正真正銘の兄弟なのだった（ややこしい設定だが、鎌倉時代の武家の世界と、いわゆる「小糸佐七もの」の町人の世界をないまぜるのが、この合巻のミソなのだ。佐七・小糸・半時九郎兵衛という人名は「小糸佐七もの」から来ている）。

二郎が佐々木家に復讐するつもりであ

るのを知った母はかれを諫め、三郎も立ち去ろうとする兄を引き留める。だが二郎は捨てぜりふを残し、術を使ってその場を離れる。

「何を小癪《こしやく》なあごた骨。武略、軍法、人に越へ、勇力、奇術、自在の二郎。世に誰あつて恐るるものなし。今日《こんにち》助けし汝、綱重、二人が命、後日にゆるゆる刀のはぐさ。奇術を見よや」と言ふままに、印を結べばまひ下がる雲にうち乗り、宙にとどまり、「二郎が勢ひ、よつく見しな、かなはぬ敵対、降参せよ」「降参とは存外」と切りつくれば、あら不思議や。形は消へて空中に「フフ、ハハハハハ」と高笑ひ。

二郎が印を結ぶと雲がまい下がってくる。かれはそれに乗って虚空にふわりと浮かび、三郎が切りつけてくるのを避《よ》けて、そのまま姿を消す（図6）。飛行の術と隠形の術の合わせ技である。盗賊が実は滅亡した武家の関係者で復讐を企んでいるという設定や、姿を消してから不気味な笑い声をひびかせるところなどは、「隠形の術」の章で紹介した石川五右衛門や、稲田東蔵にも通じるところがある。

### 九治太丸時金

呪文をとなえて印を結び、雲に乗って逃げ去る妖術使いをもう一人紹介しよう。

合巻『梅主由兵衛頭巾《うめのあるじよしべえずきん》』（東西庵南北作、文政三年〔一八二〇〕刊）は、足利時代を舞台に、滅亡した武家、赤松氏の残党の暗躍を描いたものである。幕府の命を受けて赤松を滅ぼした高安氏は、赤松の公達《きんだち》花百合丸を人質として養育し、また赤松の重宝白狐丸の剣を分捕り品として預かっていた。赤松の残党九治太丸時金《くじたまろときかね》は、偽者の上使となって高安の館に入り込み、花百合丸と白狐丸の剣にやすやすと近づく。高安氏が「赤松の公達を殺さずに人質として生かしておくのは、今にも赤松の残党が蜂起するのを恐れてのことだ」と言うと、偽上使は不敵に笑いながら正体を現す。

上使は答もなく立上がりて、花百合丸を小脇にかいこみ、白狐丸の名剣を携へて、からからと打笑ひ、「ヲヲよくこそ言ふたり。何をかつつまん、われこそ赤松が残党にて、此公達と名剣を奪わんが為、入り込んだり」

しかし高安氏の目も節穴ではなかった。上使が偽者かもしれぬと用心し、捕り手を待機させていたのである。

「さこそあらんと察したり。ソレからめよ」と言ふ声の下より、あらしこども一度にどつと取り巻けば、上使は落ち着き、何やら文《もん》をとなへて印を結べば、黒雲たちまちまひ下がり、

図7 『梅主由兵衛頭巾』 九治太丸時金は黒雲に乗って逃げ去る。

姿を隠して失せにけり。

だが、捕り手に追わせるというようなありきたりの備えなど、妖術の前に歯が立つはずもなかった。偽上使の時金は呪文をとなえ、印を結んで雲を呼ぶと、それに乗って館から去る。ここは文章を読むかぎりでは、雲を起こしてその陰に姿を隠したように感じるが、挿絵を見ると時金は黒雲に乗って宙に浮かんでいる（図7）。

時金の要塞は山奥の岩窟にあった。かれは岩窟に白狐宮を祀り、三十二人の子どもの首を供え、魔王を祈って軍慮に心を砕いていた。そこにかつての傍輩赤松太郎がやってくる。太郎は浪人に身をやつして生きのびていた。そして、時金が花百合丸と思ってかどわかしてきたのは実は自分（太郎）の息子であることを告げる。太郎は本物の花百合丸が高安氏の人質となるのを避けるため、戦の時に自分の息子と花百合丸をすりかえていた。だが太郎に養育されていた花百合丸は、白狐宮に供える子どもを集めていた時金によってすでにさらわれ、それと知らぬ時金によって殺されてしまっていた。

時金はこの話を聞き、主君の若君を殺したことを悔やんで自害する。だがこれは太郎の作り話であり、高安氏から連れてきた花百合丸はやはり本物の花百合丸であった。太郎は瀕死の時金にむかって、貴殿の首を高安氏に見せて赤松の残党は討ったと安心させ、引き続き謀叛の機を窺うつもりだと告げる。

時金が妖術を会得したいきさつは書かれていないが、白狐宮を祀っていたということから察するに、その術は狐の霊力に支えられていたのかもしれない。しかし妖術を会得しても仲間の嘘は見抜けなかった。なんとなく間抜けな妖術使いではある。

## 悪田悪五郎純基

動物とともに飛行する妖術使いもいる。合巻『冠辞《かむりことば》筑紫《つくしの》不知火《しらぬい》』（式亭三馬作、文化七年〔一八一〇〕刊）には、悪田《あくた》悪五郎《あくごろう》純基《すみもと》といういかにも悪人らしい名前の「狐魅術士《きつねつかひ》」が登場する。

鎌倉時代。伊豆の領主尼城《あまぎ》十郎高家は、家来とともに狩猟に出かけた尼城の山中で尾裂《おさき》狐の雌を仕留める。また、松竹老人という童顔鶴髪の天仙（空を飛べる仙人）に出会う。老人は地仙（空を飛べない仙人）であった時、尼城の領地に棲んでいたといい、高家の人相を見て「忠臣を捨てて身を破り、奸臣を得て家を失ふのかたちあり。色と酒とに心をとらかすことなかれ。われ守ると言へども、盛衰は天の命なれば救ひ難し」と諭すと、雲を起こして虚空遥かに飛び去っていく。

尼城山の岩窟にこもっている悪田悪五郎は、悪事が露見して梶原家を追われた浪人である。悪五郎は尼城山の尾裂狐をしたがえ、狐使いのように多くの狐を使役して、狐の妖術をも使うことができた。

尾裂狐の雄は尼城高家に雌を殺されたことを恨み、悪五郎に敵討ちを頼む。尼城家には村雲典膳と横須賀兵藤太という佞臣《ねいしん》がいて、ひそかに御家転覆を狙っているので、かれらと一味すれば高家を討ち取ることができるという。もともと悪心者の悪五郎は、尼城家を横領できれば源頼朝を滅ぼして天下を掌握することもたやすい、と乗り気になり、松竹老人から仙術を学んだと偽って尼城家に仕官する。

高家は松竹老人を深く信仰していたので、悪五郎を重用する。悪五郎は周囲におもねりへつらい、出世して家老まで上りつめる。

悪五郎は高家に気に入られようと、ある日、不思議な術を使ってみせる。

尼城十郎高家、ある日の夕方、奥庭なる台《うてな》に登りて酒宴を催しける。折節、夕立の雨止みて、日も西山へ傾かんとする時、悪五郎、御前にありけるが、「今日、御酒宴の慰みに、それが

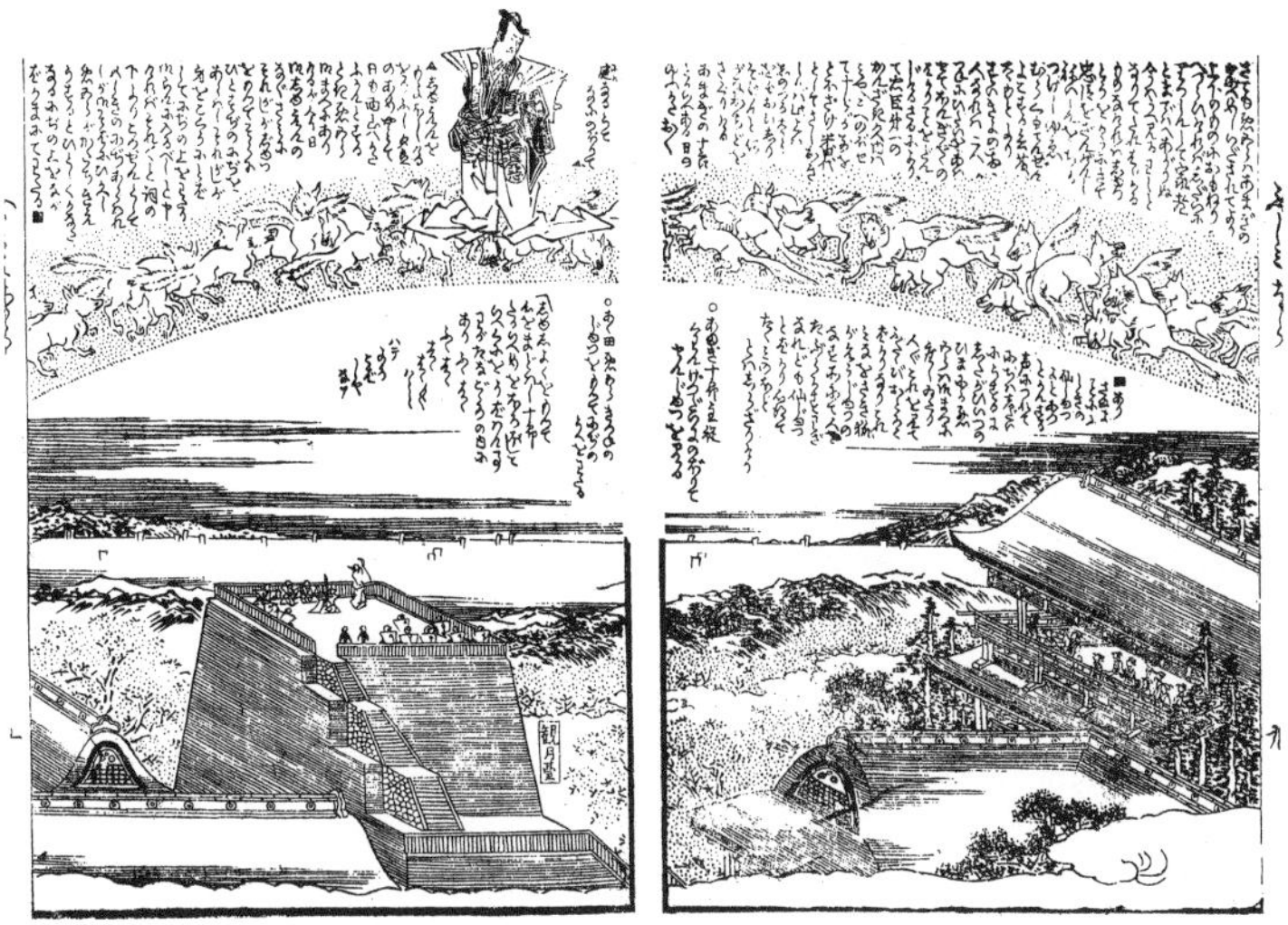


図8 『冠辞筑紫不知火』 虹を渡る悪田悪五郎と狐の群れ。

しが術を以て、空に一筋の虹を現し、それがしが身を虚空に飛ばして虹の上を渡り御覧に入るべし」と申ければ、「それそれ」と詞の下より忽然として五色の虹現れしが、御側に控へし悪五郎が形、消え失するとひとしく、彼方なる虹の上を長袴にて渡るありさま、誠に不思議の仙術よと、あつと感ずる声につれて、虹は次第に失するにしたがひ、いつのひまにか、悪五郎は御前に座しゐたり。人々これを見て、再び驚くばかりなり。これみな、尾裂狐が妖術のなす所にて、人をたぶらかすわざなれども、仙術とばかり心得て、たくみのほどとはしらざりけり。

(悪五郎のせりふ)「酒色を以て心を惑はし、十郎高家めを滅ぼして、家国を奪はん事、わが掌《たなごころ》の内にあり。ふふはは、ふふ

図9 『冠辞筑紫不知火』 空中を走る篠塚太郎（右）と松竹老人。

はは、ははははははは、ハハハハハ。
ハテ喜ばしやなア」

空に虹をかけてそれを渡るという派手な術を、高家と家来たちは観月台から眺めている。悪五郎がたくさんの狐とともに空中を歩行する様子は圧巻である（図8）。

悪五郎は高家に取り入り、大磯の廓での遊興を勧める。骨抜きにして御家を横領しようという魂胆である。企みにはまった高家は連日廓に通って放蕩する。だが高家を守護する松竹老人がそれを黙って見ているはずがない。老人は忠臣の一人篠塚太郎の前に現れ、高家が大磯で危険な目に遭っているから、早く助けに行けと命じる。老人の仙術によって篠塚太郎は虚空を飛び、主君のもとへはせ参じる（図9）。

屋形船で遊んでいた高家は、小舟で近寄ってきた荒くれ者たち（佞臣がひそかに送り込んだもの）にからまれていた。篠塚太郎は腕力でこれらを追い払う。背後では松竹老人が羽扇を振って応援している。一方の悪五郎は、侠客の荒金十右衛門に佞臣一味の連判状を奪われそうになるが、狐の妖術によって辛くも取り返す。

この物語では、佞臣対忠臣という御家騒動の対立構図が、すなわち悪五郎対松竹老人（妖術対仙術）の対立構図になっている。最終的には高家が本心に返り、陰謀の露見した佞臣は成敗される。悪五郎も正体を見破られるが、篠塚太郎が切りかかると術を用いてそのまま姿を消す。

## 七草四郎

悪五郎の飛行の術は、虹を出現させてその上を渡るというものだった。こうしたかたちの術は、これより早く、近松門左衛門の浄瑠璃『傾城島原蛙合戦《けいせいしまばらかいるがっせん》』（享保四年〔一七一九〕十一月、大坂・竹本座）に見ることができる。

妖術を使うのは藤原泰平《やすひら》の弟、高平《たかひら》。別名を七草四郎という。この名前には島原一揆で知られる天草四郎がほのめかされている（七草四郎・天草四郎については「蝦蟇の術」の章で詳しく述べる）。

物語は、源頼朝が奥州藤原氏を攻め滅ぼした、いわゆる「奥州攻め」に取材している。高平は鎌倉勢に追われる身であり、不思議な術を使って虹を出現させるのも敵の目をくらまして逃亡す

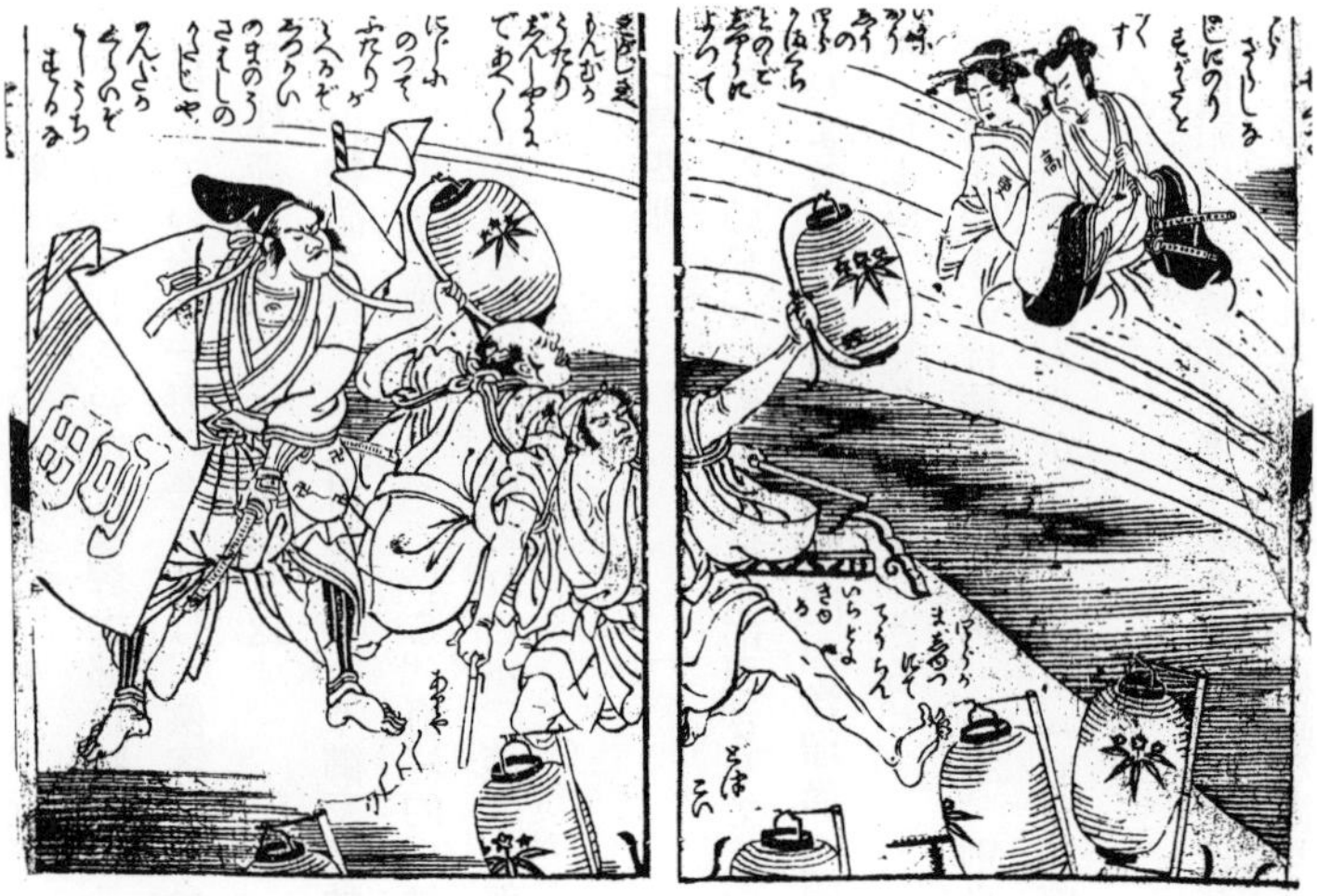

図 10 『音聞七種噺』 印を結び、更級を連れて逃げる四郎高平。

るためである。その場面はこんなふうに書かれている。

見あげておこなふ四郎が術消へたるちやうちん一時にはらはらはら。くはつととぼりてさながら昼のごとく也。
あれこそ四郎。あますな逃すな搦めとれと。大勢どつと取まくを。少も動ぜず屋根にむかつてつく息はせうわうしやくびやくむらさきに。渡せる橋はなんの虹ぞや問へど答へず目の前に。四郎がかたちはかきけすごとく虹のとまりは屋の棟に。其玉しゐは更級と共につれ立とぶ蛙。あれ打殺せとこぶしを握り礫《つぶて》よ石よとさはぐ間に。影もはるかに遠ざかり行方。さらに白雲の。たな引ひびく夜明の鐘。

図 11 『音聞七種噺』 蛙に乗って逃げる四郎高平。

四郎は追っ手を尻目に、遊女の更級を連れて青《せう》・黄《わう》・赤《しやく》・白《びやく》・紫《むらさき》の橋を渡って逃げていく。その虹の橋は、四郎が屋根に向かって吐いた息から生じたものである。すでに四郎の姿は「かきけすごとく」消え、その魂は蛙に変じている。

この浄瑠璃をもとに作られた黄表紙『音聞《おとにきく》七種噺《ななくさはなし》』では、四郎が人間の姿のまま印を結び、更級を連れて虹を渡る様子が描かれている（図10）。四郎の術は蝦蟇の術である。更級が四郎のもとを脱出して父母の家に逃げ帰ると、四郎は蝦蟇に変じて更級の胸に食いつき、苦しませる。更級の恋人であった葛西源六清治が切りつけると蝦蟇の四郎は納戸に逃げ込み、人間に戻って現れ「合戦の時は味方に来い」と言い残して姿を消す。『音聞七種噺』では、この場面は四郎が巨大な蛙の背に乗り、空中を飛び去るかたちに脚色されている（図11）。

## 児雷也

蝦蟇の妖術使いは七草四郎の他にも何人もいて、かりに系譜を作るとしたら、その掉尾に燦然と輝くのが幕末の長編合巻『児雷也《じらいや》豪傑譚《ごうけつものがたり》』（美図垣笑顔・一筆庵主人・柳下亭種員・柳水亭種清作、天保十年〜明治元年〔一八三九〜一八六八〕刊）の主人公、児雷也である。児雷也もまた空を飛ぶ。

児雷也は本名を尾形周馬弘行という。滅亡した武家の遺児だが、そのことを知らずに信濃の寺子屋の師匠はた作の息子太郎として養育された。十三歳の時、病床のはた作から出生の秘密を告げられ、実父は九州で謀叛を起こし滅ぼされたことを知る。

太郎の留守中に強盗が押し入り、はた作は殺され、義妹みゆきはさらわれる。太郎は養父の敵と義妹を探しに越後へ向かう。数年の後、太郎こと尾形周馬弘行は児雷也と名乗る義賊となっており、生き別れた義妹を救う。妙香山の仙人、仙素道人はその義心に感じ、蝦蟇の妖術を伝授する。児雷也は御家再興の機を窺いながら、妖術を使う義賊として生きていく。

児雷也の妖術は実に多彩で面白いが、それはまた後で詳しく紹介するとして、ここでは児雷也が虹を出して虚空を渡っていく場面をみてみよう。

ある夜、児雷也は山中で山賊岩根《いわね》我毛六《がけろく》と再会する。二人はかつて対決した間柄で、我毛六は再び児雷也に挑む。妖術を恃《たの》む児雷也は我毛六に対して、あくまで大胆不敵な態度をとる。

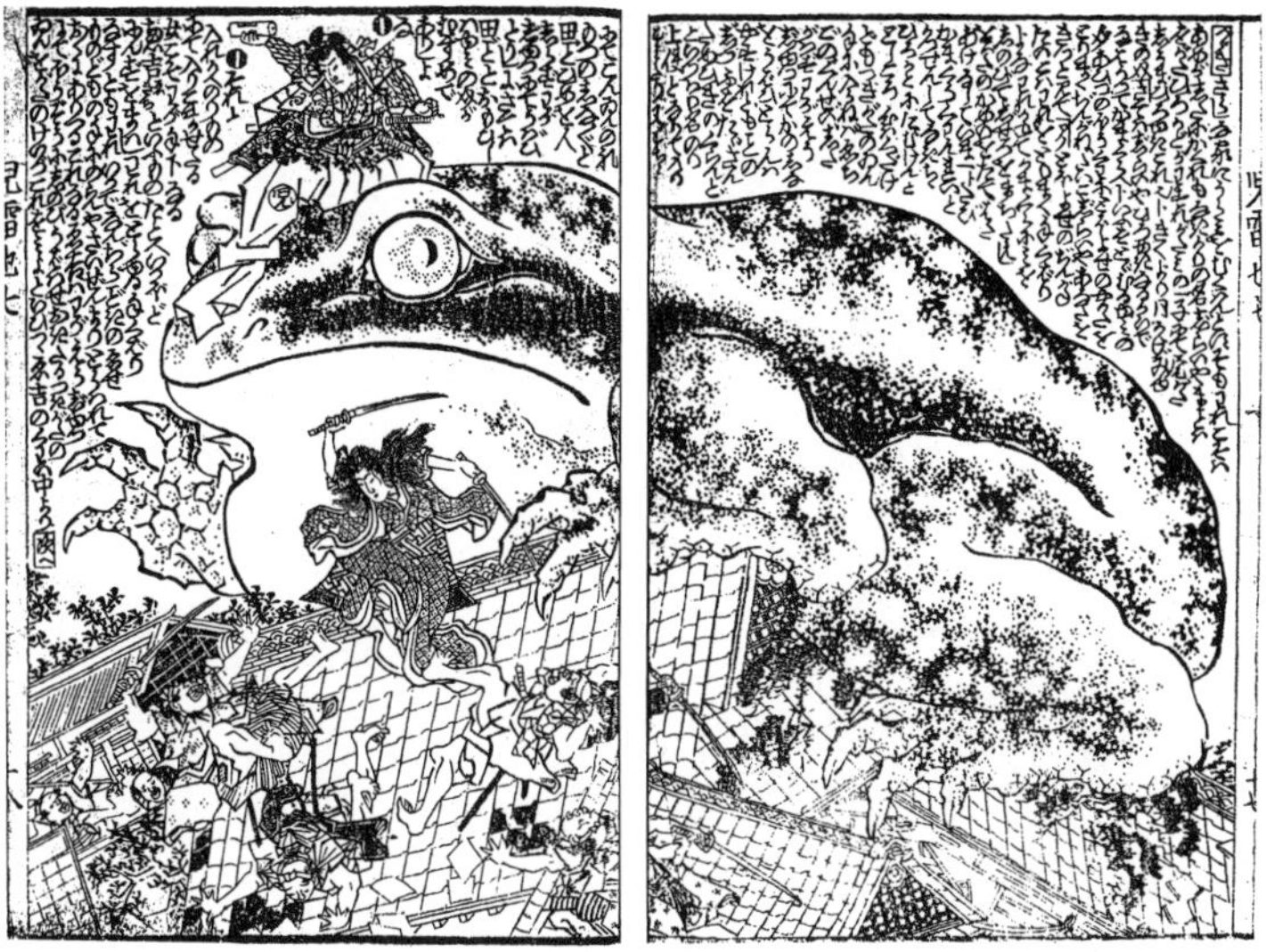

図 12 『児雷也豪傑譚』七編　児雷也は蝦蟇に変じて館を押しつぶす。

「火にも焼かれず、天《あめ》が下を横行自在の此児雷也を、からめ取らんなんどとはをかしや。われ、汝を見ること小児のごとし」と、あくまでに広言吐けば、山がつの我毛六は大きに怒り、「いで、わが手なみのまさかりを心みよや」と勢ひ猛く、打つてかかれば身を開き、足を払へばひらりと跳ぶ、飛鳥のごとき身のこなし、沈んで地上の印籠を取るより速く児雷也が、根付の蛙をはたと投ぐれば、不思議や、蛙は大木の杉の根本に取りつきて、吹き出だしたる一ぺんの白気は速く立のぼり、たちまち虹とたなびきて、はや中空に髣髴《ほうほつ》たり。かかる不思議に目もかけず、「児雷也、覚悟」とまさかりを二つになれ

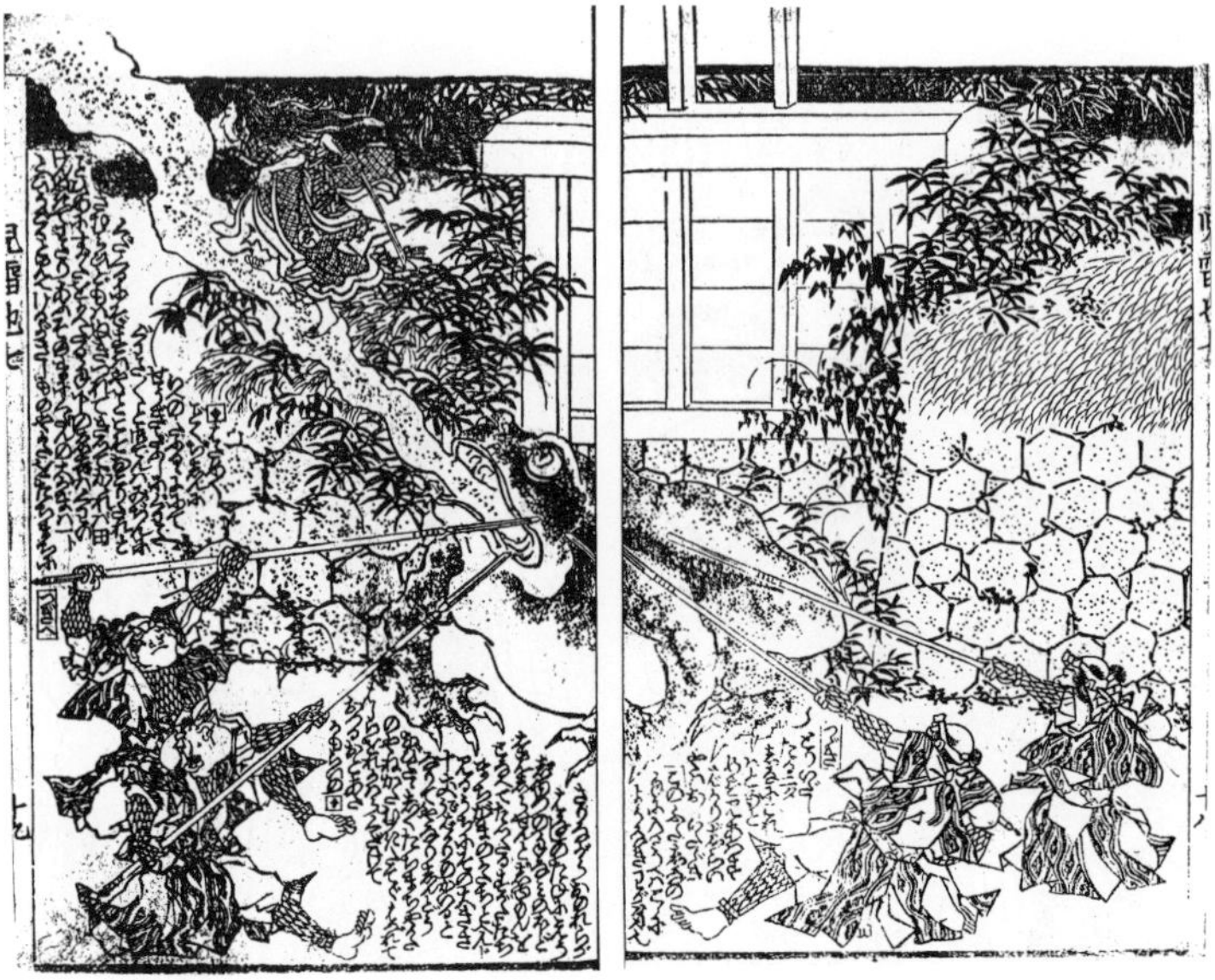

蝦蟇の吐く虹に乗って逃げる恵吉（右）。人間の姿に戻って虹をわたる児雷也（左）。

と打ちかくれば、かき消すごとく児雷也が姿消ゆれば、山がつは「見失ひたる悔しさよ」とつぶやきながら、石段の半ばへ静かに降り立ちて、虹の中空見上ぐれば、暗き夜ながら玲瓏と虹の架け橋照り渡り、越後の海路、津々浦々、沖の白帆の走るまで、真昼のごとくくまなく見へ、虹の上には児雷也が印籠引《ひき》提げて鷹揚に、歩む姿もゆつたりと平地を行くに異ならず。

児雷也の投げた根付の蛙が白気を吐き出し、それが虹となる。児雷也はそれを渡って逃げ去る。蛙が吐いた虹を渡るという妖術のかたちは七草四郎のそれと同様である。また巨大な蛙（蝦蟇）に変身することができるのも児雷也と七草四郎の共通点である。

図13 『児雷也豪傑譚』七編

こんな場面もある。あるとき児雷也は偽上使となって月影家に入り込み、尾形家の系図と月形の印を盗み出した。正体がばれて捕り手に囲まれると巨大な蝦蟇に変じて、館を押しつぶす幻を見せ（図12）、その口から虹を吐き出す。そして人間の姿に戻ると、手下の恵吉《えきち》とともにその虹を渡って逃げ去る（図13）。

### 若菜姫

『児雷也豪傑譚』は好評を博して、後続の作品に多大な影響を与えた。やはり長編合巻の『白縫《しらぬい》譚《ものがたり》』（柳下亭種員・二代目柳亭種彦・柳水亭種清作、嘉永二年～明治十八年〔一八四九～一八八五〕刊）は蜘蛛の妖術を操る若菜姫が主人公だが、そこには「児雷也の女性化の俤《おもかげ》」が窺われる（『日本古典文学大辞典』）。

若菜姫は豊後の領主であった大友宗麟《おおともそうりん》（表記は原文のまま）の遺児である。宗麟は筑後を治める太宰氏の讒言に遭い、筑前の菊地氏に攻め込まれた。落城の日、まだ二歳の若菜姫は腰元に守護されて落ちのび、自分の出自について知らぬまま、山城の国で木こり夫婦に育てられる。

十五年後、すずしろと呼ばれていた若菜姫は養母たつきの薬代のため、廓に身を売ることになる。身売り話を仲介した叔母（たつきの妹）は仲間の悪者に命じてすずしろをかどわかし、別の遊廓へ二重売りしようとするが、悪者がすずしろの乗った駕籠を襲った時、黒雲がまい下がり、すずしろを引きさらっていく。

気がつくと、すずしろは豊後の錦が嶽の山中にいた。そこに女臈《じようろう》の姿をした土蜘蛛の精が現れ、すずしろが実は大友の遺児であることを教える。そして印を結び、呪文をとなえて蟹と蜘蛛の群れを出現させると、蟹を菊地勢、蜘蛛を大友勢に見立てて、往事の合戦の様子を再現してみせる。そして次のように言う。――私は数百年ここに棲み、山の主とも言われている。この山が代々大友氏の領地であった頃は、木こりなどを山に入れないよう言い伝えられてきたが、菊地氏の領地となってからは言い伝えは守られていない。昨今はこの山の大木を伐採し、山の主である私をも退治しようとしているという噂がある。ついてはあなたの手を借りて、菊地氏を滅ぼしたい。そのために人を服する術を授けよう。あなたにとっても菊地氏は父の仇。討って恨みを晴らしてはどうか。

すずしろは菊地・太宰への報復と大友家再興を決意する。土蜘蛛はすずしろに妖術を伝授し、「菊地の家に伝わる花形の明鏡に気をつけなさい。その鏡に顔を映したら、たちまち術は破れるだろう」と言い残して、蜘蛛の糸に乗って去っていく。

この後、若菜姫は大友の残党を集めつつ、妖術を使ってひそかに菊地・太宰の内情を探る。蜘

図 14 『白縫譚』十編　蜘蛛の糸を渡る男装の若菜姫。

図 15 『白縫譚』二十編　蜘蛛の糸を渡る若菜姫。

蛛に密書を盗ませたり、襲いかかる悪漢に噛みつかせたり、蜘蛛を遊女に変じさせて敵地に入り込ませたり。そのなかに、妖術で空中を移動する場面もある。

若菜姫が敵の情勢を探るために単身、筑後に出向くことを手下たちに告げた時のこと。手下たちは声を揃えて、姫君が敵地に行かれるならわれわれも「忍びの御供」を致しましょう、と申し出る。しかし若菜姫は「大望成就するまでは、剣も踏むべく、炎も渡らん」と言い、危機に臨んで大勢ではかえって身動きがとりにくい、と断った。姫が呪文をとなえると、一道の白気が地上に湧き出て、姫を包み、中空はるかに立ち昇ったかと思うとそのまま姿が見えなくなった。手下たちが月光をたよりに遠望すると、谷を隔

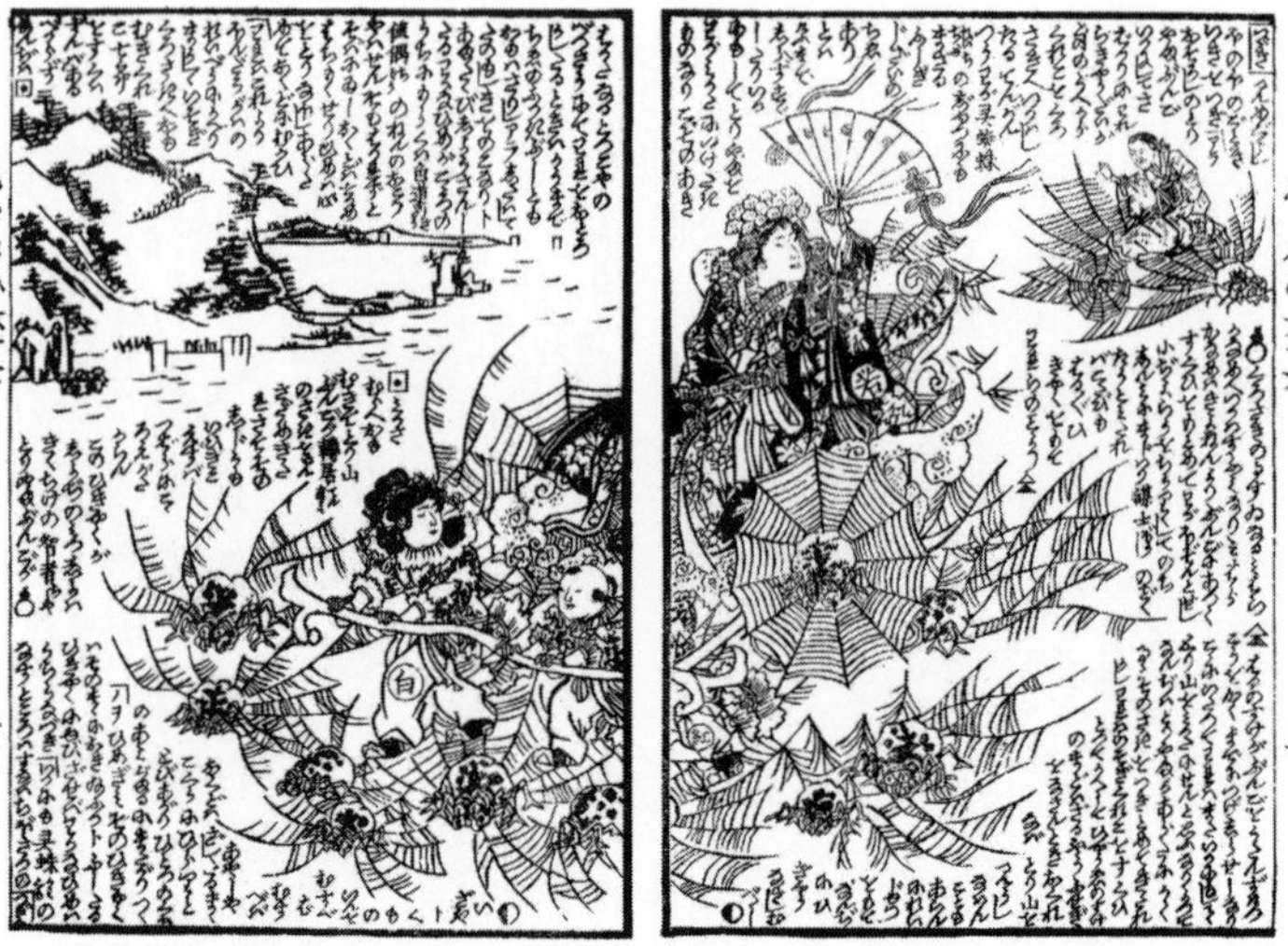

図16　『白縫譚』六十六編　若菜姫は蜘蛛の巣車に乗って疾走する。

てた遥か向こうの峰に、姫の姿が小さく見えた。姫は雲を踏みながら、北に向かって歩いていた。

挿絵を見ると、若菜姫は二本差しの男装で編笠をかぶり、空中にできた一筋の橋の上を歩いている。この橋はよく見ると蜘蛛の糸でできている（図14）。若菜姫の空中歩行は、蜘蛛の糸の上を歩くということだったのである。

危機から逃れる時にも、若菜姫はこの術を使っている。巡礼の姿で諸国を遍歴している時、姫は盗賊阿《あ》修羅《しゅら》丸《まる》とその一味に正体を気づかれ、からまれる。阿修羅丸は九州掌握の野望を抱き、若菜姫と手を組みたいと思っていて、かねてから姫を探していたのである。姫はしらを切り通し、「われに明かさん名もなければ、汝らともろともに行くべき心は尚更なし」と、無視しようとする。阿修羅丸の手下は姫の態度が我慢ならず、このまま帰すものかと組みつくが、姫はそれらを難なく投げとばす。阿修羅丸は「をなごに似げなき大胆不敵、その早業を見る上は、問ふまでもなき若菜姫」と姫を小脇にかかえようとするが、姫の体は大盤石のように重く、まったく動かない。さらに力をこめようとすると、姫は「をなごと侮り怪我ばしするな」と言い、阿修羅丸の手を払って身をひねる。そして地面から湧いてきた一道の黒気に包まれると、空中遥かに昇っていくのである。

この場面も文章には蜘蛛の糸のことは書かれていないのだが、挿絵を見ると、やはり若菜姫の足もとには蜘蛛の糸でできた橋がかかっている（図15）。

切迫した場面にもかかわらず、蜘蛛の糸の上を歩いていく若菜姫の姿には、どことなくのんびりしたところがある。そのように感じるのは、蜘蛛の糸に乗るという発想が、春の日に蜘蛛が糸を出して飛行する現象を思い出させるからだろうか（自然現象としての蜘蛛の飛行については錦三郎『飛行蜘蛛』に詳しい）。『白縫譚』には蜘蛛の巣を車輪に見立てた「蜘蛛《くも》の巣車《すぐるま》」で若菜姫が空中を疾走する場面もあるが（図16）、個人的には蜘蛛の糸に乗って歩いていく情景のほうが、春風駘蕩の感じがあって好ましい。

### 藤浪由縁之丞

『白縫譚』もまた好評で、さらにこれを追うように、蝶の妖術を操る藤浪由縁之丞《ふじなみゆかりのじよう》を主人公にした『北雪美談時代加賀見《ほくせつびだんじだいかがみ》』（二代目為永春水・柳水亭種清作、安政二年〜明治十六年〔一八五五〜一八八三〕刊）が出版され、これも人気が出て長編化した。幕末は、『児雷也豪傑譚』『白縫譚』そして『北雪美談時代加賀見』と、妖術使いを主人公とする合巻が並び立つ時代だったのである。

由縁之丞をめぐる設定も、児雷也と若菜姫のそれによく似ている。由縁之丞も滅亡した武家の孤児であり、最初は自らの出生の事情を知らないが、ある時に超人的な存在からそれを知らされ、あわせて妖術を伝授される。かれの場合、出自を知らせに現れたのは祖母岩藤《いわふじ》の亡霊であった。岩藤という女性は、「鏡山物《かがみやまもの》」の浄瑠璃『加々見山《かがみやま》旧《こきょうの》錦絵《にしきえ》』（容楊黛作）の悪役として有名である。岩藤は足利家に仕える局で、御家横領を目論む悪臣方に与《くみ》している。密書を拾った中老尾上《おのえ》を陥れて侮辱し（岩藤が尾上を草履で打つ「草履打」の場面が有名）、自害に追い込むが、その後、尾上の下女お初に討たれてしまう。尾上の無念を晴らしたお初は二代目の尾上として出世する。これが『加々見山旧錦絵』における岩藤の物語で、『北雪美談時代加賀見』はこの後日談として構想されている。

由縁之丞の前に現れた岩藤の霊は、お初への恨み、主家への恨みを述べ立て、由縁之丞が復讐の志を継いでくれるなら自分の魂は蝶になって付き添うと言い残し、骸骨になって消える。由縁之丞はこれに首肯し、蝶の妖術を使うことができるようになる。巨大化した蝶が由縁之丞を乗せ、飛行する場面は恐ろしくも美しい（図17）。

図 17 『北雪美談時代加賀見』八編　蝶に乗る藤浪由縁之丞。

通力で飛行する役小角の話から始まって、江戸時代の合巻を中心に、飛行の術を使う人々の物語を紹介してきた。雲を呼んでその上に乗るもの、虹を出してその上を渡るもの、蜘蛛の糸に乗るもの、蝶の背中に乗るもの、とさまざまだが、一見して言えるのは、小角以外の人々はもともと空中にあって不自然ではないもの――雲・虹・蜘蛛の糸・蝶――を使って飛んでいるということである。

それはつまり、苦行を経て通力を得たわけでもない人間が、何の助けも借りずに自在に空を飛ぶことなど、ふつうには想像しがたいからだろう。飛行の術を助ける道具は、それ相応の根拠――それ自体が空中に浮かぶものであること――から選ばれている。妖術による飛行は、それ自体は荒唐無稽なものだが、それゆえに合理的な裏付けがなされているのである。

# 分身と反魂の術

自分の分身《ドッペルゲンガー》を見たり他人に見られたりしたら死ぬ、という言い伝えを聞いたことがある人もいるだろう。この言い伝えを下敷きにした映画『ドッペルゲンガー』（黒沢清監督、二〇〇二年）は、天才科学者が自分の分身に振り回される話だった。

だが自分の意志で身体から魂を離脱させ、それをおのれの分身として自由に動かすことができたら、それはそれで便利なことだろう。

また、愛する人や肉親が死んでしまった時、その魂を呼び戻して蘇生させることができたらどうだろう。あるいは物に魂を吹き込んで人間にし、召し使うことができたら。

隠形の術や飛行の術が、人間離れした身体移動の術だとすれば、魂を身体から離脱させる分身の術や身体に魂を呼び込む反魂《はんごん》の術は、いわば魂移動の術である。

**鉄枴仙人**

分身の術について語る時、まず最初に紹介すべきは中国の神仙李《り》鉄枴《てっかい》（鉄枴仙人）である。気

図18 『絵兄弟』「兄　鉄枴仙人　弟　奴紙鳶」 鉄枴仙人と分身、奴と奴凧。

を吐いて自分自身を出現させたと伝えられ、そのさまは画題（絵の題材）としてしばしば取り上げられている。寛政六年（一七九四）に出版された滑稽見立て絵本『絵兄弟《えきようだい》』（山東京伝作）には、口から分身を吐き出している鉄枴仙人と、奴凧《やっこだこ》を揚げている奴（武家の召し使い）を一対にした絵がある（図18）。「見立て」とは、無関係な二つのものに意外な共通点を見いだしてつなぎあわせ、その意外性を楽しむもの。仙人と奴は本来なんの関係もないが、ここでは〈自らを小型化したものを空に飛ばす〉という共通点が発見されて、見立てが成り立っている。

　鉄枴仙人の絵には、こんな小咄が書き入れられている。

笑話《ヲトシバナシ》　無名子作

図19 『艶哉女僊人』 分身を吐く鉄枴仙人。

ある花魁が客に話すことには、もしへ、わつちやアね、どうぞなることなら鉄枴仙人とやらになりたうおす「それは又ひねつた願ひだの」「イイヱサそうすると今夜のやうに名代の客衆のたんとある時は、幾つも身体を吹きんす」

一晩に何人もの客がかち合ってしまったら、分身を出してそれぞれに客の相手をさせよう。売れっ子の遊女らしい空想である。忙しい時に「もう一人自分がいたらなあ」と思うのは、現代人も同じだろう。

京伝は、黄表紙『艶哉女僊人《えんなるかなおんなせんにん》』（寛政元年〔一七八九〕刊）にも鉄枴仙人を登場させている（図19）。

ある日、張果郎といふ仙人の所に、仙術

の会ある由にて、鉄枴仙人の所へも回状来りしが、折節、鉄枴は夕べ気にて、寝ていたれば、かの術にて、口より名代の仙人を吐き、会席へ遣わす。ここらは調法な物なり。
(鉄枴のせりふ)「俺が術を女郎に教へてやると、めつたに名代の客に腹は立たせねへ」

「夕べ気」は、昨夜の酒の疲れがまだ残っていること。鉄枴仙人は仙術の会に呼ばれながらも、だるいので分身を代理に行かせようとしている。仙人らしくもないありさまだが、本来は貴い神仙を卑俗に滑稽化するのがこの作品の可笑味《おかしみ》なのである。ちなみに「名代《みょうだい》の客」は、遊女が来なくて代理の新造をあてがわれた客のこと。遊女が分身の術を会得したら客を待たせることもなくなり、喜ぶだろうという発想は『絵兄弟』と同じである。

## 小野篁

鉄枴が口から分身を吐き出すように、身体から魂を飛ばし、冥界に通ったと伝えられる平安貴族がいる。小野篁《たかむら》である。
貞享三年(一六八六)に出版された『本朝列仙伝《ほんちょうれっせんでん》』巻二には、篁について次のように書かれている。

小野篁は敏達天皇八代の末孫。小野の峯守の子也。博学多才にして。能《よく》詩文を作《つくり》。和歌を詠

ず神妙不思議の人なり。身は禁中にありながら。神《しん》を飛《とば》して。琰羅王宮にいたることをなすといへり。（原文は漢文）

篁は博学多才で、漢詩文や和歌を得意とした。そして身体から神（魂）だけが抜け出し、琰羅王宮（閻魔王宮）に赴くことができたという。

この伝説の源の一つが『今昔物語集』巻二十・四十五「小野篁、依情助西三条大臣語《なさけによりてにしさんじようのおとどをたすくること》」である。あらすじは次のようなものだ。

篁は学生の時分にある事件で処罰された。そのとき西三条の大臣良相は参議の職にあり、篁を弁護した。篁は心のなかでそれを嬉しく思っていた。

後に篁は参議になり、良相も大臣になった。ある時、良相は重病に罹って死に、閻魔王の使いにとらえられて閻魔王宮に至った。そこに居並ぶ臣のなかに篁の姿があったので、良相は訝しんだ。篁は閻魔王に「この日本の大臣は心うるわしく、善人です。このたびの罪は私に免じてお許し下さい」と申し上げた。閻魔王は「きわめて難しいことだが、許してやろう」と答えたので、篁は使いに命じて、良相を人間界に返した。

良相は蘇り、病も治った。冥土でのことを怪しく思ったが、人に語ることはなかった。あるとき宮中で篁と同席し、周りに人がいなかったので、このことを問うてみた。篁はほほえんで「以前のことを嬉しく思っていたので、お返しをしたまでです。このことは他人に言ってはなりません」と述べた。良相は篁が普通の人間ではなく閻魔王宮の臣であることを知り、他の人にも話した。それが自然と伝わり、篁が閻魔王宮の臣としてこの世と冥界を行き来していることを誰もが知って、恐れた。

『本朝列仙伝』のように身体から魂が抜け出したとは書かれていないが、篁はこの世と冥界を行き来し、死者の蘇生を閻魔王に嘆願して実際に生き返らせたという。ただ、篁がなぜ冥官（冥界の役人）になり、冥界とこの世を往復できたのか、そのことについて直接の説明はない。

上垣外憲一によれば、こうした伝説が生まれた背景には実在の篁が司法官僚であったことと、漢詩文に長けた文人であったことが関係しているという。司法官僚のイメージは冥官のイメージに重なる。また海外の「異国」が日常の言語の通じない「異界」であった当時、漢詩文の能力がある人は「『異界』の言語に通じ、この世界の事物を操ることのできる人物」として「異能の所有者」に見えたであろう、という（『空海と霊界めぐり伝説』）。

さて、篁の冥界めぐりの伝説は江戸時代にもよく知られていて、それに取材した戯作も作られた。これも山東京伝の黄表紙『照子浄頗梨《かがみのじようはり》』（寛政二年〔一七九〇〕刊）はこんな内容である。

博学秀才で仁徳のある篁の人柄を聞き知った閻魔大王は、使者を遣わして篁を冥界見物に招く。篁は軽い気持ちで出かけて行き、閻魔大王のもてなしを受けた後、剣の山や畜生道、修羅道、暗闇地獄、餓鬼道などを見物する。修羅道の罪人たちは剣道の修行にいそがしく、暗闇地獄では無学の罪人に本をおしつけて責め、少し物のわかる罪人は貝原益軒の本や四書五経の類を読まされている。地獄を残らず見物した篁は故郷がなつかしくなり、閻魔大王に暇を請うて人間界に帰っていく。

この黄表紙が出版された寛政二年は、ちょうど寛政改革の最中で、武芸と学問が奨励されていた。篁が目にした地獄の様子には当時の世の中が映し出されている。作中の篁は分身を飛ばすのではなく、駕籠に乗って地獄にやって来るが、これも地獄の風景を同時代の江戸の風俗に重ね合わせているからである。

### 姑摩姫

曲亭馬琴の読本『開巻驚奇俠客伝《かいかんきようききようかくでん》』(天保三年〜六年〔一八三二〜三五〕刊)は、足利時代を舞台に、南朝方遺臣の末裔たちの苦難と活躍を描いた歴史小説である。そのなかに、仙人から分身の術を伝授される少女姑摩姫《こまひめ》が登場する。

姑摩姫は年少ながら、楠氏の末裔として足利氏を討ち父祖の遺恨を晴らしたいという志を抱いていた。その頃、葛城山に九六媛《くろひめ》という女仙が棲んでいた。九六媛はかつて天武天皇に仕えた命婦であったが、天皇に諫言して勅勘を被り、逐電して山に入った。そこで「人間に立もかへらず、真を修し形を煉り、霞を呑み露を舐り、只松実を粮として、天地と共に衰へず」、仙人になった。以来、雲を踏み、鶴に乗るのも自在の身である。南北朝の争いがかつての天武・大友の争いに似ているのを見た九六媛は、姑摩姫が忠義の心を持ち才能もあるのを知って、仙術を教えて志をと

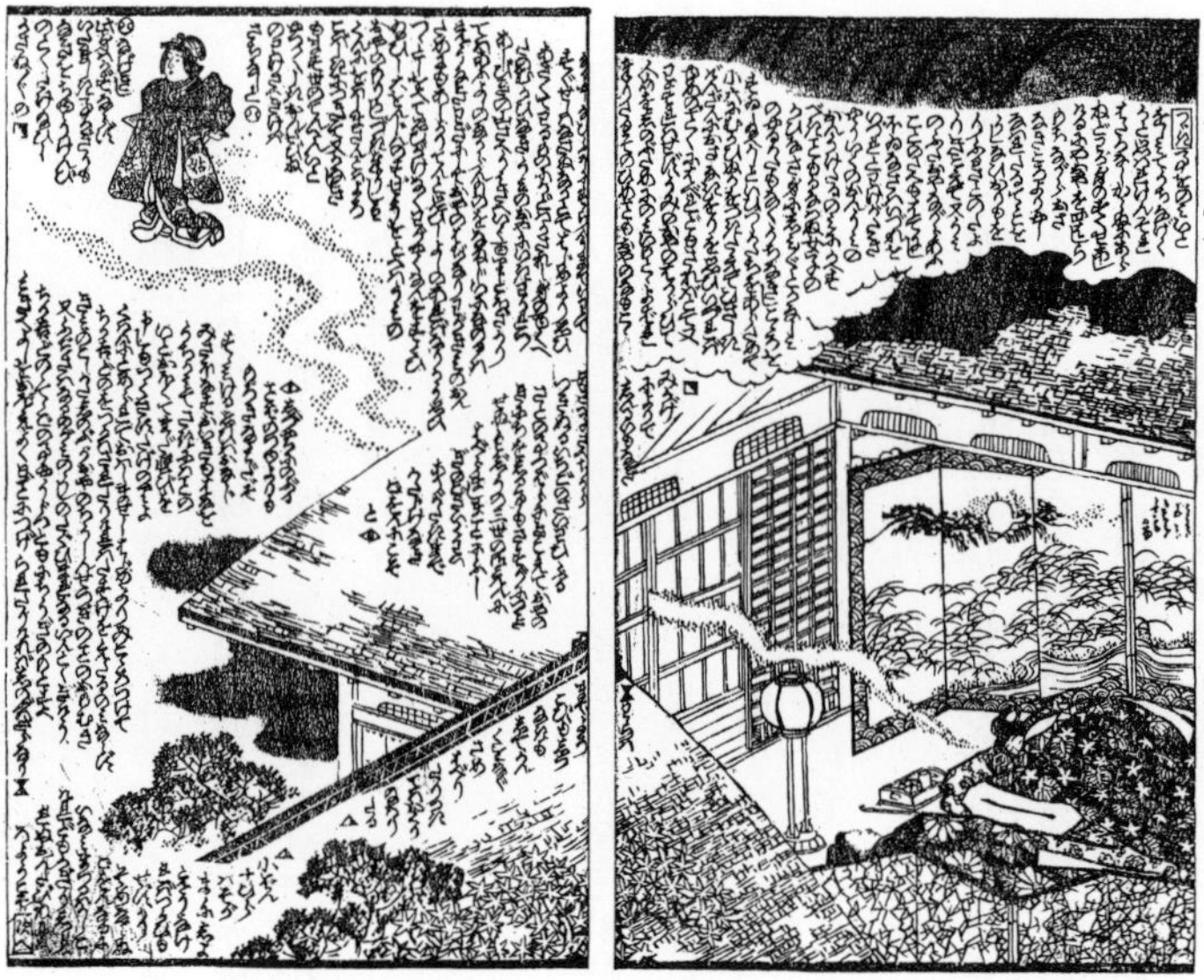

図20 『侠客伝仆摸略説』八編　姑摩姫から分身が抜け出す。

げさせたいと考えた。

九六媛は姑摩姫に仙書を授け、苦学して怠らなければ五年で仙術成就し、六年目に仇討の志をとげることができよう、と告げる。それから三年間、姑摩姫は仙書を読んで自学した。十歳になった時には仙術を会得していて、身は毛のように軽く、食べずとも餓えをおぼえず、眠らずとも疲れず、自分でも不思議なほどであった。

ある夜、姑摩姫は仙術を使って九六媛のもとへ行く。

爾程《さるほど》に姑摩姫は、学術既に奥義を極めし、歓びいふべうもあらざれば、「師の仙嬢によしを報《つげ》て、この歓びを稟《まう》さめ」、と思ひにければその夜《よ》

図 21　『開巻驚奇侠客伝』第三集巻之一　飛行する姑摩姫。

艾《さり》、悄々地《ひそか》に臥房《ふしど》を起出て、口に呪文を唱《となふ》れば、戸節《とふし》の竅《あな》より忽然《こちねん》と、はや外面《とのかた》に出《いで》にけり。「恪《かく》ては進退やすかりけり」、と思ひつつ又唱《となふ》る呪文と、倶《とも》に身は只飛鳥《ひちやう》のごとく、突《とつ》然《ねん》たる足は、地を踏まず、瞬息間《またたくあはひ》に葛城山なる、仙観に来にければ、九六媛これを召近着《よびちかづけ》て、その術を賞め、側《かたへ》に坐《を》らして、別後の安否を問《とひ》などす。

姑摩姫は戸の節穴から外に抜け出し、瞬時に葛城山に移動することができた。その後も夜な夜な家を抜け出し、九六媛のもとに通って武芸の稽古に励んだが、その時には分身の術を用いた。

図22 『開巻驚奇俠客伝』第三集巻之二　姿を隠したまま義満を射る姑摩姫。

係《かか》りしかば姑摩姫は、其甲夜々《そのよひよひ》に宿所を出《いで》て、独《ひとり》仙家に赴けども、窃《ひそか》に分身の法を設《まうけ》て、臥房《ふしど》に熟睡《うまい》せしごとく、形貌《かたち》を遺したりければ、毎《つね》に側《かたへ》に添臥《そひぶし》すなる、嬭母《めのと》の縫殿《ぬひ》すら夢にだも、然《さ》ることありとは知らざりけり。

読本にはこの場面の挿絵はないが、これを抄録した合巻『俠客伝仮摸略説《きょうかくでんおさなえとき》』（楽亭西馬作）には、乳母に添い寝されている姑摩姫から分身が抜け出している様子を描いた挿絵がある（図20）。

五年が経過し、姑摩姫は仙術をすっかり身につけて、いよいよ足利義満を討つため、金閣寺へ赴くことになる。九六媛は姑摩姫に弓矢を与え、香を焚く。姑摩姫は香の煙のなびく方向を道しるべに、飛行の術を用いて葛城山を出発する（図21）。金閣寺に着いた姑摩姫は日暮れを待ち、隠形の術で姿を消したまま義満に名乗りかけ、その五臓を射抜く（図22）。

姑摩姫が女仙から仙術を授かる設定は、中国小説『女仙外史』に拠っている（麻生磯次『江戸文学と中国文学』）。『女仙外史』のなかで燕王に反旗を翻す唐賽児が姑摩姫にあたり、唐賽児に仙術を教える女仙九天玄女が九六媛にあたる。馬琴も作中に「唐山《からくに》には婦人にも、唐賽児《たうさいじ》とやらんがごとき、幻術左道《げんじゆつさどう》を行ひたる、叛逆《ほんぎやく》のものありとか聞けば、那《かの》姑摩姫も厶們《それら》の亜流歟《たぐひか》」（第三集巻之三）と書いて、『女仙外史』をふまえたことをほのめかしている。

### 安倍晴明

自分の魂を身体から解き放つ分身の術に対して、反魂の術は、他人の魂を操ろうとするものである。

落語に「反魂香《はんごんこう》」という噺がある。女房を亡くしてやもめ暮らしの八五郎は、隣の坊主が毎晩鉦を叩くので文句を言いに行く。坊主は亡き妻の回向《えこう》をしていると述べ、身の上話をする。――自分はもと島田重三郎という浪人である。遊女の高尾と深い仲になり、将来を約束したしるしに高尾から魂を反《かえ》すという名香、反魂香をもらった。高尾は自分への操を立て、仙台侯の意に添わなかったので手討ちにされてしまった。自分は高尾の回向のために出家し、反魂香を焚き、現れた高尾の霊と往事を語り合っている。

実際に重三郎が香を焚いてみせると、本当に高尾の霊が現れた。驚いた八五郎は、自分も女房に会いたいので反魂香を分けてほしいと頼む。だが断られてしまい、仕方なく生薬屋《きぐすりや》で反魂丹《はんごんたん》を買う。自宅で焚いていると煙ばかり出て女房は出てこない。「お梶《かじ》、お梶」と女房の名を呼んでいると、火事と間違えた隣の夫婦が飛んできて、水をかけた。

反魂丹と反魂香は、名前は似ているが効能は大きく違う。反魂丹は食傷や霍乱などに効く薬だが、反魂香は夫人を喪《うしな》った漢の武帝が方士に作らせたもので、焚くと夫人の姿が煙のなかに現れたと伝えられている伝説の香である。

反魂香のことは、浮世草子『好色敗毒散《こうしょくはいどくさん》』(夜食時分作、元禄十六年〔一七〇三〕刊)巻之一第三「反魂香」にも出てくる。

ある男が扇屋の小紫という遊女になじんでいた。しかし小紫は死んでしまい、男は嘆きのあまり湯水も喉を通らない状態になった。見るからにいたわしい様子なので、幇間の重兵衛はあれこれと話をして、男の悲しみをまぎらわせようとする。「せめて大夫のおもかげを一目見ることができたら」というので、重兵衛は、

「それこそやすき御事。我等《われら》安部《あべ》の晴明《せいめい》よりつたへたる、甘泉殿《かんせんでん》のむかし、反魂香《はんごんかう》の秘術、此《こ》のときに仕《つかまつ》るべし」

(それはたやすいことです。安部の晴明から伝来の、武帝の昔からある反魂香の秘術を、今

こそ使って見せましょう）

と請け合った。そして床の間に堆朱《ついしゅ》の卓を据え、その上に天目茶碗を置き、熱い茶漬け飯を供えると、湯気のなかに小紫の姿がありありと現れた（図23）。

遊女の死を嘆く男と反魂香の取り合わせは、落語の「反魂香」に似ている。だが『好色敗毒散』では、床の間に卓をしつらえていかにも香を焚くように見せつつ、そこに茶漬け飯を供えるという意表をついた展開になる。そして香の煙ではなく茶漬けの湯気のなかに霊が現れる幕切れ。長谷川強によれば、まさにこの改変がミソだという（新編日本古典文学全集『浮世草子集』注）。茶漬け飯は遊女の好むもの、つまり小紫の霊は茶漬けの匂いに引かれて出てきたわけだ。微笑を誘われる情景である。

図23 『好色敗毒散』巻之一第三　湯気のなかに現れる小紫。

さて、ここで注目したいのは、重兵衛が「反魂香の秘術」を安部の晴明より伝来のものと説明していることだ。安部の晴明はもちろん平安時代の有名な陰陽師、安倍晴明《あべのせいめい》のことである（江戸時代には安部・安倍の両表記があった）。では、晴明は実際に反魂の術を心得ていたのだろうか。

『好色敗毒散』より三十年ほど前、延宝二年（一六七四）に『しのたづまつりぎつね付あべノ清明出生』という古浄瑠璃の正本が出版されている（以下『しのたづまつりぎつね』と略す）。このなかでは、晴明（原文は清明）は阿倍仲麻呂の末裔保名《やすな》と信田森の狐の間の子で、八歳から毎日天文道の書を読み、一を聞いて十を知る神童として描かれている。ある日、虚空に音楽が聞こえ、花が降り、紫雲がたなびき、その中から「はくとう上人」と名乗る白髪の老僧が現れた。上人は晴明に陰陽・暦数・天文地理・加持・秘符の奥義を伝授しようと「金鳥玉兎」の一巻を与える。

その後、晴明は内裏で行われた芦屋道満《あしやどうまん》との術くらべに勝つ。道満には石川悪右衛門尉常平という弟がいたが、悪右衛門が保名の父を殺し、保名が悪右衛門を敵として討つという出来事があったため、道満は保名に恨みを抱いていた。かれは保名を一条の橋で待ち伏せし、殺してしまう。もともと人通りの少ない場所であったので、保名の死骸は鳥や犬に食い散らかされる。内裏からの帰りにこの事件を知った晴明は、ばらばらになった父の死骸を集めて「しやうくわつそくめい」（生活続命）の法を行う。橋の上に壇を設け、集めた死骸を据え、壇上に五色の幣をかけ、灯明をともし、供物を供えて、ひたすらに神仏を祈る。すると不思議なことが起こる。

たとへ、常業、限りの命なり共、一度よみがへらせてたび給へ、是非かなわずは、清明が命、只今とりてたべと、じつたい、せうげの、行いにて、肝胆砕き、祈りける。

仏神、納受、ましましけん、不思議や、肉ししむらをくわへて退きし、里の犬、飛び鳥か、ししむらあるひは、かいなを、くわへ来りけり、清明いよいよ勇みをなし、せめつけせめつけ、祈りける。
かくて、行法、事至り、両足、し〔ししカ〕、かいな、とけ〔とりカ〕付ば、やがて面ぞう、あらはれて、六根六識、ほどなくもとの、保名となり給ふ。

晴明の祈禱が神仏に通じたのか、烏や犬が死骸の一部を返しに来る。体は元通りになり、意識も戻り、保名は蘇る。晴明は反魂の術に成功したのである。

この浄瑠璃に出てくる諸要素（晴明の父が保名、母が信田森の狐であること、道満との術くらべ、晴明による保名蘇生など）は、『芦屋《あしや》道満《どうまん》大内鑑《おおうちかがみ》』（竹田出雲作、享保十九年〔一七三四〕初演）など後世の浄瑠璃へ受け継がれてもいる。晴明すなわち反魂の術という連想は、『好色敗毒散』が書かれた頃には一般的なものになっていたのだろう。

では、これより前に、晴明と反魂の術を結びつけた話はないのだろうか。『しのたづまつりぎつね』よりさらに遡ること十二年、寛文二年（一六六二）に仮名草子『安倍《あべの》晴明《せいめい》物語《ものがたり》』が出版されている。このなかでは、術くらべで晴明に負けた道満が晴明の弟子となり、晴明が渡唐している間にその妻と密通する。そして秘蔵の『金烏玉兎集《きんうぎょくとしゅう》』と『簠簋《ほき》内伝《ないでん》』をこっそり書写し、晴明が帰朝すると「夢で文殊菩薩から『金烏玉兎集』と『簠簋内伝』を授けられ、目覚めたら本当に枕元にあった」と告げる。だが晴明は道満の言うことを信用せず「首を賭けてもいい」と言うので、道満は写し取った二つの書を見せ、晴明の首を討って殺してしまう。晴明が死ぬと召し使いたちも藁裏《わらづと》や木ぎれになってしまったので、道満は新しい木ぎれをこしらえて祈禱し、人間にして召し使う。

晴明が道満にあっさり殺されてしまう展開には驚かされるが、このあと晴明は伯道《はくどう》上人の術で蘇生させられる。伯道は晴明が唐にいた時の師匠で、「仙人の大道を得て、天文地利の妙術をきはめ、加持秘符の深理をさと」った人であった。伯道は唐にいながらにして晴明の身に何か起きたことを察する。そして、「太山府君の法」を行い、晴明が殺されたことを知ると、「敵をとりて、あたへん」と日本に渡り、晴明の死骸が埋められた五条川原の西岸に行く。

伯道、直《すぐ》につかに行てみれば、上に柳をうへたり。伯道すなはち、柳をほり、草を引すて、土をうがちてみるに、十二の大骨、三百六十の小骨、みなはなれて、四十九重の皮、九百分の肉《ししむら》、十二の脉《ちすち》は、朽爛《くちただれ》てながれたり。伯道、これを一所にあつめて、生活続命《しやうくわつぞくめい》の法を、おこなひ給ひしかば、晴明、夢のさめたる心ちして、もとのすがたとなりて、よみがへりたり。

伯道は塚を掘り返し、ばらばらになった骨、腐り爛れた皮や肉を一箇所に集めて「生活続命の法」を行った。すると晴明は元通りの姿となって、夢から覚めたように蘇った。

ばらばらの死骸を集めて「生活続命」の法を行うという手順は、『しのたづまつりぎつね』に描かれていたのとほぼ同じである。だが蘇生させられるのは保名ではなく晴明である。『安倍晴明物語』では晴明が「生活続命」の法を使えたかどうかは書かれていない。むしろ興味深いのは、道満が祈禱によって木ぎれを人間に変え、召し使ったとあることである。道満は陰陽師として、人ならぬものに魂を吹き込む術を会得していたということになる。

ところで伯道上人の話はどこから来ているのだろうか。『しのたづまつりぎつね』では「はくとう上人」が晴明に「金烏玉兎」の書を伝授する。『安倍晴明物語』では道満に殺された晴明が伯道によって蘇生させられる。実はこれら一連のエピソードは室町中期の写本『簠簋《ほき》内伝《ないでん》金烏玉《きんうぎょく》兎集《としゅう》』の「清明序」に源流がある。直接にはこの書の注釈書である『簠簋抄《ほきしょう》』（寛永四年〔一六二七〕刊）の「三国相伝簠簋金烏玉兎集の由来」が、『安倍晴明物語』や『しのたづまつりぎつね』の典拠であると言われている。

晴明と反魂の術の話に戻ろう。『今昔物語集』巻二十四・十六「安倍晴明、随忠行《ただゆきにしたがひて》習道《みちをならふ》語《こと》」は、こんな話である。

晴明が広沢僧正の御坊に参上した時、公達や若い僧侶がいて、雑談のなかで晴明に「式神をお使いになるそうですが、簡単に人を殺すこともできるのですか」と問いかけた。晴明は「陰陽道の秘事をあからさまに問うてくるものだな」と思いながら「たやすくは殺せませんが、少し力を入れれば必ず殺せます。虫などは少しのことで殺せますが、生き返らせる方法を知らないので、殺生の罪になります。やるべきことではありません」と答えた。そのとき庭に五、六匹の蛙が出てきた。公達が「では、あれを一匹殺してみせて下さい」と言ったので、晴明は「罪作りなことをなさいますね。ですが、私をお試しになるのなら」と言い、草の葉を摘んで、何かとなえて蛙のほうに投げた。その草の葉が蛙の上にかかると見るほどに、蛙は真っ平らに潰れて死んだ。僧たちはそれを見て顔色を失った。

これによれば、晴明は術によって生き物を殺すことはできても、生き返らせる方法は知らなかった。同じ話は『宇治拾遺物語』にも見える。

晴明をめぐる伝承は、時代が下るにつれてさまざまな要素が付け加えられていく。母親が狐であるという話などと同じく、反魂の術を使って父を蘇生させたという話も、後から加えられた虚構の一つなのだろう。そこには晴明を人間離れした陰陽師として描いていこうとする伝承者たちの心性が窺える。

ところで『宇治拾遺物語』には、道摩《どうま》法師という陰陽師が藤原道長を呪詛しているのを晴明が察知して、害を未然に防いだ話も載っている。

晴明は、道長への呪いをこめた物が道に埋められているのに気がつき、掘らせてみると二つの土器《かわらけ》を合わせて黄色の紙縒《こより》で十文字にからげたものが出てきた。土器の底には赤い色で一文字が記されていた。晴明は「道摩法師がしたことかもしれない。ただしてみよう」と懐から紙を出して鳥の形に結び、呪文をかけて空に投げた。すると紙の鳥はたちまち白鷺になって、南のほうに飛んでいった。「この鳥の行き先を見てきなさい」と下部《しもべ》を走らせると、ある古い家のなかに落ちたので、家主の老法師をからめ取った。呪詛のわけを問うと、藤原顕光公にもちかけられて、ということだった。流罪にすべきところだったが、道摩自身の咎ではないとして「今後はこういうことをしないように」と注意し、本国の播磨に追放した（「御堂関白御犬《みだうくわんぱくのおんいぬ》、晴明等《せいめいら》、奇特事《きどくのこと》」）。『十訓抄』『古事談』にも同じ話が載っている。『安倍晴明物語』と『芦屋道満大内鑑』で晴明と術くらべをくりひろげる芦屋道満のモデルは、この道摩法師であろう。術くらべは見せ場でもあった。浄瑠璃『弘徽殿鵜羽産家《こうきでんうのはのうぶや》』（近松門左衛門作、正徳四年〔一七一四〕九月以前上演か）の冒頭にも、花山院の寵愛を受けた弘徽殿と藤壺が同時に妊娠、変生男子（胎児が女子の場合に男子に変じさせる）の祈禱のために弘徽殿側には道満、藤壺側には晴明が選ばれて秘術を尽くす場面がある。

## 信誓・浄蔵

晴明が反魂の術を使うことができたというのは後世の人々による虚構であったが、平安時代には、加持祈禱によって死者を蘇生させたと伝えられている人が何人かいる。ここでは、信誓《しんぜい》と浄蔵《じょうぞう》の二人を紹介したい。

まず天台宗の僧侶、信誓の話である。

信誓は天台宗の勧命律師の弟子であった。幼いころから法華経を日夜読誦し、真言陀羅尼（密教の呪文）を習って修行していた。現世の名声や利得を捨ててひとえに後世の仏果・菩提を願い、本山を去って丹波の国の棚波の滝というところに行き、そこにこもってひたすらに祈っていた。すると端正な顔立ちの童子が現れ、しばらく信誓が法華経を誦するのを聞いて姿を消したので、信誓は「天童が下ってわたしをほめてくださったのだ」と感涙にむせんだ。

　信誓の父が国司として安房に下向した時、信誓も父母にしたがって下向した。あるとき疫病が流行し、信誓の父母は死んでしまった。信誓は法華経を誦して蘇生を祈った。夢のなかで法華経の第六巻が空から飛び下るのが見え、経についていた手紙を開くと「汝が法華経をよんで父母の蘇生を祈っているので、父母の寿命を延ばし、今回は冥土から返すことにする。これは閻魔王からの手紙である」と書かれていた。夢がさめると父母は蘇生していた。

　この話は『今昔物語集』巻十二・三十七「信誓阿闍梨、依経力活父母語《きやうのちからによりてぶもをよみがへらしめたること》」に書かれている。信誓が道心堅固に修行につとめたことと、法華経の功徳によって、本来は冥土から帰れなかったはずの父母が蘇生した、という話である。

　次に、三善清行《みよしきよゆき》の子で宇多法皇の弟子であった浄蔵について、鎌倉時代に書かれた『撰集抄』巻七・五の記事を原文で引用しよう。

　浄蔵、善宰相のまさしき八男ぞかし。それに八坂の塔のゆがめをなほし、父の宰相の此世の縁つきてさり給ひしに、一条の橋のもとに行きあひ侍りて、しばらく観法して蘇生したてまつられけるこそ、つたへ聞くにもありがたく侍れ。さて、その一条の橋をば戻り橋といへる、宰相のよみがへる故に名づけて侍り。

（浄蔵は宰相三善清行の八男である。八坂の塔のゆがみを直した話や、父の宰相がこの世を去ったときに一条の橋のもとでその葬送に行き合い、しばらく加持祈禱して蘇生させ申し上げた、という話は、伝え聞くだけでもありがたいことである。その一条の橋を戻り橋と言うのは、宰相が蘇ったのでそのように名づけたのである）

この話は『撰集抄』の他にも複数の説話集に見え、死後数日を経てから蘇生させた展開になっているものもあるという。南里みち子は「浄蔵の法力を強調しようとすれば、死後数日を経た者を蘇生させるという方向に話が発展するのは、自然のなりゆきであろう」と述べている。また浄蔵には、死者の蘇生譚ばかりでなく、加持祈禱によって怨霊を調伏し、病を治した話や、飛鉢の法（鉢を飛ばして食物を得る法）を行った話なども伝えられているという（『怨霊と修験の説話』）。

## 西行

信誓と浄蔵による蘇生譚は、いずれも加持祈禱によって死者の魂を呼び戻すというものだった。ところで『撰集抄』巻五・十五には、ある有名な人物が反魂の術に失敗した話も載っている。

西行が高野山の奥に暮らしていた時、月夜の晩には友人の聖《ひじり》と橋の上で落ち合い、月をながめて過ごしていたが、その聖は「京でやることがあるから」と言い、無情にも西行をおいて都に行ってしまった。西行は自分と同じように憂き世を厭い、花月の風情を理解できる友人がほしくなった。思いがけずある信頼できる人から、鬼が人の骨を集めて人を造った例を聞いたので、西行もその通りにして、広い野に出て骨を集めて人を造ってみた。だが出来上がったのは人の形はしているが色が悪く、感情も持たず、声も下手な笛の音のようだった。「これをどうしたものか。壊せば殺したことになるのだろうか。心がないから草木と同じかと思えば、姿は人の形をしている」と思いながら、西行はそれを高野の奥の人も通わぬところに置いた。誰かが見たら、化け物だと恐れることだろう。

西行は京に出かけた折に、造り方を教えてくれた徳大寺殿のところに行ってみたが、会えなかったので、伏見の前中納言　源《みなもとの》師仲《もろなか》卿のところに行き、この件について相談した。「広い野に出て、人のいないところで死人の骨を集め、頭から手足まで間違いないように骨をならべ、砒霜という薬を骨に塗り、イチゴとハコベの葉をもみ合わせてから、藤などで骨をつなげて、水で洗い、髪が生えるべき所にはサイカイの葉とムクゲの葉を焼いてつけた。土の上にむしろを敷いてその骨を伏せて置き、風が通らないようにして十四日間置いてから、沈香と香を焚いて反魂の秘術を行った」と説明すると、師仲は「だいたいはそれでいいが、反魂の術にかけた時間が十分ではなかったのだろう。私は四条の大納言の流れを受け、人を造ったことがあった。その人はいま公卿

図24　『西行撰集抄』巻之二下　人を造る西行。

だが、名を明かしたら造った人も造られた人も溶けてなくなってしまうから、口外できない」と言い、「反魂の術を行う時は、香は焚かないものだ。香は魔物を避け、仏菩薩を集める徳があるが、仏菩薩は生死を忌むものだから、反魂を行っている時に香を焚くとその人間に心が生まれにくくなる。沈香と乳香を焚くべきだろう。また反魂の術を行う側の人間も、七日の間は物を食べてはならない。そのようにして造りなさい」と助言した。西行は無意味なことと思い返して、その後は人間を造ろうとはしなかった。

　西行といえば一般には「願はくは花のしたにて春死なむ　そのきさらぎの望月のころ」などの和歌で知られる歌人で、漂泊の修行僧としても有名である。だがこの話では事もあろうに、友人が去った寂しさから人間を造ろうとしている。「鈴鹿山うき世をよそにふり捨てて　いかになりゆくわが身なるらむ」という世捨て人であっても、孤独には耐えかねたのか。実話とは思えないが、何とも人間くさい西行像である。

江戸時代に出版された『西行撰集抄《さいぎようせんじゆうしよう》』（文化七年〔一八一〇〕刊）ではこの話に挿絵がついていて、西行は自分の造った人間と向かい合っている（図24）。『撰集抄』では「ひろき野」とあるだけだが、挿絵では野原のなかに点々と墓石があり、野ざらしの頭蓋骨も描かれている。

西行と師仲の会話からは、当時考えられていた反魂の術の細部を知ることができる。人造人間の名前を明かしたら、その人も自分も消えてしまうという。反魂の術は行うほうも命がけだったということか。


身体から魂を離脱させる分身の術、身体に魂を吹き込む反魂の術。こうした術が幻想される背景には、身体と魂は通常は一体だが、別々にもなりうるという考え方がある。

これらは主体的に操れる〈術〉として制御されているうちはいい。そうではない状態で同様のことが起きたら、何とも恐ろしいことになる。たとえば勝手に自分の分身が現れてしまった場合、それは病気と考えられた。いわゆる離魂《りこん》病である。読本『曙草紙《あけぼのぞうし》』（山東京伝作、文化二年〔一八〇五〕刊）には、桜姫が「一体二形《いったいにぎやう》」となる場面がある。二人の桜姫は声もしぐさも全く同じで、どちらが本物なのか見分けがつかない。周囲の人々は「こはいかなる怪異《けい》ぞ。世に離魂病《りこんびやう》と云もののたぐひにや」と言い合う。実はこれは桜姫の母野分《のわき》に恨みを持つ玉琴《たまごと》の亡霊が見せている幻で、そのことは後で明らかになる。京伝は作中で中国小説『離魂記』などに言及し、離魂病は病気であって治す方法があるが、桜姫の場合は怨霊のしわざであるからこれとは別物だと説明している。

他人によって勝手に自分の魂を身体から引き離されるのも、楽しい体験ではない。『伽婢子《おとぎぼうこ》』（寛文六年〔一六六六〕刊）には「魂蛻吟《たましいもぬけさまよふ》」という恐ろしい話がある。

河内の弓削という所に友勝という鍛冶がいた。用事で大和の郡山に行った帰り、山のなかで休んでいると、馬に乗った人が、鞍をおいただけの馬を連れて通りかかった。友勝は「乗る人がいないなら、空いているほうの馬を貸してほしい」と頼み、川向こうの岸で下りるという約束で借りて乗った。川を渡ったところで馬から下り、そのまま帰宅すると、家では一族が集まって宴会をしていた。だが誰も友勝が帰ってきたことに気がつかず、友勝がいくら呼びかけても通じない。友勝は「さては自分は急死して、魂だけがここに帰ってきたのだ」と思い、泣きながら村はずれまで出た。

そこに黒い馬に乗った貴人が通りかかり、友勝をさして「まだ死ぬべき時の来ていない者の魂が、不慮の事態に遭遇してさまよっているようだ」と言う。また烏帽子を被った人が現れ、その貴人に「友勝はまだ定業に至っていないが、大和川の水神に馬を借りたので、水神がふざけてその魂を引き出したのです。私は魂を元の身に返してやるために参上しました」とひざまずいた。貴人は少し笑い、「水神は道理もないのに人の命をたぶらかして、ふざけているのは許せないね。

明日かならず刑罰を行おう」と言った。

烏帽子の人は恐れた様子で友勝を招いて、「馬上の貴人は聖徳太子です。常に科長《しなが》の陵《みささぎ》から出て国中をめぐり、悪神を鎮め、悪鬼をいましめ、人々を護っておられるのです。私は水神の一族です。あなたを再び人間に戻しましょう、しばらく目をつぶっておいでなさい」と言い、後ろにまわって押した。と思ったら、友勝は大和川の西岸に夢から覚めたような感じで蘇っていた。家に帰ると人々が宴会をしており、友勝が身の上に起きた出来事の話をすると、皆驚いて怪しんだ。

この話は中国小説「裴珙」を翻案したもので、裴珙を友勝に、裴珙を助ける貴人を聖徳太子に変えているという（新日本古典文学大系『伽婢子』注）。邪神によって魂を身体から引き出されたら、凡人にはどうすることもできない。

死者の魂も、もし呼んでもいないのに戻ってきてしまったら、それは亡霊として恐れられ、事によっては調伏の対象となるだろう。古い物に勝手に魂が入ってしまったら、それは付喪神《つくもがみ》と呼ばれて妖怪扱いされる。

分身や反魂は、それ自体は怪異現象といってよい。そういう現象を自在に操る術を身につけているということは、いわば、怪異をも手中に収めているということだ。分身の術や反魂の術の話が恐ろしくも面白いのは、一つには術の使い手がかもし出す万能感に惹きつけられてしまうからかもしれない。

# 蝦蟇の術

妖術使いの出てくる小説や演劇はいろいろあるが、なかには動物と妖術を関係づけたものもある。特に多いのは蝦蟇《がま》の術を扱ったものである。

江戸時代に生み出された蝦蟇の妖術使いの系譜を作るとしたら、最初の一人に数えるべきは浄瑠璃『傾城島原蛙合戦《けいせいしまばらかいるがつせん》』（享保四年〔一七一九〕十一月、大坂・竹本座）の七草四郎藤原高平《ななくさしろうふじわらのたかひら》、最後の一人は合巻『児雷也豪傑譚《じらいやごうけつものがたり》』（天保十年～明治元年〔一八三九～一八六八〕刊）の主人公、児雷也であろう。これらの間にいくつもの作品があり、何人もの妖術使いがいる。この章では、主だったものを紹介していこう。

## 七草四郎

まず、『傾城島原蛙合戦』の七草四郎をめぐるあらすじを確認しておきたい。

後鳥羽院は不思議な夢を見た。僧侶とも俗人とも見分けがたい「異人」が両足に日月を踏んで雲に乗り、口から五色の虹を吐き、大地の草木には黄金《こがね》の花が咲いている、そんな夢だった。夢判断を命じられた源頼朝は、畠山重忠らと話し合い、怪しい浪人を詮議することにする。

鎌倉幕府軍は藤原秀衡《ひでひら》の遺児四人を掃討するため、奥州で戦《いくさ》を展開していた。太郎泰平《やすひら》・次郎国平《くにひら》・五郎俊平《としひら》は討たれたが、四郎高平《たかひら》だけは負傷しながらも幻術を使って逃げ去った。京へ逃亡した四郎は野菜売りに身をやつし、島原の遊女更級を身請けして、その父手塚幡楽《てづかばんらく》を味方につけようとする。四郎の手下の佐仲太《さちゆうだ》は人々に四郎が会得している秘法の素晴らしさを説き、鏡の奇異を見せて心服させる。

四郎は追手の富樫左衛門に膝の傷を見つけられ、つかまりそうになるが、術を使って空中に虹を出現させ、更級を連れて去る。更級は父母の家に逃げ帰るが、四郎は蝦蟇に変じて更級に食いつき、苦しめる。更級の婚約者であった源六が蝦蟇に切りつけると、四郎が正体を現し、幡楽が自分の味方につくなら更級を助けてやると言う。

四郎は筑紫七草の城にこもり、幻術で寄せ手を退ける。更級の懐から江の島弁財天の注連縄《しめ》が金色の蛇に変じて現れ、四郎の息から現れた蝦蟇はその蛇に飲み込まれる。術を挫かれた四郎は源六らに討たれる。

四郎の蝦蟇の術には、吐き出した息が不思議な力を持つという特色がある。更級を連れて逃げた時には青・黄・赤・白・紫の五色の息を吐き、それが虹となって空中への通路になる。また、蝦蟇に変じて更級に食いついた時には、更級の父の幡楽にむかって毒気を吹きかけている。その場面を原文で見てみよう。

見て下さんせと上の衿押ひらけば。あらいぶせ恐ろしや頭《かしら》に角有大の蝦蟆《かいる》。雪の肌《はだへ》にひつたりと四足をはつて肉をしめ。疑露《ぎろ》つく眼は銅《あかがね》のべうを打たるごとくにて。胸に喰《くひ》入刃《やいば》の歯音鑢《やすり》をおろすにことならず。
父母二めと見もやらず娘が苦痛うめく声。病気ならねばくすりもなく。いでつかみ殺さんと近付《ちかづけ》ば幡楽に。毒気を吹かけ眼をくらます。うろたへ歎《なげく》夫婦のさま。目もあてられぬ次第也。

頭に角のある蝦蟇が銅の鋲《びょう》のような眼をぎらつかせ、雪のように白い更級の肌に張りついて毒気を吐く。グロテスクな光景である。

四郎の息にこうした特殊な力があるのはなぜなのか。これは蝦蟇に関する俗信と関係がある。『傾城島原蛙合戦』より前、正徳年間に作られた百科事典『和漢三才図会』の「虹蜺」の項には、次のような記述がある（現代語訳で示す）。

『霏雪録』に云う。越の中に、陸国賓という道士がいた。舟で外に出てみると、白虹のかかっているのが見えた。近づくと、筍笠くらいの大きさの蝦蟇がおり、白気がその口中から出ていた。蝦蟇が水に飛び込むと虹は見えなくなった。つまりこれは虹ではなく、蝦蟇の息ではなかったかと思う。

蝦蟇が虹のような息を吐くという俗信は、『傾城島原蛙合戦』の冒頭でもふれられている。後鳥羽院の夢を占う場面で、畠山重忠は次のように述べている。

「陰陽家《おんようけ》には仙宮の蛙息を吐て虹と成と沙汰せり。蛙は則蝦蟇《がま》仙人が仙術。ふしぎじざいのきどくを顕し衆生を迷《まよは》す。道に似て道にあらず。儒にはこれらを異端ときらひ仏家には邪法と破《は》す。此邪法国におこり日月の翼をふみおれば。王法忽《たちまち》くつがへり地におつる瑞夢ならずや」

（陰陽道では、仙宮の蛙が息を吐くと虹になると言われている。蛙の仙術は蝦蟇仙人に由来し、不思議な現象を見せて衆生を惑わす。道に外れたものである。儒教ではこれを異端とし、仏教ではこれを邪法とする。この邪法が国にはびこれば王法はくつがえる、そのような予兆を示す夢であろう）

虹を吐く蝦蟇は仙術と結びつく。そして仙術は、儒・仏を重んじる立場からすれば異端・邪法であった。重忠の発言を受けて、頼朝は次のように述べる。

「今儒仏さかんの神国に邪法を広むる者なゝど。よも有まじとは思へ共。九郎義経が郎等常陸坊海存《ひたちぼうかいぞん》せんじゆつをまなび。高館《たかだち》落城にも其行方なし。所詮《しょせん》横目の武士をえらみ京鎌倉の町屋に住。諸浪人の詮義せさせん」

（儒教や仏教が盛んな神国に、邪法を広める者などあるまいとは思うが、源義経の家来であった常陸坊海存は仙術を学び、高館落城の折に行方知れずとなった。監察役の武士を撰び、京・鎌倉に住む浪人どもの詮議をさせよう）

邪法と聞いて頼朝が想起したのは、義経の家来で仙術を会得した常陸坊海存であった。海存は高館落城（衣川合戦）の折に行方知れずとなっている。後鳥羽院の夢に現れた「異人」は蝦蟇仙人の術を会得した常陸坊海存、あるいは海存にゆかりの人物ではないか。こうした発想から、怪しい浪人が詮議されることになったのである。

七草四郎が「邪法」に関わる人物であることは、手下の佐仲太が四郎の会得している秘法について人々に説く場面から、しだいに明確になってくる。佐仲太が「仏法にだまされ億万劫身をくるしむる人々に。今宵の御馳走我らが本尊拝せさせん」と厨子を開くと、その中には「木の葉を着たる荒法師。雲に乗し口より虹《ぜう》をふく絵像」が入っている。人々はそれを見て「なむあみだ仏」ととなえるが、佐仲太は怒って次のように説く。

「いまいまし念仏。忝も此御本尊は九郎判官殿の家臣。ひたち坊海存《かいぞん》仙人。長生不死の術をまなびて。くはんらく無苦の仙人と成給ふ。其法を今伝へし人は奥州五十四郡の主。秀衡の四男今の名は七草四郎殿。此法に信伏し神も仏も打捨。一心不乱に仙術にかたぶく人は病苦なく貧苦なく。金銀米銭にあきみち。国主城主公家高家にも望次第。たもつ寿命は一千歳《ざい》無二無上の大法」

(念仏などいまいましい。忝なくも、このご本尊は九郎判官義経殿の家臣、常陸坊海存仙人であり、長生不死の術を学んで、歓楽無苦の仙人となったお方である。その法を伝えておられるのが、奥州の主秀衡の四男、今の名は七草四郎とおっしゃる方である。この法を信じ、神仏を捨てて一心不乱に仙術に心を傾ければ、病苦も貧苦もなく、金銀米銭に満ち、出世は望み次第。千歳の寿命も保つことができる)

本尊として示された「海存仙人」の絵像は、雲に乗って虹を吹く姿であった。これは後鳥羽院の夢に出てきた「異人」の姿に似ている。そして四郎も、更級を連れて逃げる時に虹を吹く。その姿はまさに、「異人」と「海存仙人」に重なってくる。

四郎がかたちはかきけすごとく虹のとまりは屋の棟に。其玉しゐは更級と共につれ立とぶ蛙。あれ打殺せとこぶしを握り礫《つぶて》よ石よとさはぐ間に。影もはるかに遠ざかり行方。さらに白雲の。たな引ひびく夜明の鐘。音に聞たりもろこしに。形を吹出すてつかい仙。蛙を愛せし蝦蟇仙人の法をつたへて末の世に目をおどろかすばかりなり。

虹を吹いた四郎は蝦蟇に変じ、更級を連れて空中遥かに去って行く。その四郎の術は鉄枴《てつかい》仙人と蝦蟇仙人に由来するという。鉄枴仙人は口から分身を飛ばす術で知られる（「分身と反魂の術」67〜70ページ参照）。蝦蟇仙人は一説に中国五代十国時代の仙人劉海蟾《りゅうかいせん》のこと。その図像は三本足の蝦蟇とともに描かれることが多い。蝦蟇に変じ、口から虹や毒気を吐く四郎の術は、この二人の仙人の流れを汲むものと位置づけられている。

では、この術を四郎に伝えたという常陸坊海存とはどのような人物なのか。

歌舞伎十八番の一つに『勧進帳』という演目がある。頼朝と不和になった義経は、弁慶と四人の家来を連れ、山伏の一向にやつして陸奥に落ちようとする。安宅の関を守る富樫左衛門は一行が義経主従ではないかと怪しみ、足止めするが、弁慶の捨て身の行動を見て通行を許す。これがあらすじだが、義経の家来のうちの一人が常陸坊海尊である。

『源平盛衰記』によれば海尊は叡山の僧、『義経記』では園城寺の僧とされ、義経が戦死する衣川合戦に間に合わず、そのまま行方知れずとなったとされる（『歌舞伎登場人物事典』）。仮名草子『狗張子《いぬはりこ》』（元禄五年〔一六九二〕刊）巻之一「富士垢離《ふじごり》」には、その後の海尊が登場する。あらすじを紹介しよう。

衣川高館の戦で義経らが滅びた際、常陸坊海尊は軍勢を逃れて、富士山に隠れた。海尊が浅間大菩薩に祈ると岩の洞から飴のようなものがわき出て、それを食すうちに自然と健やかに快くなった。海尊は朝に日の精を吸って霞にこもり、ついに仙人となり、折節は麓に下って里人を助けつつ世を忍んで暮らした。

摂津国ゆするぎの里の鳥岡弥二郎は、浅間《せんげん》の行人《ぎょうにん》の祈禱で病から回復したことを喜び、富士参詣を思い立つ。富士山に登り、かなりの高みに到達した時、足を踏み外して転落するが、六十歳余りの法師に救われる。弥二郎は法師を拝み、名前を尋ねたが、法師はそれには答えず「帰り道に庵へお立ち寄り下さい」と述べ、かき消すようにいなくなった。

弥二郎は下山の途中で、麓のあたりに小さな草深い庵を見つけた。分け入ると先ほどの法師に迎えられた。法師は弥二郎に「自分はもと東国の者で、長らく奥州衣川のあたりにいたが、思いの外の災いがあり、それを逃れてここに隠れ棲んだ。勤行し、魂を修練して年月の過ぎるのも気がつかなかった。名は残夢といい、人と交わらないので時世の移り変わりも知らない。今の世の中はどんな様子ですか」と尋ねた。弥二郎は「足利尊氏公の世から十三代が過ぎ、戦国の世、弱肉強食の世を経て今は織田信長公が猛威をふるっている。これから世の中がどのようになるのかわからない」と語った。残夢は「安否は運によるもので、智恵や勇力、才覚で何とかなるようなものではない」と言い「ここは夜になると恐ろしいことが起きるから、早く旅宿へ戻りなさい」と弥二郎を送り出した。空は暗くなって物凄い様子である。弥二郎が足早に歩きながら顧みると、庵はなく、人の叫び声が煙に交じって空から聞こえた。

戦を逃れ、織田信長の世まで数百年を山に暮らす法師。『傾城島原蛙合戦』で「長生不死の術」を学んだと語られる海存にも、同じイメージが重なってくる。義経の家来だった海存が、義経と同じく鎌倉幕府に追われる七草四郎に仙術を伝授したとしても、不自然なことは何もない。

ところで七草四郎には、島原の乱（島原・天草一揆。寛永十四年〔一六三七〕十月〜翌年二月）の天草四郎のイメージも重ね合わされている。『傾城島原蛙合戦』において七草四郎の潜伏地が「島原」であり、最後に筑紫「七草」の城にこもる展開にも、それがほのめかされている。島原の乱を扱った仮名草子『嶋原記《しまばらき》』（慶安二年〔一六四九〕刊）には、この乱の首謀者として大矢野松右衛門《おおやのまつえもん》、森宗意軒《もりそういけん》らの名前が見えるが、『傾城島原蛙合戦』にも同じく大矢野松右衛門、森宗以といった名前が出てくる。

歴史上の人物としての天草四郎こと益田時貞《ますだときさだ》は、小西行長の旧臣で浪人の益田甚兵衛好次の子。大矢野村の庄屋渡辺小左衛門の養子となったとする説もある（『国史大辞典』）。『嶋原記』には、甚兵衛の子で「才知ならぶ人な」き四郎が「しよしゆつ」（諸術）を覚えて「きとく」（奇特）を見せ、人々が「これこそ、でいうす（デウス）の生まれかはり」と感心してキリシタンに宗旨替えした、と書かれている。少し下って『鬼理志端破却論伝《きりしたんはきゃくろんでん》』（寛文五年〔一六六五〕以前刊か）になると、四郎が「奇術」を鍛錬して人々の前で行って見せたとある。原文を見てみよう。

甚兵衛に一子あり、年十五歳に、いたつて、其かほかたち、世にすぐれて、はつめい利こんの、ほまれあり、名づけて四郎と、いふ。父も、世のつねならず、おもひければ、学文《がくもん》につけて、つとめさするに、をよそ、一を聞て、十を、さとるがごとし。才智《さいち》弁舌《べんぜつ》は、日に、したがひて、まさり、やうやく十七八さいの時分は、すぐれたる学文者《しや》といはれ、肩を、ならぶるものなし。いつしか、父が信する、きりしたん宗を、たつとみ、剰《あまつ》さへ、そのあひだに、めづらしき奇術《きじゆつ》を、たんれんし、さまざまの弁口《べんこう》を吐ちらし、愚人《ぐにん》共を、まねき、あつめ、かの奇術を、いたし、

これは、わがするに、あらず、提宇子《でうす》のなし給へる御はうべんの、きどくなり。

とて、おがませたり。

(甚兵衛に一人の子があった。十五歳ですぐれた容貌をもち、利口だった。四郎という名前だった。父もわが子の非凡をみとめ、学問をさせると、一を聞いて十を悟るような賢さであった。才智と弁舌は日に日にまさり、十七八歳の頃にはすぐれた学問者と言われて、並ぶ者はなかった。いつしか父が信仰するキリスト教を尊み、そのうえ、珍しい奇術を鍛錬し、たくみな弁舌で愚かな者たちを招き集めると、その奇術を見せて、「この現象は、わたしがして見せているものではない。デウスがなさっている御方便の奇特なのだ」と言って、拝ませた)

四郎は神童であり、父にしたがってキリシタンとなってからは、デウスの御方便の奇特と称し

て「奇術」をやって見せたと言う。「奇術」の具体的内容は書かれていない。書き手の意識としては、四郎がデウスの奇特と偽って奇術を見せたという点が重要なのだろう。

ともあれ『傾城島原蛙合戦』が作られる頃には、真偽は別として、天草四郎には不思議な術を使う少年としてのイメージができあがっていたのではないかと思われる。

さらに後世の実録では、四郎の奇術はもっと具体的に書かれている。たとえば『近世実録全書』（昭和四年（一九二九）刊）に収められた『天草騒動』には次のようにある。

四郎は肥前国島原領原村の庄屋渡辺小左衛門の子で、発育が早く二歳から言語を解し、三歳で大人のように書を書き謡を謡い、一を聞いて十を知る秀才であった。成長の後はひそかに「切支丹宗」を信仰して折々「奇術」を行ったので、人はみな「耶蘇《やそ》の再生ならん」と噂した。そして徳川家に反感を持つ天草島の浪人たちが農民を巻き込んだ一揆を企て、郡奉行と代官を殺害する騒ぎを起こした時、四郎はこれに興味を覚えて親に隠れて天草島に渡り、浪人たちによって大将にまつりあげられた。浪人たちは農民に対し、四郎のことを「奇代不可測《きたいふしぎ》の大将今判官《いまはうぐわん》とも申《まをす》べき四郎殿御来臨なり」と紹介する（判官は源義経のこと）。

島の古老が「御大将は天帝の幸福有て、不思議の妙術を顕し給ふと承はる、何卒諸人に其奇特を見せ給へ」と所望すると、四郎は「安き事なれ」と言って立ち上がり、不思議な術を見せた。

衝《つ》と立ちて扇を開き島の方を三度招けば、不思議や松明《たいまつ》一度に四五十発《ぱつ》と燃《もえ》立ちける故、農《ひやく》

図25『絵本小説　天草軍記』　四郎の懐から煙が立ちのぼる。

民《しやう》共大いに驚き「扨々《さてさて》不思議や、斯《かか》る神通自在を得給ふ御大将を得たれば、敵を破らん事易かるべし」と大いに勇み喜び、是《これ》ぞ義経公の再来ならんと実に敬ひ合《あへ》り、是は兼て葦塚同意の者を離島《はなれじま》に遣はしおきて、合図をなし、火を揚させし者なり、

（つと立って扇を開き、島のほうを三度招くと、松明が四五十、ぱっと燃え立ったので農民たちは大いに驚き、「これは不思議だ。このような神通力のある大将がいれば、敵を負かすのはたやすい」と喜び、義経公の再来ではないかと敬った。実はこれは予め島に人を派遣しておき、合図して火をあげさせたのだった）

図26　『絵本小説　天草軍記』　波の上に立つ四郎を森宗意軒が見守る。

この実録にはまた、「一書に云ふ」として、四郎はさまざまな奇跡（呪文をとなえると鳩が降りてきて卵を産み、その卵のなかに天主の像と経文が入っていたとか、狂人の頭を撫でると本心に立ち返ったとか）を行ったが、それらは浪人たちが「愚民の心を己等《おのれら》の党に引入るるの術策《てだて》」としてお膳立てした狂言だったという記事も載せている。四郎の奇跡はかれが「天帝」に守護された特別な人であると周囲に思わせるための偽物だったとする書き方は、『鬼理志端破却論伝』と同様である。

明治二十三年（一八九〇）に出版された『絵本小説　天草軍記』（網島亀吉作）は島原の乱の顛末をごく簡単にまとめた銅版の草双紙で、流布していた実録を元にダイジェスト化したものと思われるが、そのなかにも十七歳の四郎が大将にまつりあげられ、奇術を見せて農民の心を惹きつける場面がある。挿絵には四郎の懐から煙が立ちのぼり、農民たちがそれを拝んでいる図があり（図25）、口絵には四郎が印を結びながら波の上に立ち、それを森宗意軒が見ている図がある（図26）。

天草四郎の術は蝦蟇とは無関係だが、叛逆する妖術使いとしてのイメージが七草四郎へと受け継がれている。蝦蟇の妖術使いとしての七草四郎は、天草四郎・常陸坊海存（海尊）のおもかげに蝦蟇仙人・鉄枴仙人の術が結びついて生まれたのである。

### 天竺徳兵衛

七草四郎のおもかげを受け継ぎ、異国出身という設定を加えて、日本をゆるがす謀叛人として造型されたのが、天竺徳兵衛である。

天竺徳兵衛は、寛永年間に日本から天竺（摩訶陀国・しゃむ国）に渡航し、戻って来た実在の漁師であり、歌舞伎に登場したのは『源氏雲扇芝《げんじぐもおうぎのしば》』（元文二年（一七三七）十一月、江戸・市村座）が最初とされる。また、歌舞伎『若緑錦曾我《わかみどりにしきそが》』（宝暦五年（一七五五）正月、江戸・中村座）では日本を滅ぼそうとする悪人として設定されているという（小池正胤「いわゆる『天竺徳兵衛』ものについてのノート」・鵜飼伴子『四代目鶴屋南北論』）。

歌舞伎『天竺徳兵衛《てんじくとくべい》聞書往来《ききがきおうらい》』（並木正三作、宝暦七年（一七五七）正月、大坂・大西芝居）では、この人物と七草四郎を結びつけ、日本を覆す機会を狙う謀叛人として造型している。徳兵衛をめぐるあらすじは次のようなものである。
将軍足利義輝の時代。幕府は内憂外患を抱えていた。外からは高麗が、天草の人々と結託して攻めようとしており、国内では赤松満祐の残党が謀叛を企てているらしい。
天竺に流されて帰国した船頭の徳兵衛は、将軍に拝謁して天竺と高麗の話を申し上げる。将軍に使える細川勝元は、三好長慶が満祐の弟であり、長慶の子の縫之丞が実は満祐の子であることを見抜く。長慶は切腹し、徳兵衛に赤松家の系図などを託して無念を晴らすように頼む。徳兵衛は実は高麗の遺臣正林賢の子七草四郎であった。正林賢は日本を手中に収めようと出陣したが、島原の戦で義輝の軍に破れ、自害した。徳兵衛は父から蝦蟇の術を受け継ぎ、足利幕府の転覆を企て、巨大な蝦蟇に変じて義輝の首を取る。しかしその義輝は偽者であった。本物の義輝は淵部六郎と名をかえて生きのび、徳兵衛に黒蛇の血を呑ませて術を挫く。

徳兵衛は異国の血をひく人物で、足利義輝に滅ぼされた父の仇を晴らすために幕府の転覆を企てる。蝦蟇の術は、その父から受け継いだものということになっている。異国の血、父からの妖術伝授と謀叛の継承——これらは『傾城島原蛙合戦』の七草四郎にはなかった設定である。

浄瑠璃『天竺徳兵衛郷鏡《てんじくとくびょうえさとのすがたみ》』（近松半二ら作、宝暦十三年（一七六三）四月、大坂・竹本座）では、徳兵衛は実は朝鮮の臣木曾《もくそ》官《かん》の子大日丸《だいにちまる》であるという設定である。木曾官のモデルは文禄の役で殉死した朝鮮の臣だという（崔官『文禄・慶長の役』）。この浄瑠璃のなかの木曾官は、報復の志を抱いて日本に渡り、大友家の家老吉岡宗観として機を窺っている。大友家では将軍家から預かっていた宝刀波切丸を紛失する事件が起き、吉岡宗観は責任を取って切腹に及ぶが、その際に徳兵衛（大日丸）を呼び寄せ、自らがひそかに盗み取っていた波切丸と鏡を渡して謀叛の志を託し、蝦蟇の妖術を伝授する。父の志を継ぐ約束をした徳兵衛は父の首を討って口にくわえ、館を去る。この後、徳兵衛は謀叛の一味を集めようとするが、巳《み》の年月日の揃った日に生まれた男の血によって妖術を挫かれる。

異国の血、父からの妖術伝授と謀叛の継承、蛇の血（ないし巳の年月日の揃った人間の血）に術を破られること――これらは『天竺徳兵衛聞書往来』と概ね共通している。吉岡宗観こと木曾官の蝦蟇の術は、「其国に名を得し名鏡名イ剣に。閏月誕生の男ン子の血汐と。蛙千ン疋の血汐を合し。此二色に浸し是を所持する其時は。妖術ふしぎ心の侭」（名鏡と名剣を、閏月誕生の男子の血と千匹の蛙の血を合わせたものに浸して所持すれば、妖術が心のままに使える）というものので、鏡の徳によって「体を隠し姿を変へる」ことができ、鏡と名剣が合体すれば「雲を呼ビ雨を降らし。天地乾坤震動さす」こともできるというものだった。

妖術伝授の時、木曾官は徳兵衛に「でいでい。はらいそはらいそ」という呪文を教える。「でい」と「はらいそ」は「デウス」と「パラダイス」を思わせるものであり（鵜飼前掲書）、すなわち呪文そのものが「キリシタンバテレンの妖術をも連想させる怪異感の象徴」（小池前掲論文）である。徳兵衛の実名は大日丸とされ、七草四郎の名は消えたものの、キリシタンの妖術のおもかげは色濃く残されているのである。

四代目鶴屋南北の歌舞伎『天竺徳兵衛韓噺《てんじくとくべえいこくばなし》』（文化元年〔一八〇四〕七月、江戸・河原崎座）では、徳兵衛が父の首を討って館を去る場面で巨大な蝦蟇に変じる演出が加えられた（鵜飼前掲書）。この時に徳兵衛を演じた初代尾上松助は、二年後の文化三年六月、江戸・市村座での『波《なみ》枕韓聞書《まくらいこくのききがき》』で再び徳兵衛を演じている。『波枕韓聞書』にも『天竺徳兵衛韓噺』と同じく徳兵衛が吉岡宗観と親子の名乗りをしてからその首を討ち、巨大な蝦蟇になって去る場面がある。一方で宗観から徳兵衛へ妖術が伝授される場面はない。徳兵衛はすでに尼子晴久から術を伝授されており、宗観から名剣を受け取ることでその術を使えるようになるという設定である。

ところで尼子晴久は、大内之助義隆にも妖術を伝授する。義隆は足利家に父を滅ぼされており、晴久はおのれと同じ立場にあるかれに術を伝えて、謀叛を託すのである。伝授の場面を見てみよう。

晴久印をむすぶ事を教る。

晴久　南無さつたるまふんだりぎやア。
義隆　南無さつたるまふんだりぎやア。
晴久　しごせうでんはらいそはらいそ。
義隆　しごせうでんはらいそはらいそ。

ト大ドロドロにて日覆のちり落しより星一ツくだつて義隆の懐へ入る。是にて蛙の声する。

原文は役名のところが役者名で書いてある。このとき晴久を演じたのは尾上松助、義隆を演じたのは松助の養子の尾上栄三郎だった。鵜飼伴子はこの場面について、「舞台上で尼子晴久から大内之助へ妖術の伝授を行いながら、同時に実生活での親から子へ、演技が伝授されるさまをかぶせて見せた。この発端の術ゆずりは、以後松助と栄三郎が共演する文化五年『彩入御伽艸』、文化六年『阿国御前化粧鏡』でも行われている」と指摘している（前掲書）。

呪文の文句は「南無さつたるまふんだりぎやア。しごせうでんはらいそはらいそ」で、『天竺徳兵衛郷鏡』の「でいでい。はらいそはらいそ」よりだいぶ長くなっている。「しごせうでん」は「死後生天」、「さつたるまふんだりぎやア」は「薩達磨芬陀利華《さつだるまふんだりげ》」（「妙法蓮華経」にあたる梵語）か。キリスト教と仏教が混ざり合ったような文句である。

ついでに『阿国御前化粧鏡《おくにごぜんけしようのすがたみ》』（四代目鶴屋南北作、文化六年〔一八〇九〕六月、江戸・森田座）の妖術伝授の場面も見ておこう。この歌舞伎では、天竺徳兵衛（実は赤松満祐の一子大日丸正則）が那伽犀那尊者（実は竹杖外道）から術を授けられる。

外道　南無たつたるま、ぶんだりぎやア。

徳兵　南無たつたるま、ぶんだりぎやア。

図 27 『敵討天竺徳兵衛』 食物を吸い込む蝦蟇（実は天竺徳兵衛）。

外道　ゐんす丸、さんだ丸。

徳兵　ゐんすまる、さんだまる。

外道　しごせうでん、あらいそあらいそ。

徳兵　しごせうでん、あらいそあらいそ。

ト印を結んで、急度思ひ入。どろどろになり、日覆ひより、あつらへの白気おりて、徳兵衛が懐に入。

外道　今ぞ奇術は思ひの侭、心見られよ、

赤松正則。

徳兵　ドレ。

ト印を結ぶ。又どろどろにて、蛙の声おびただしく、雨車。

呪文の文句を続けて言うと「南無たつたるま、ぶんだりぎやア。ゐんす丸、さんだ丸。しごせうでん、あらいそあらいそ」となり、さらに長く複雑になっている。「さんだまる」は「サン

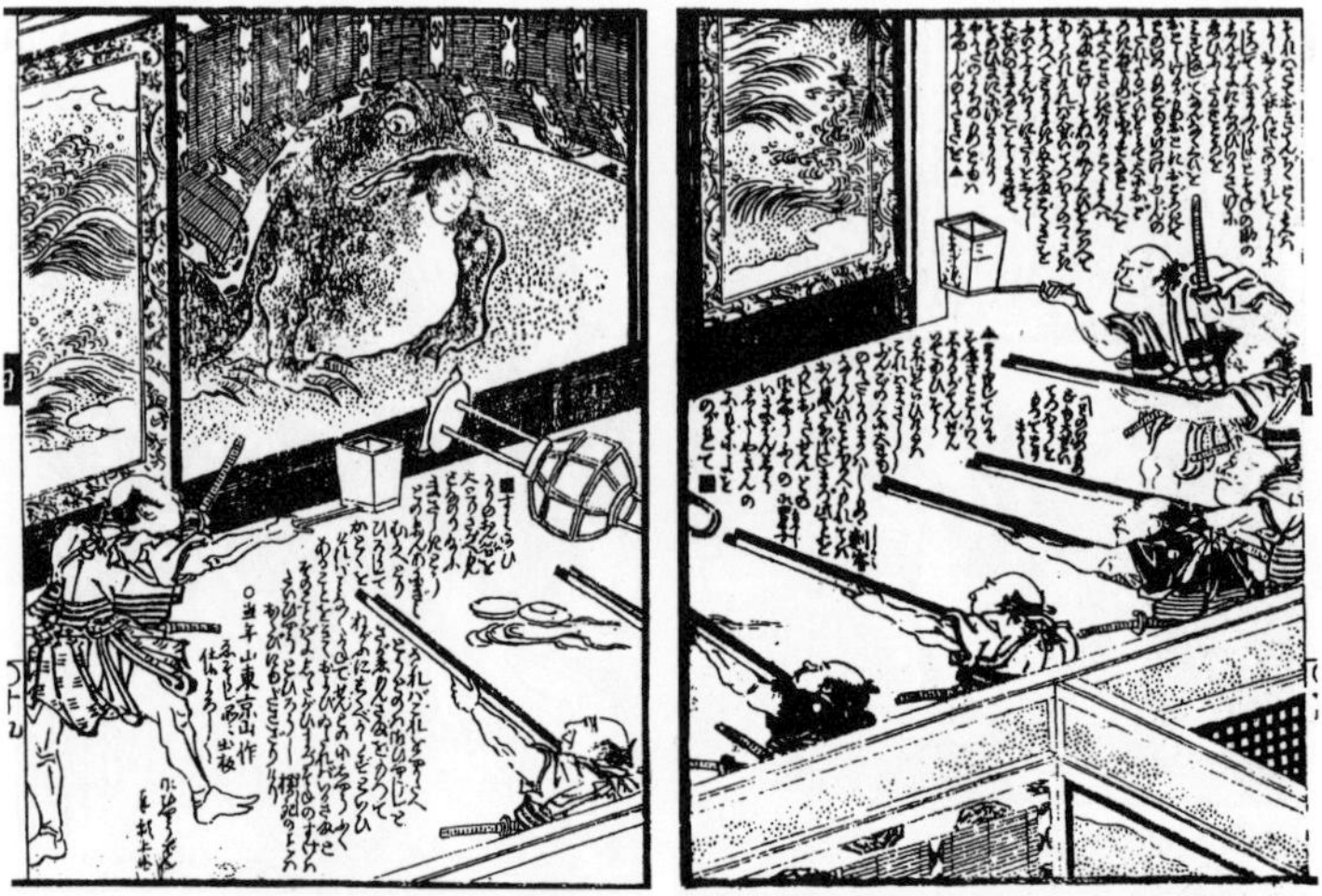

図28 『敵討天竺徳兵衛』 曾根之助の首をくわえた蝦蟇（実は天竺徳兵衛）。

タマリヤ」であろうか。さきに紹介した『鬼理志端破却論伝』では、キリシタンのとなえる文句を「是須磨《ぜずまる》妻といふ」と記している。「ゑんすまる」はこれをほのめかしたものだろうか。

さて、歌舞伎における天竺徳兵衛ものの人気を受けて、文化五年（一八〇八）には合巻『敵《かたき》討天竺徳兵衛《うちてんじくとくべい》』（山東京伝作）が出版された。この合巻では、播州の漁師天竺徳兵衛は最初から妖術を身につけており、巨大な蝦蟇に変じて食物を吸い込む（図27）。その様子を聞き知った吉岡典膳は徳兵衛を尋ね、主家の木久地《きくち》家を横領する企みに徳兵衛を引き入れようとする。徳兵衛は一味に加わり、自らの術の由来を次のように語る。

「わが行ふ蝦蟇の術と申すは、天竺蝦蟇仙人の伝法にて、それがし先年、鬼海が島の

図 29 『敵討天竺徳兵衛』 蝦蟇仙人が徳兵衛から去っていく。

蝦蟇谷《だに》にて、肉芝《にくし》道人《だうじん》といふ異人に会ひて授かりたる神変不思議の仙術なり。我、かの肉芝道人に三年があいだ仕へ、難行苦行して術を授かりしこと、天竺釈迦牟尼仏安羅邏仙人に仕へて仏法を授かりし難行に異ならざれば、自ら天竺徳兵衛と名乗り候」

徳兵衛の術は蝦蟇仙人に由来し、鬼海が島の肉芝道人という異人から伝授されたものであるという。徳兵衛は術を用いて蝦蟇に変じ、木久地家の当主曾根之助に毒気を吹きかけて乱心させる。徳兵衛がついに曾根之助の首を取ると、大勢の討手に取り囲まれるが、ここでもまた巨大な蝦蟇に変じて毒気を吹き、霧を起こし、人々の目をくらまして逃げ去る（図28）。このあたりは歌舞伎の演出を取り入れているようだ。典膳は木久地家はわがものと喜ぶが、徳兵衛は典膳とその子大鳥佐賀右衛門を毒殺し、自ら佐賀右衛門になりすまして木久地家に入り込む。しかし譜代の家臣唐崎志賀之助に手裏剣で眉間を割られると、妖術は挫かれてしまう。追いつめられた徳兵衛は、自分が実は藤原純友の遺臣今張六郎であり、木久地家を横領した後で源頼光・頼信兄弟を滅ぼし、天下を掌握するつもりだったことを明かす。徳兵衛が曾根之助の遺児らに討たれて死ぬと、その胸から蝦蟇仙人の姿が現れ、飛び去っていく（図29）。

## 平良門・滝夜叉

『敵討天竺徳兵衛』では、徳兵衛に術を伝授したのは「肉芝道人」だった。京伝は、この合巻の前に読本『善知安方忠義伝《うとうやすかたちゆうぎでん》』（文化三年〔一八〇六〕刊）を書いており、平将門の遺児良門《よしかど》が「肉芝仙」という異人から蝦蟇の妖術を伝授される場面を設けている。この読本は通俗軍記『前《ぜん》太平記《たいへいき》』巻第十八・巻第十九にある将門の遺児如蔵尼《によぞうのあま》と平太郎良門《たいらのたろうよしかど》姉弟の話をもとにしているが、妖術のくだりは京伝による虚構である。

少し長くなるが、良門が妖術を会得するまでのあらすじを記しておく。

将門滅亡後、その娘は出家して如月尼《によげつに》と称し、父の死後に生まれた平太郎《へいたろう》とともに暮らした。乳母が死ぬと常陸に移り、筑波山麓に隠れ棲んだ。十五歳になった平太郎は鳥獣を相手に武芸を稽古し、牧場の馬に手綱をかけて高山広野を駆けめぐる。ある日、筑波の山奥に虹のような白気の立ちのぼるのが見えた。岩石をつたい、茨を踏み分けてそこへ向かうと、一対の明鏡を並べた

図30 『善知安方忠義伝』巻之一 肉芝仙と平太郎。

ような光るものがあった。それは五丈（約十五メートル）ほどの巨大な蝦蟇の目であり、白気はその蝦蟇が吐いていたものだった。

大蝦蟇は白髪の異人に変じ、平太郎に「自分は蝦蟇の精霊、肉芝仙である。雲霧風雨を起こし、飛行も自在、すべて心のままにできる。私は仏法・王法を滅ぼして地上を魔界にしたいという望みがある。今からお前に力を与えて、この望みを果たしたい。知らないかもしれないが、平将門はお前の父である。将門は帝になろうと陰謀を企てたが田原藤太秀郷や上平太貞盛のために滅亡したのだ」と言った。そして手を智剣印の形に結び、呪文をとなえると草むらから一匹の蟾蜍《ひきがえる》が髑髏をくわえて出てきた。異人は「これは将門の髑髏である。血を注いで見ろ。血縁の者の血は髑髏にしみ通るというぞ」と言い、平太郎が指

図31 『善知安方忠義伝』巻之四　自らの幻を出現させる良門。

から血をしぼるとはたして髑髏にしみ入り、その額から陰火が燃え出た（図30）。平太郎は自分の父が将門だったことを知って驚き、髑髏に向かってその無念を晴らすことを誓った。異人が術を用いて、将門が造営した広大な相馬内裏のありさまを見せると、平太郎は「もし自分が生きて志を果たすことができなければ、断食して死に、魔王に誓って悪霊となり、天下を覆そう」と約束した。異人は蝦蟇の術を封じ込めた髑髏を平太郎に渡し、印を結び呪文をとなえる方法を教えた。そして「今、手強い武将は源頼光とその家来の四天王である」と語り、鬼を呼んで「お前は美女に変じて都に行き、一条堀川の戻り橋で渡辺綱をつかまえよ」と命じ、また蜘蛛を呼び「お前は葛城山に棲み、頼光に憑いて病気にし、命を奪え」

図32 『善知安方忠義伝』巻之五　自害する滝夜叉から蝦蟇の精が去る。

と命じた。そして平太郎に「大義を思い立ったからには一国の猶予もならないぞ。すぐに諸国を巡って仲間を集めよ」と言い残して姿を消した。

平太郎は髑髏を手に下山し、庵に帰り、その日の出来事を語った。如月尼は驚いて弟をなだめ、出家を勧めるが、平太郎は印を結んで呪文をとなえ、亡父の髑髏を得て謀叛の志を継ぐ決意をしたと語る。すると如月尼は急に立ち上がり、怒りの形相で「今から還俗してお前と心を合わせ、天下を覆す」と言い、数珠を引きちぎった。

平太郎は亡父の謀叛の遺志を継ぎ、異人から蝦蟇の術を伝授される。このパターンは『敵討天竺徳兵衛』と同じである。異なるのは、ここでは異人自身が地上を魔界にしたいという野望を抱いており、それを実

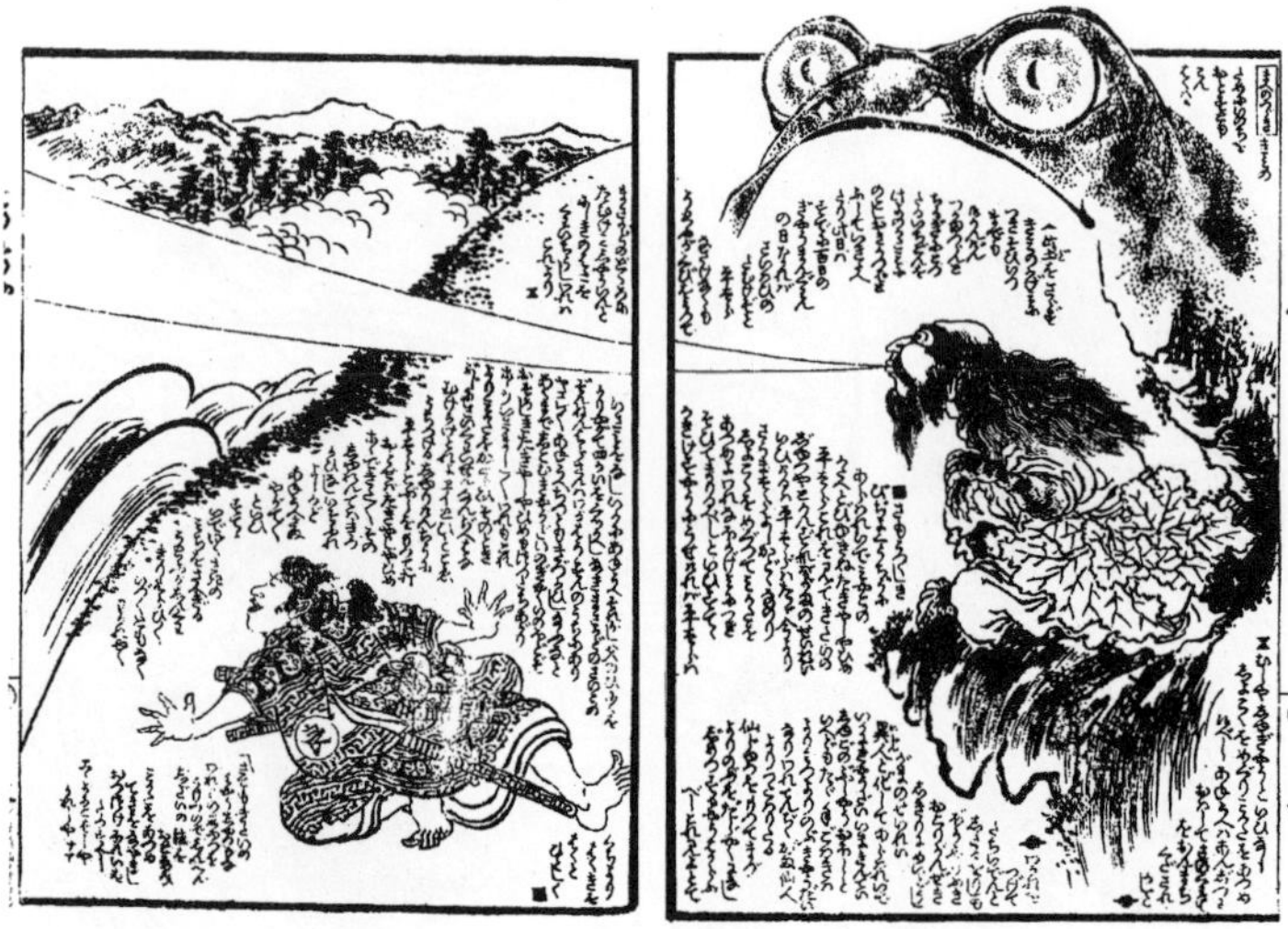

蝦蟇の精霊が口から美女を飛ばす。

現してくれる人として謀叛人の遺児に目をつけ、術を授けている点である。また、異人が術を用いて遺児に生前の父の様子を見せ、父の無念を晴らす志を固めさせるというのも目新しい。

ところで、京伝は作中に、蝦蟇に関する次のような考証を記している。

案《あんず》るに、抱朴子曰《はうぼくしにいはく》、蟾蜍《ひきがいる》千歳《ざい》すれば、頭上に角《つの》あり、腹の下丹書《たんしよ》あり、名づけて肉《にく》芝《し》と云《いふ》、能山精《よくさんせい》を食《くら》ふ、人得てこれを食《くらふ》、仙術家に取用《とりもちゆ》べし、以て霧を起《おこ》し、雨を祈り、兵を避《さけ》、自《みづから》縛《ばく》を解《とく》。云々　世に蝦蟇の術といふは是乎《これか》。

「抱朴子曰」から「縛を解」までは、『和漢三才図会』の「蟾蜍《ひきかへる》」の項からの引用である（原文は漢文、京伝はこれを読み下し文に改めて引

図33『うとふ之俤』

用している）。京伝が蝦蟇の精霊に「肉芝道人」や「肉芝仙」という名前を与えているのは、ここに出てくる「肉芝」の語を生かしたものだろう。

『善知安方忠義伝』のその後の展開だが、平太郎は良門と改名し、かつて将門に協力していた藤原純友の遺臣伊賀寿太郎とその家来たちに出会う。良門は妖術を使って自分とそっくりの幻を六人出してみせ、かれらを感心させる（図31）。如月尼は滝夜叉と名を改め、今は廃墟となった相馬の旧《ふる》内裏に隠れ棲む。滝夜叉は良門から術を学び、旧内裏に妖怪を出現させ、退治しようとやってくる者を試して、剛の者を味方に引き入れる。だが大宅太郎光国に謀られ、陰謀は露見し、朝廷からの軍勢に内裏は陥落する。滝夜叉は自害するが、その時、胸から妖気が立ちのぼり、一匹の蝦蟇が現れて空中に飛び去る（図32）。同時に滝夜叉は本心に立ち返るが、これまでのことを全く覚えておらず、自害の理由もわからぬままに絶命する。このとき良門は越中立山にこもっており、気晴らしに出かけた花見の余興で小石を数百の蝦蟇に変え、敵味方に分けて戦をさせていた。大蝦蟇が食われる様子に嫌な予感がしたが、はたしてそこに滝夜叉の死の報がもたらされる。怒った良門は戦に出ようと逸るが、肉芝仙が現れ、「今はその時ではない」と諭し、「葛城山の土蜘蛛に命じて源頼光を滅ぼす計略がある。早まるな。また再会する時があろう」と述べて去る。心を落ち着けた良門は、伊賀寿太郎の勧めでその手下阿闍梨太郎を頼り、木曾の山中に向かう。

『善知安方忠義伝』前編はここで終わっている。後編は未刊だが、予告によれば、葛城山の土蜘蛛が美女に化して頼光に近づくも、術を破られること、良門は九州に渡ってさらに味方を集め、播州に立てこもって多田の城を攻めるが頼光・頼信によって術を挫かれ討たれること、肉芝仙の術も破れて滅亡すること、などが書かれる予定だったようだ。

典拠の『前太平記』では、如蔵尼の制止を聞かずに良門が挙兵し、結局は滅ぼされる。肉芝仙は京伝が作り出した存在だが、土蜘蛛と鬼を派遣して頼光と綱を苦しめようとするという話は、これもまた『前太平記』をふまえていると思われる（渡辺綱が鬼の腕を切り落とした話と、頼光が土蜘蛛に取り憑かれて病気になり、これを退治する話がある）。また良門が幻を出して、自分を七人いるように見せる話も、『前太平記』にある将門の影武者の話をもとにしている（『山東京傳全集』第十六巻解題）。

『善知安方忠義伝』は人気があり、浄瑠璃も作られた。文化五年（一八〇八）三月には大坂で『玉黒髪七人化粧《たまかずらしちにんげしょう》』が上演され、翌年三月には江戸操座で『うとふ物語』が上演された。これを京伝はさらに合巻『うとふ之俤《のおもかげ》』（文化七年刊）に仕立てた。この合巻には、「肉芝仙」にあたる蝦蟇の精霊が口から白気を吐き、おのれの分身である美女を飛ばす場面がある（図33）。『善知安

図34　『善知安方忠義伝』巻之一　鬼が口から美女を飛ばす。

方忠義伝』では肉芝仙の命令を受けた鬼が口から美女を飛ばすのだが（図34）、『うとふ之俤』では、これを蝦蟇の精霊自らが行っているのである。一見して鉄枴仙人の分身の術に似ているといえる。蝦蟇の術の源流として鉄枴仙人と蝦蟇仙人を結びつける発想はすでに『傾城島原蛙合戦』に見られる。分身を飛ばす蝦蟇の精霊という、あたかも二人の仙人が融合したかのような存在も、同じ発想の流れの上に生み出されたものだろう。

　さらに下って天保七年（一八三六）七月には、江戸・市村座で歌舞伎『世善知《よにうとう》相馬旧《そうまのふる》殿《ごしょ》』が上演された。一番目大切の所作事「忍《しのび》夜恋曲者《よるこいはくせもの》」は、相馬の旧内裏に大宅太郎光国がやって来て傾城如月（実は滝夜叉）に遭遇するという舞踊劇である。滝夜叉は光国に正体を見顕され、最後は蝦蟇の術を使った立ち回りになる。なお浮世絵の揃い物「清書七いろは」にも滝夜叉と大宅太郎を描いた一枚（カラー口絵）がある。

### 自来也

没落した武家にゆかりのある主人公が、山中で異人（実は蝦蟇の精霊）から術を伝授され、御家再興を目指すという設定は、『善知安方忠義伝』とほぼ同時期に出版された感和亭鬼武《かんわていおにたけ》の読本『自来也説話《じらいやせつわ》』（前編文化三年〔一八〇六〕刊、後編文化四年刊）にも見られる。

主人公は三好家の浪人にして盗賊の張本、尾形周馬寛行。富裕な家から盗み、貧しい家に与える義賊であり、盗みに入った家に「自来也《みづからきたるなり》」と書いた札を貼って去ることから「自来也」の異名をとるようになった。

自来也は修行者の出で立ちで越後国の妙香山に分け入り、出会った異人から術を学ぼうとする。異人は、盗賊として積悪の身の自来也に秘法を伝えることはできないとしつつ、義気ある志に愛でて、術を一つだけ教える。味方を呼びたい時、手に呪文を書いてその相手を思い、手で招けばその人を呼び寄せることができるというものだった。ただし蛇の血汐を手に注ぐと術の効き目はなくなる。自来也はこの術を用いて、勇侶吉郎正輝の仇討ちに助力する（前編）。

ある夜、自来也の夢にくだんの異人が現れ、蛇に悩まされて瀕死の状態にあり、助けてくれたら自分の術を譲る、と言う。目覚めた自来也が手下を連れ、鉄砲を持って妙香山に赴くと、巨大

図35 『自来也説話』後編巻之一　自来也は蟒蛇を撃ち蝦蟇を救う。

な蝦蟇と蟒蛇《うわばみ》が睨み合っていた。異人の正体は蝦蟇だったのである。自来也は蟒蛇を鉄砲で撃ち殺し、異人を救う（図35）。異人は長らく蟒蛇に苦しめられていたために力尽き、自来也に術を記した巻物を譲ると、「必《かならず》終《おはり》を慎《つつしみ》て伝ふる術の奇特を顕《あらは》し名は後代《かうだい》に残すべし」と言い残して姿を消す。

以後、自来也は術を駆使して富豪から巨財をだまし取り、海賊になって商船を襲い、主家の仇である石堂家を討つ軍用金を貯える。だが石堂家の武士万里野《までの》破魔之助《はまのすけ》保義《やすよし》が江の島弁財天から授かった石螺《せきほら》を吹き、その霊力で自来也の蝦蟇の術を挫く。自来也は自刃し、自来石という奇石に変じてその名残をとどめた（後編）。

前編では異人の正体が蝦蟇であることは明かされていないが、その術が蛇の血にふれると破れるということから、蝦蟇に関係するらしいことは察しがつく。後編では巨大な蝦蟇の姿で登場してくるが、これは前年刊行の『善知安方忠義伝』における肉芝仙の登場場面（前掲図30）とも重なり合う。

さて、自来也が異人から妖術を皆伝されるのは、異人を苦しめる蟒蛇を撃ち殺した功績によってである。天竺徳兵衛ものでは、妖術の伝授と謀叛の継承が分かちがたく結びついていたが、ここでは異人から自来也への術の伝授はあっても、謀叛という志の継承は行われていない。自来也は純粋に術の伝授を請うて異人に近づき、異人も術を教える以外には「終わりを清くせよ」というとくらいしか言わない。両者はいわば妖術という技芸をめぐって純粋な師弟関係にあり、主家の仇討ちという自来也の志は、この関係とは別のところで発動されている。

## 耶魔姫

山中で異人（実は蝦蟇の精霊）から術を伝授されるという設定は、さらに式亭三馬の読本『阿《あ》古義物語《こぎものがたり》』前編（文化七年〔一八一〇〕刊）へも取り入れられていく。

下総の室平《むろひら》四郎重広は、盗賊白波雲平《しらなみうんぺい》となり、天城山中で不思議な美女耶魔姫《やまひめ》に会う。姫は奥州藤原泰衡の子と自称し、雲平に心を寄せていたと明かして契りを結ぶ。姫は雲平に「妾《わらは》が力となり給ひ、怨みある鎌倉殿を亡ぼしてたまはるべし」と頼み、自分は異人から学んだ仙術で自由に軍用金を集めることができると言う。雲平が望みの品物を告げ、姫が呪文をとなえると、雲が起こり雨が降り、激しい震動雷電ののち望みの品物が忽然と目の前に現れた。

雲平は姫に術の伝授を請う。姫は「妾がするままに従ひ給ひ。忍び難き苦痛をも。克《よ》く堪《たへ》忍び給はば。つつまず教へまゐらすべし」と言って雲平を縛り上げ、棒で打ち、気絶するたびに丹薬を与えた。術は蝦蟇仙人の法であり、天竺蝦霊仙に伝わるもので、姫は異人から伝授されたとのこと。また仙丹に蝦蟇の脂を加え、嫉妬に狂う女の生血を調合すればたちまち自在の身になると言う。姫は嫉妬深い女をおびき寄せようと、口から白気とともに小さな蛙を飛ばす。すると雲平の妻沖津《おきつ》が怒りの形相で山中に現れたので、雲平はこれを切り殺し、その生血を仙丹に調合する。

　雲平を縛り上げて打つ、沖津を切り殺すなど残虐な場面が続き、蝦蟇の術の面白さは若干かすみがちである。しかし耶魔姫が口から白気を発するところには、これまでに見てきたのと同様の、蝦蟇の術の特色が表れている。

　ところで、耶魔姫の正体は玉芝道人という異人であった。藤原泰衡の子と偽って美女の姿で現れたのは、好色な雲平をおびき寄せるための方便だった。正体を現した異人は、雲平に言う。

「いかに雲平。汝《なんぢ》しらずや、我は是《これ》奥州泰衡が女《むすめ》耶魔姫とは根なしごとよ。寔《まこと》は天竺摩《ま》迦《か》陀《だ》国。柯葉林《かせうりん》に穴居《けつきよ》する。玉芝道人《ぎよくしだうにん》といふものなり。我に等しき唐山《もろこし》の魔道士《まだうし》。蝦霊仙《かれいせん》と心をあはせ。蝦蟇仙人の仙術なりといつはりて。窃《ひそか》に蝦蟇の妖術を施せり。年来錬磨の法を修《しゆ》して。普天《ふてん》の下率土《したそつと》の浜《ひん》。わが魔道にひきいれんとはかれども。科戸《しなと》の風に吹儺《ふきやら》はれ。此国《このくに》にはとどまりがたし。素《もと》この術は唐土毛山《もろこしもうざん》にある所の。石撞《せきどう》といふ大蝦蟇。又一種《ひとつ》には。益州の北。平山なる玉芝といへる白蝦蟇を捕へて。其生血を食《くら》ひしゆゑ、蝦蟇の性心我《わが》胸間にとどまる。さるから許多《あまた》の蝦蟇を使ふことは。我《わが》おもひにまかせたり。（略）我そもそも此国《このくに》にとどまりがたきをしるゆゑに。汝を此所《この》におびきよせ。蝦蟇幻術の法をのこさまく思ふものから。汝が女色におぼるるを幸ひ。其《その》好む所によりて。仮に麗はしき少女と変じ。色をもつて魔道に堕《おとし》入れたるは。玉芝道人が密計なり。されど窃《ひそか》に汝が卓量を窺ふに。其器小さくして魔界になすべき腸胃《ちやうゐ》にあらず。此後《このゝち》賊主となりて世を過すとも。蝦蟇の術を人にをしへて。魔道へと導くべし」

玉芝道人は蝦霊仙という「魔道士」と心を合わせて蝦蟇の術を行い、天下を魔道に引き入れようとしたが、この国にとどまるのが難しくなってきたので、蝦蟇の術を残すために雲平を呼んだという。「蝦蟇の術を人にをしへて。魔道へと導く」のが、この異人の目的だったのである。悪しき目的のために術を伝授しようとする玉芝道人は、地上を魔界にしたいと言っていた『善知安方忠義伝』の肉芝仙に通じるものがある（名前も似通っている）。その化身である耶魔姫は、見ようによってはかなり嗜虐的な方法で雲平に術を伝授する。そこが目を引くと言えば、そうかもしれない。髙木元は「〈天井に吊された赤裸の男を鞭打つ美女〉の倒錯した頽廃性は（略）江戸読本に繰り返し描かれてきた〈縛られた赤裸の女を鞭打つ場面〉を逆転させたものに過ぎない」（『江戸読本の研究』）と述べている。

## 児雷也

読本『自来也説話』の自来也から約三十年後、天保年間に登場したのが美図垣笑顔《みずがきえがお》によって書き始められた合巻『児雷也豪傑譚《じらいやごうけつものがたり》』の児雷也である。自来也と児雷也の共通点としては、

＊山中で異人から蝦蟇の術を伝授される。
＊御家は没落し、現在は盗賊である（自来也は三好家の浪人、児雷也は尾形家の遺児）。
＊妖術を使って御家再興をめざす。

などがあげられる。一方で、もっとも大きく異なるのはその外見の印象である。

あらためて自来也の容貌を見てみよう（図36）。太い眉、大きい鼻、髭面。蟒蛇の口に鉄砲を突っ込む様子は雄々しく、剛胆な感じがする。次に、同じように大蛇と対決している『児雷也豪傑譚』の児雷也を見てみよう（図37）。自来也に比べると細面で髭もなく、目元はきりりと引き締まり、決して弱そうではないが、どことなく優男ふうのところがある。それもそのはずで、この児雷也の顔は歌舞伎役者の三代目尾上菊五郎の似顔になっているのである。

なぜこのように違っているのか。『児雷也豪傑譚』と『自来也説話』の関係について、向井信夫は「『児雷也豪傑譚』くさぐさ」のなかで次のように述べている。

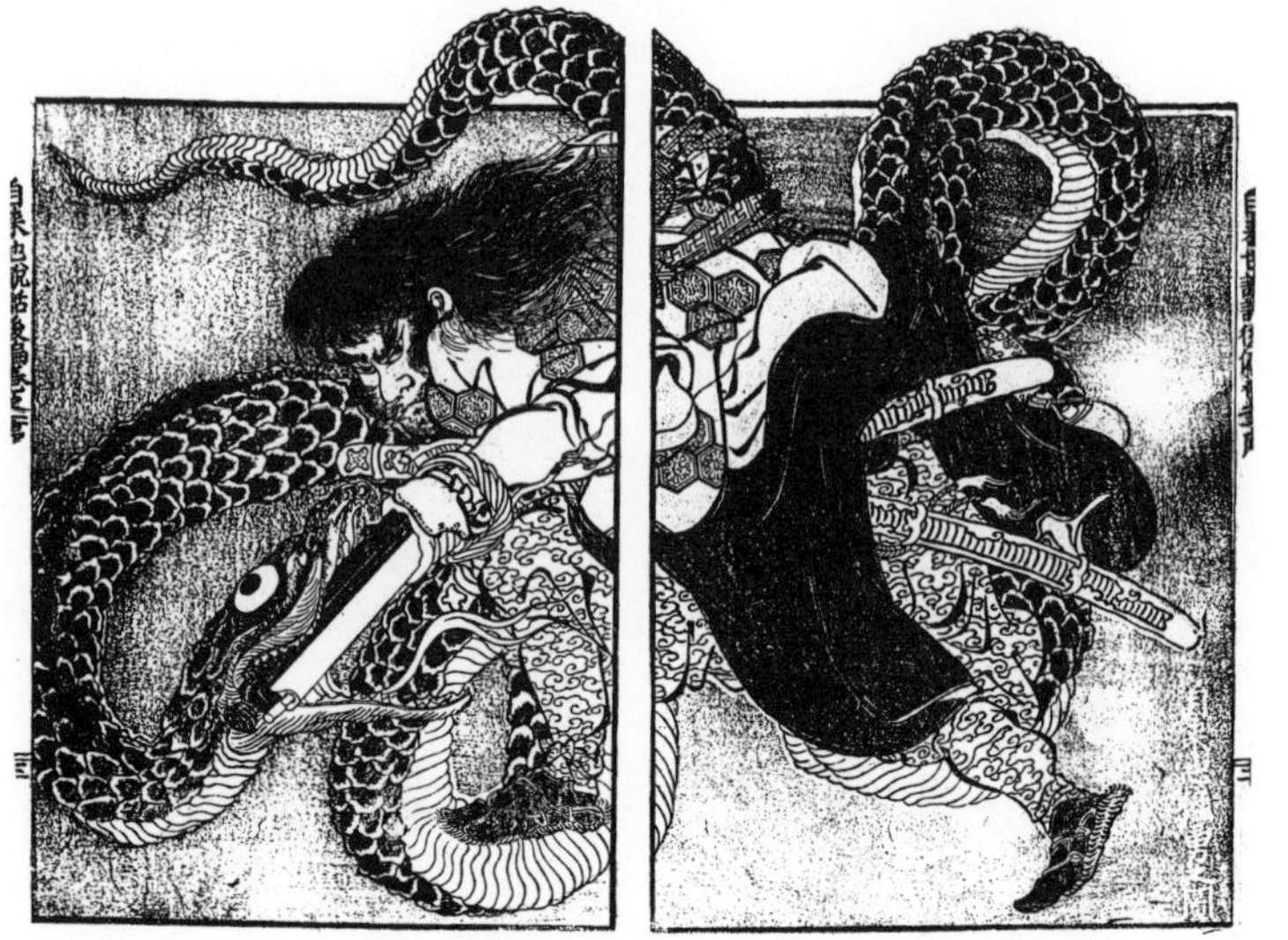

図 36 『自来也説話』後編巻之一　自来也の肖像。

「児雷也」当初の笑顔の構想は、感和亭鬼武の作で文化三年（一八〇六　後編は四年）に刊行された読本「自来也説話」を翻案、合巻化することにあった。しかし、大人の読み物である読本を女子供の読み物とするためには趣向を凝さなければならないし、主人公を読者のアイドルに仕立て上げなければならない。

先ず第一に児雷也の生い立ちを作った。筑紫の城主尾形左衛門弘澄の遺児とし、児雷也の名も雷獣を捕えたのでこう呼ばれるようになったと改めた。この雷獣の件は三馬の合巻「雷太郎強悪物語」の転用である。

（略）

笑顔の趣向の中で最も主要なものは百人鬘髭面で魅力のない狂言廻し役の自来也を、

図 37　『児雷也豪傑譚』三編　児雷也の肖像。

当時人気の「田舎源氏」の光氏《みつうじ》風にやつした主役の児雷也に変貌させたことである。国貞の絵は児雷也を美男役者の随一として自他共に許す三世菊五郎の似顔で描いた。

合巻を「女子供の読み物」というのは、合巻が平易な文章で書かれ、挿絵も豊富なために読本よりわかりやすく、女性や子どもを含む幅広い読者層を獲得していたことをさしている。そうした読者層を惹きつけるために、児雷也には生い立ちをめぐるドラマと魅力的な外見が与えられたのである。

さて、児雷也に術を伝授するのは妙香山に数百年も棲むという仙素道人である。仙素道人ははじめ若い娘の姿で現れて児雷也を魅惑し、その心底と勇気を試みる（このあたりは『阿古義物語』の玉芝道人に少し似ている）。その後、白髪の老人の姿に変じると、児雷也に向かって次のように言う。

「われは此山に数百年の星霜を経て、霞を呑み丹を錬る事すでに久し。されば霧を起こし雨風を呼び、雲に乗りて宇宙《うちう》の間を飛行する事自在を得、又平地《ひらち》を荒海となす不可思議の術を行ふ仙素《せんそ》道人といふもの也。今日しもわが術を以て此所へ呼び寄せたる、周馬《しうま》弘行よっく聞け。汝《なんぢ》盗賊のわざをなして軍用の為金銀を多く集むれども、その大望おそらくは成就すまじ。しかれども汝が義心金鉄のごとく、人を殺害せぬ心ざしに愛でて、今わが術を伝ふべし」

図38 『児雷也豪傑譚』二編　児雷也と仙素道人。巻物が架け橋になる。

ここでも『自来也説話』と同じく、謀叛や御家再興といった志の継承は行われていない。「義心」があること、それがほぼ唯一の根拠となって、児雷也は術を伝授するに足る人物と見なされている。

仙素道人は続けて「さりながら此術を行ふ時は、大蛇《おろち》又は小蛇《せうじや》たりとも、その血汐を飲む時はたちどころにやぶれを取る、最も稀代の敵薬たり。心を静めて会得せよ」と述べ、児雷也を近く招いて呪文をとなえ、印の結び方を伝授する（呪文の文句は書かれていない。また蛇を禁忌とするのは従来描かれてきた蝦蟇の術と同様である）。そして児雷也に一巻の巻物を与える。仙素道人が投げた巻物は一本の架け橋となり、児雷也はそれを渡って妙香山を下る（図38）。

図39　『児雷也豪傑譚』三編　水中から現れる児雷也。

気がつくと巻物は元通りに巻き収まり、児雷也のかたわらの岩の上に置かれていた。

　このあと仙素道人は再び児雷也の前に現れ、大蛇にさいなまれているので退治してほしいと告げる。児雷也は妙香山に分け入って大蛇を撃ち殺し、巨大な蝦蟇の正体を現していた仙素道人を助ける（前掲図37）。と、ここまでは『自来也説話』とほぼ同じだが、『自来也説話』の異人がそのまま力尽きて死んでしまうのに対して、仙素道人は賊徒黒姫夜叉五郎に撃たれて落命する。実は夜叉五郎には殺された大蛇の執念が宿っていた。児雷也は夜叉五郎と死闘をくりひろげる。蝦蟇と大蛇の因縁が、この二人に受け継がれていくのである。

図 40 『児雷也豪傑譚』八編　照田姫を警護する蝦蟇たち。

二人は組み合ったまま谷川へと落下する。落ちた先は柴を積んだ舟の上で、舟主は偶然にも夜叉五郎の下部《しもべ》鎌平であった。夜叉五郎は児雷也を逆巻く水のなかに放り込み、鎌平とともに立ち去る。だが、そのまま溺れ死ぬような児雷也ではない。

時に谷川の水、逆巻き上る事一丈ばかり、その上に朦朧として影の如く、すつくと立たる児雷也が姿は、水にも濡れやらで、いかめしかりし衣服とはうつて変はりし柔和の面《おもて》、眼《まなこ》はいざよふ月に等しく、丹花《たんくわ》の唇、眉秀で、光源氏の君とても気圧《けを》されつべうみやび男なり。かかる不思議の妖術を瞬きもせず見ゐたりし、旅行

図41 『児雷也豪傑譚』九編　恵吉の身代わりになる蝦蟇。

く女子二人連れ、供の下部《しもべ》と三人が谷の川沿ひ見上ぐれば、姿と共にたちまちに水気《き》もいつか一陣の風に形は見へざりける。(図39)

水中から出現するわざも鮮やかだが、児雷也を『源氏物語』の光源氏になぞらえて、その美貌が強調されているのも面白い。まさに水もしたたる美男である。

美丈夫児雷也は黒姫山に山塞を構え、富貴の家から盗んで軍用金とし、悪を挫き、善を助けていく。妖術は実に多彩である。飛行場面(「飛行の術」54～57ページ参照)の他にも、照田《てるた》姫《ひめ》の警護役として紙の蝦蟇を五十人ほどの人間に変えたり(図40)、自分の身代わりとして処刑されそうになった手下の恵吉《えきち》を救うた

図42　『児雷也豪傑譚』十二編　児雷也（蝦蟇）・大蛇丸（蛇）・綱手（蛞蝓）の三すくみ。

め、恵吉の身代わりになる蝦蟇を刑場に送り込んだりする（図41）。なかでも名場面は、大蛇の腹から生まれた盗賊大蛇《おろち》丸《まる》が児雷也を脅かしているところに蛞蝓《なめくじ》の術を使う女傑綱手《つなで》が登場し、海の上で三すくみとなるところである（図42）。

児雷也は大蛇丸に系図の一巻を奪われ、蝦蟇の術で取り返そうとするが、大蛇に守られている大蛇丸には術が効かない。そこに綱手が現れ、蛞蝓《かつゆ》丸《まる》の短刀で切りつけると大蛇丸はひるみ、退散する。綱手は後を追おうとするが、児雷也は「よしやこの場は逃がすとも、系図の一巻奪い返し、かれを討たんは近きにあるべし。血気に逸《はや》り給ひそ」（いまここでは逃しても、系図の一巻を奪い返してかれを討つ機会はまもなく来るだろう。逸ってはならない）と引き留める。これが綱手と児雷也の初対面なのだが、これより前に綱手は仙女から、将来は児雷也の妻となる運命にあることを予言されていた。蝦蟇にまたがった児雷也は蛞蝓に乗った綱手から蛞蝓丸を受け取り、この短刀を求めていた事情などを語ろうとするが、これもまだ機が熟さないのか、近寄ろうとする二人は荒波によって隔てられ、別れ別れとなる。

仙人やキリシタンと結びつけられ、謀叛人が使う妖術として語られてきた蝦蟇の術。蝦蟇に変じて虹を吐き、飛行するという型はあくまで維持されながらも、二人のジライヤ（自来也・児雷也）の登場に及んで新たな展開を見せはじめる。一つは妖術使いに義賊としての性格が与えられ、単に謀叛人＝悪人として片付けられない人物像が生まれたこと、もう一つは蝦蟇の術を脅かす蛇が大蛇の妖術使いというかたちで可視化され、特に児雷也の場合は蛞蝓の妖術使いという第三の存在も登場して、力の拮抗した妖術使い同士の対決や協力が描かれるようになったことである。英雄に宿敵や協力者はつきもの。児雷也の物語は、英雄としての妖術使いの物語であるといってよい。

蝦蟇の妖術使いが登場する作品については研究が進んでいる。もっと詳しく知りたい方は、木村八重子「蛙に乗った七草四郎」、鈴木重三「戯作を這い渡る蝦蟇——その妖術の軌跡——」も参照していただきたい。

# 鼠の術

「藪入り」という落語には、子どもが鼠を捕って交番に持って行き、懸賞金をもらう話が出てくる。それがサゲにつながるのだが、そういう形に改作されたのは「明治時代にネズミ捕り懸賞が実施されたころ」(『増補落語事典』)という。物を食い荒らし病原菌を媒介する鼠は害獣として嫌われた。現代でも人間の生活圏から鼠の姿が消えたわけではなく、鼠駆除の専門業者もいるし、専用器具も売られている。一方でハムスターやスナネズミをペットとしてかわいがったり、ズボンをはいた鼠のキャラクターに親近感を持つ人もいる。鼠に対して人間は好悪両方の感情を抱きながら生きている。

擬人化された鼠の物語は昔からある。たとえば『鼠花見《ねずみのはなみ》』という赤本(初期の草双紙)では、江戸各地の花の名所(亀戸梅屋敷の梅、亀戸天神の藤、浅草弁天山の梅、山王権現の桜、忍が丘の桜)で鼠たちが花見を楽しんでいる。また『鼠のよめ入り』(延享年間〔一七四四〜四七〕以前刊か)という赤本では、鼠による見合い、嫁入り支度、婚礼、出産、宮参りのありさまが描かれている。人間の娯楽や儀礼を、着物を着た鼠に置きかえて表現しているのである。

ところで中世末から近世初期に成立した絵巻物『弥兵衛鼠《やひょうえねずみ》』にも、擬人化された鼠たちによる婚礼の様子が描かれている。興味深いのは、衣冠束帯・十二単をまとった鼠たちが祝宴に集っている絵の次に、鼠たちが本来の姿で――つまり衣服をつけない鼠そのものの姿で御馳走を食い散らしている絵があるということである（田口文哉「『擬人化』の図像学、その物語表現の可能性について」）。『弥兵衛鼠』の鼠は単に擬人化されているだけではなく、その害獣としての側面にも目が向けられているのだ。

台所から食料を盗んだり、大切な本や経典を食い荒らしたりする鼠は、単なるかわいらしい小動物では片付けられない。鼠を害獣としてとらえる、その視線の先に、鼠を妖術と結びつける発想も生まれてくるようだ。

## 頼豪院

山東京伝の読本『昔話稲妻表紙《むかしがたりいなづまびょうし》』（文化三年〔一八〇六〕刊）には、鼠の術を使う頼豪院《らいごういん》という修験者が登場する。

足利義政の時代、佐々木判官貞国の子息桂之助は放埓惰弱のため勘当される。桂之助の継母蜘手《くもで》の方は、実子の花形丸（桂之助の異母弟）に家督を相続させるため、正室銀杏前《いちょうのまえ》とその子月若《つきわか》を亡きものにしたいと思っていた。佐々木家の佞臣《ねいしん》不破道犬は以前から御家横領を企てており、蜘手の方に一味する。二人は呪詛の法に通じた修験者頼豪院をひそかに招き、修法を行わせる。

図43 『昔話稲妻表紙』巻之二　鼠の群れが月若をさいなむ。

月若は病気になり、良医にみせ薬を与えても治らない。それどころか鼠がたくさん出てきて病床を飛びまわり、恐れる様子もなく月若の髪を食み、肉を食い破る（図43）。月若はみるみる衰え、銀杏前は神社仏閣に願を立て名僧に加持祈禱をさせたが、鼠の群れは退散しない。警護役の名古屋三郎左衛門・山三郎父子は昼夜看病にあたり、呪詛する者の存在を察知して警戒を強める。

ある深夜、銀杏前らが居眠りをしたすきに、犬のような大きさの鼠が渡り廊下のほうからやって来て、勢いをつけて月若の病床に飛び込んできた。山三郎が切りつけると鼠は身を躍らせて庭に走り出た。山三郎が小柄（脇差しに添えた小刀）を手裏剣にして投げ打つと、鼠の額にずばっと刺さり、鮮血が流れた。すると煙のような妖気が立

図 44 『昔話稲妻表紙』巻之二　正体を現した頼豪院。

図 45 『昔話稲妻表紙』巻之一　頼豪院の頭部は鼠そのもの。

ちのぼり、頼豪院が正体を現した（図44）。

頼豪院は数珠をもんで呪文をとなえる。たちまち暴風が起こり、池の水が巻き上がり、屋敷が震動した。山三郎が切りつけようとすると頼豪院は口から数十の鼠を吐き出し、その鼠に飛びかかられた山三郎は五体がすくんで動けなくなったが、再び切りつけると頼豪院の姿は消え失せた。そののち頼豪院は手裏剣の傷が癒えず、呪詛の法が破れたので、月若の病は日を追って平癒し、命をとりとめた。

挿絵に描かれた頼豪院は髭面で、大きな目をしている。どことなく鼠を思わせる容貌だが、口絵では頭部が完全に鼠のかたちになっている（図45）。毛むくじゃらで牙をむき出しているところなど、獰猛な感じさえする。

口から数十四の鼠を吐くわざは気味が悪いが、「頼豪院」という名前と鼠の取り合わせは、当時の人々にある伝説を思い出させたことだろう。それについては後で詳しく述べるとして、このように鼠の術を使う修験者が出てくる話を、もう一つ紹介しておきたい。

## 奇妙院

初音楼一灶が書いた合巻『人武士弓引方《ひとはぶしゆみひきかた》』（文化八年〔一八一一〕刊）には、奇妙院という修験者が登場する。奇妙院は「悪しき相談ならば何でも請け込む悪法師、妖術を行ひ近在の土民を迷はするゐせ者」であった。弓道家の錦戸家に下男奉公する袖助は、主家に代々伝わる巻物を盗み出すため、奇妙院に頼んで鼠の姿に変えてもらう。鼠になった袖助は首尾よく巻物を奪って外に出るが、猫につかまって正体がばれ、盗みは失敗に終わる。実はその猫には、かつて袖助に陥れられて死んだ下女の魂が憑いていたのである。

挿絵には大きな鼠が錦戸家から逃げ出す様子が描かれている。鼠の後ろには奇妙院が印を結んで立っている（図46）。一見してこの鼠がただの鼠ではなく、奇妙院の術によって出現したものであることが察せられる。奇妙院は毬栗《いがぐり》頭に破れ笠をかぶっているが、この姿は、初代中村歌右衛門が演じて評判だった破戒僧清水清玄の図像を真似ていると思われる。参考までに『絵本舞台《えほんぶたい》扇《おうぎ》』（一筆斎文調・勝川春章画、明和七年〔一七七〇〕刊）の初代中村歌右衛門の図像（これは

図46『人武士弓引方』鼠の後ろに立つ奇妙院。

明和六年に江戸中村座で上演された『曾《そ》我䄄《がもよう》愛護若松《あいごのわかまつ》』で清玄を演じたときのものと考証されている）を掲出しておこう（図47）。

清水寺の清玄が桜姫に執着し破戒する、いわゆる「清玄桜姫」の物語は、江戸時代に繰り返し浄瑠璃や歌舞伎で演じられていた。たとえば歌舞伎『清水清玄行力桜《きよみずせいげんぎょうりきざくら》』（明和八年三月、大坂・中の芝居）の台帳を見てみると、清玄が逃げる桜姫を引き戻そうとして「真言秘密」の法を使う場面がある。清玄は「たとへ破戒の僧と成るとも、習ひ伝へし真言秘密（略）清玄尽きたるか、尽きざるか、行法を試みん」と述べて印を結び、呪文をとなえる。すると桜姫は髪が逆立ち、逃げようとしていたのを引き戻されて転倒する。清玄は破戒によって自らの法力が失われたのではないかと危ぶんでいたが、そうではなかったことがこ

図47 『絵本舞台扇』 初代中村歌右衛門演じる清玄。

こで証される。とはいえ公《おおやけ》の善《よ》き目的に貢献すべき法力が破戒僧によって私《わたくし》の悪しき目的のために使われる時、それはもはや妖術に等しい。

奇妙院も修験者であり「悪法師」であるから、その妖術ももともとは宗教的な裏付けのある法力だったはずである。その点で奇妙院と清玄には相通じるところがある。奇妙院が毬栗頭に破れ笠という清玄をほうふつとさせる形《なり》で描かれているのは、そういう理由からだろう。

## 頼豪

話を戻そう。『昔話稲妻表紙』の「頼豪院」と鼠の取り合わせから思い出される伝説というのは、三井寺の頼豪《らいごう》にまつわる話である。たとえば中世の軍記『太平記』巻十五「園城寺戒壇事」には、次のような話が載っている。

白河帝の時代に、三井寺に頼豪という高僧がいた。頼豪は皇子誕生のための祈禱を帝から命じられ、精魂込めて祈ったところ、承保元年（一〇七四）に無事に皇子が生まれた。帝は頼豪の祈禱に功ありとして、望みのものを与える約束をした。そこで頼豪は三井寺に戒壇を造立する権利を請い、これを許された。しかし比叡山の僧たちがこぞって反発し、それがあまりに烈《はげ》しいので、朝廷は余儀なく、頼豪に与えた勅許を撤回した。

頼豪はこれに怒って、百日の間、髪も剃らず爪も切らず、護摩壇の煙のなかに身を置き、怒りの炎に骨を焦がし、「願わくばこのまま大魔縁（仏道の邪魔をする者）になり、帝を苦しめ申し上げ、比叡山の仏法を滅ぼそう」という悪念を起こし、ついに壇上で死んだ。その怨霊が仇をなして、頼豪の祈禱で生まれた皇子はまもなく死んでしまった。さらに頼豪の亡霊は鉄の牙に石の体をもった八万四千の鼠となって、比叡山にのぼり、仏像や経文を食い荒らした。そこで頼豪を社《やしろ》に祀り、神として崇め、その怨念を鎮めた。鼠の祠がその社である。

憤死した頼豪の亡霊が鼠の大群に変じ、寺にとって大切なものを食い荒らす。怨念のすさまじさが伝わってくる話である。しかしこの鼠の怪異はあくまで怨霊の祟りによる現象であり、妖術で生じさせたものではない。それに対して前述の『昔話稲妻表紙』では、鼠の怪異は修験者が妖術で出現させたものとして描かれている。『人武士弓引方』でも同様である。これらにおいては、怪異が妖術による現象へと変換されているのだ。

服部幸雄は、歌舞伎のなかで鼠に変身する人物には坊主のイメージがあり、それは「日本の伝統的な鼠変身譚として有名な頼豪阿闍梨の影響から自由ではなかったからだ」と述べている（「仁木弾正の鼠」）。読本や合巻に現れる鼠の妖術使いが修験者や悪法師なのも、僧籍にあった頼豪のイメージをひきずっているからだろう。

頼豪その人を鼠の妖術使いとして描いている物語もある。有名なのが曲亭馬琴の読本『頼豪阿《らいごうあ》闍梨《じゃり》恠鼠《かいそ》伝《でん》』(文化五年〔一八〇八〕刊)である。

木曾義仲の遺児美妙水《しみずの》冠者義高《かんじゃよしたか》は、修行者の姿にやつして落ちのび、諸国を遍歴する。近江粟津が原にある父の墳墓に詣でた義高は、雨宿りに入った庵でうたた寝し、夢のなかで頼豪阿闍梨の霊に会う。頼豪は白河帝に対する恨みを述べ、自分が鼠になって経巻を損じたために祠に祀られたこと、義仲がその祠に願書を寄進し「征夷大将軍になり政権を握ることができれば社を修復する」と祈誓したこと、そのために自分は義仲に憑いて、後白河院御所の焼き討ちにおよんだことを語る。また、義高に「お前が義仲の恨みを晴らすために諸国をめぐり、ひそかに旧臣と語らっていることは知っている。私は今からお前に影のごとく付き添い、不思議な術を行わせて、進退の便宜をよくしてやろう」と言う。義高は「阿闍梨の守護を得て、出没自在の身となれば心強い」と応じる。頼豪は、猫間光実が義仲への恨みから義高の命を狙っていること、頼朝が愛玩する黄金製の猫に近づいてはならないことを教え、義高に「妖鼠の呪語」を伝授する。

　夢から覚めた義高は、庵にいたもう一人の修行者と口論になり、争ったはずみに懐から木曾の白旗を落とす。それを庵の主に拾われるが、義高が呪文をとなえると旗は自然に義高の懐に戻る。義高の正体に気づいた修行者は刀を抜くが、義高がさらに呪文をとなえると数万の鼠が現れ、修行者の裾にまつわり、袂に入り込む(図48)。それを振り払っているうちに鼠も義高も消えてしまった。

図 48 『頼豪阿闍梨恠鼠伝』巻之三　義高が呪文をとなえると鼠の群れが現れる。

頼豪は、義高にもともと謀叛の心があることを見込んで、妖術を伝授している。滅亡した武家の遺児が妖術を伝授され、謀叛の志を強くする——これは本書でこれまでに紹介してきたいくつかの作品にも見られるもので、〈妖術使いの物語〉にはよくある型といっていい。

鼠の術を会得した義高は折々にそのわざを用いるが、なかでも見せ場の一つは由比ケ浜に大鼠を出現させる場面である。

義高と庵で争った修行者は、実は猫間光実だった。光実はあれから三年間、じっと復讐の機会を待っていた。そしてある日の暮れ方、鎌倉の由比ケ浜でついに義高に迫る。

浜辺にそふて。白砂を踏《け》たてつつ。急に追ひ携《すが》り。既に名告《なのり》かけて斫《き》らんとするに。奇なるかな。義高の形朦朧《もうろう》として見えず。こは朽《くち》をし。といきまきて。彼此《をちこち》を佶《き》とにらまへて立在《たたずめ》ば。思ひもかけず。その容犢《さまことひ》に等しき大鼠忽然《こつぜん》とあらはれ出《いで》。行《ゆく》べき前《さき》を遮《さへぎ》り留《とめ》たり。光実是《これ》を見て大に怒《いか》り。「這《しや》ござなれ。義高が妖《ばけ》の皮。引剝捨《ひきはぎすつ》べし」と罵《のり》もあへず。刀を抜《ぬき》て跳《おど》りかかり。その真中《ただなか》を一刀刺《ひとかたなさす》に。手に障《さは》るものなし。

（光実は浜の白砂を蹴立てて義高に追いすがり、名乗って切りつけようとするが、不思議なことに義高の姿は朦朧として見えない。あちこちをにらみつけていると、不意に特牛《ことい》（牡牛）ほどの大きさの鼠が忽然と現れ、光実の前を遮った。光実は「義高の化けの皮をはいでやる」と怒鳴るやいなや一刀に刺し通したが、手にさわるものもない）

戸惑う光実の耳に、笑い声が聞こえてくる。「今返撃《かへりうち》にせんも容易《たやす》けれど。汝が志の健気なるに赦《ゆる》して。立地《たちところ》にその命を絶《たた》ず。みづから暁《さとつ》て。思ひとどまれかし」（返り討ちにするのはたやすいが、健気な志に免じて今は命を助けてやる。自ら悟って思いとどまれ）。そしてまた笑い声がしたかと思うと、さっと風が吹き、白波が高くうち寄せ、千鳥の群れがはっと舞い上がった。他には何も見えない。光実は空しく刀を提げ、大息をついて立ち去るのだった。

白砂の浜辺に突如として大鼠が現れ、不意に消え失せる。この読本より三十年ほど後の合巻『児雷也豪傑譚』にも、巨大な蝦蟇が現れて館を押しつぶしたかと思うと、それは幻で、実際の館は何ともなかったという場面（前掲図12）があり、どこか似ている。壮大な幻に人間は翻弄さ

図49 『濡燕子宿傘』 相模次郎に術を伝授する頼豪（左）。

れるばかりである。なお、義高が鼠の術を用いる様子は浮世絵の揃い物「清書七いろは」にも描かれている（カラー口絵）。

さて、合巻にも頼豪の登場するものがある。山東京伝の『濡燕子宿傘《ぬれつばめねぐらのからかさ》』（文化十一年〔一八一四〕刊）には、鼠の術によって仙人になり、足利義政の時代まで生きのびた頼豪が出てくる。頼豪は尽きぬ恨みを晴らすため、先年滅びた相模次郎年行と海棠姫の兄妹を招魂の法を使って蘇生させる。そして北朝を打倒し南朝を盛り立てるよう勧め、相模次郎に鼠の術を伝授する。その様子を描いた口絵を見ると、印を結んだ頼豪の口から鼠が飛び出している（図49）。

似たような図像を、京伝は合巻『安達原《あだちがはら》氷之姿見《こおりのすがたみ》』（文化十年刊、図50）や『咲替花《さきかえてはな》之二番目《のにばんめ》』（文化八年刊、図51）にも描いて

図 50 『安達原氷之姿見』 頼豪阿闍梨。口から鼠が飛び出す。

いる（『安達原氷之姿見』のほうは口絵だけで、物語のなかに頼豪は登場しない）。『咲替花之二番目』は頼豪ではなく鼠の阿闍梨という僧を描いたものである。この合巻は頼豪に由来する鼠の術が天竺徳兵衛に受け継がれる話で、あいだに鼠の阿闍梨という人物を登場させて、ひねりを加えている。あらすじを紹介しておこう。

足利義詮の時代、近江に鼠の阿闍梨という「行法ふしぎの沙門」がいた。甲賀山で入定したが、雨の日になると塚から鉦を打つ音が聞こえるので、人々はこれを雨鉦塚と呼んだ。

猟師の天竺徳兵衛は巨大な鼠に導かれて雨鉦塚に赴く。塚から現れた鼠の阿闍梨は次のように語る。――自分は頼豪阿闍梨を祀った鼠の祠に詣で、阿闍梨の行法を授かって神変不思議の法力を得た。それから足利義詮の病

図51『咲替花之二番目』鼠の阿闍梨（中央）。胸から鼠が飛び出す。

気平癒の祈禱を頼まれ、寺院を建立する約束で引き受けたが、祈禱が成功したにもかかわらず管領百合判官と甲賀三郎が妨害して約束は反古になった。それで世をはかなみ、入定したが、甲賀三郎の娘横笛姫への恋慕がつのり、魂魄だけが今も死なずにある。お前は先年、百合判官の命令で甲賀三郎に滅ぼされた鈴鹿山の賊首梵《ぼん》字《じ》丸《まる》の子である。お前に頼豪阿闍梨伝来の鼠の術を授けるから、甲賀を討ち、百合判官を滅ぼし、私の恨みも晴らしてくれまいか。私も地蔵坊怪玄という者に乗り移り、横笛姫への思いをとげようと思う。

鼠の阿闍梨が「いざ、わが術を授くべし」と呪文をとなえ、印を結ぶと、たくさんの鼠が現れて徳兵衛の懐に入った。また「地蔵坊怪玄が胸間にわけ入るべし」と空に向かって息を吐くと、たちまちたくさんの鼠が空中に飛び去って

図52 『咲替花之二番目』 天竺徳兵衛(左)は術を使って影法師(右)を出す。

いった。

横笛姫には牛島郡領からも縁談があったが、甲賀三郎はそれを断り、横笛姫を滝口左衛門と婚約させた。滝口は足利義詮から家宝の名笛を所望されるが、滝口を恨む牛島は手下の鬼平・餓鬼平に命じてそれを盗ませる。これを見ていた徳兵衛は、鼠の術を使っておのれの影法師を出し、鬼平・餓鬼平を投げとばして名笛を奪う(図52)。

徳兵衛はさらに術を使って甲賀の館に入り込み、甲賀三郎を殺して系図を奪い取る。鼠の阿闍梨が乗り移った怪玄は横笛姫に執着して苦しめるが、甲賀の家臣に殺される。鼠の阿闍梨の執念と怪玄の怨念は合体して、滝口の妾柴の戸に乗り移って狂乱させる。

最後には柴の戸も甲賀の家臣に殺され、徳兵衛の鼠の術は法堂律師がもたらした猫の香炉の威力で破られる。牛島は討たれ、名笛は滝口のもとに戻り、滝口と横笛姫の婚礼を経て滝口・甲賀両家の再興が果たされる。

この合巻には、先行するさまざまな話が組み込まれている。鼠の阿闍梨をめぐる挿話は、それ自体が頼豪阿闍梨の伝説をなぞるものである。鼠の術に、本来なら蝦蟇の妖術使いであるべき天竺徳兵衛を取り合わせ、徳兵衛を海の漁師ならぬ山の猟師に変えているところも面白い。また、鼠の阿闍梨に取り憑かれた怪玄が横笛姫に執着する場面は、清玄が桜姫に執着するさまを思い出させる。

さて、ここまで読んだ方には、鼠の術の弱点がもうおわかりだと思う。『人武士弓引方』では猫につかまったことで鼠の術が破られ、『頼豪阿闍梨恠鼠伝』では義高の敵は猫間光実と黄金の猫であった。蝦蟇の術は蛇の前に効力を失ったが、鼠の術は猫の前に屈するのである。ちなみに山東京伝は、合巻『薄雲猫旧話《うすぐもがねこのふるごと》』（文化九年〔一八一二〕刊）に鼠の血を服して不死身となる謀叛人大鳥嵯峨衛門を登場させているが、この人物の呪力も猫の香炉によって破られることとなっている。

### 仁木弾正

歌舞伎好きにとって、鼠の妖術使いと言えば何と言っても『伽羅先代萩《めいぼくせんだいはぎ》』の仁木弾正である。伊達騒動に取材し、足利時代に置きかえたこの歌舞伎はいまも人気があり、しばしば上演されている。仁木が妖術を使うのは「床下」の場である。前後のあらすじを、昭和六十三年（一九八八）十二月に東京・国立劇場で上演された時のパンフレット（『国立劇場歌舞伎公演』第一五一回）を参照しながらまとめてみよう。

足利家の横領を企む仁木弾正とその妹八汐《やしお》らは、幼君鶴喜代に毒入りの菓子を食べさせて殺そうとする。鶴喜代の乳母政岡はわが子を犠牲にして鶴喜代を守る。政岡は八汐を刺し殺したはずみに、懐に入れていた佞臣一味の連判状を落とす。それを大きな鼠がくわえて逃げ去る。御殿の床下で宿直《とのい》をしていた荒獅子男之助は鼠を鉄扇で打ち、とらえようとするが逃げられる。その直後、連判状を口にくわえ、額に傷を受けた仁木弾正が現れる。

妖しい鼠は仁木が妖術を使って化けたものだった。花道のスッポンから印を結んだ仁木が白い煙とともに現れる場面は見せ場である。

ところで、伊達騒動を扱った歌舞伎や浄瑠璃に、はじめから仁木弾正という鼠の妖術使いが登場していたわけではない。

明和四年（一七六七）正月、大坂・中の芝居で上演された歌舞伎『けいせい睦玉川《むつのたまがわ》』（並木十輔作）では、善臣側に属する松島敵之助と佞臣側に属する菅沼小助がそれぞれ鼠に変じて、重要文書を奪い合う。争いに勝利したのは敵之助で、かれから文書を受け取った秋塚帯刀は「津賀流の忍びの術、一妙を得し鼠の働らき。忠義の辛労、大儀大儀」とねぎらっている。鼠の術は忍びの術の一つとされている。

それから十年後に上演された歌舞伎『伽羅先代萩』（奈河亀輔作、安永六年〔一七七七〕四月、大坂・中の芝居）では、御家横領を企てる佞臣は錦戸刑部と二代目の常陸坊海存で、鼠の術を使うのは眼通坊こと菅沼小助である。小助の父菅沼佐助は初代の常陸坊海存に仕え、海存から「化鼠といふ忍の術」を伝授されていた。小助も隠形の術や呪詛の法などを会得しており、佞臣一味に与《くみ》していたが、鼠に化けて奥州鎮守府の旗を盗み取った後は刑部や二代目海存を裏切り、自らが権力を手にしようとする。しかし家族によって術を破られ、目論見は失敗する。

いずれも妖術使いが佞臣の陰謀に加担する構図になっている。後者では眼通坊（菅沼小助）の術が常陸坊海存に由来する設定になっており、興味深い。「蝦蟇の術」の章で紹介したように、海存（海尊）には衣川合戦の際に行方知れずになったという伝説がある（99ページ・101ページ参照）。伊達騒動も奥州を舞台とした話だから、奥州―海存（海尊）の連想が働いているのだろう。

さて、天明五年（一七八五）正月に江戸・結城座で上演された浄瑠璃『伽羅先代萩』（松貫四ら作）にも、まだ仁木弾正は登場しない。妖術を使うのは常陸之《ひたちの》助国雄《すけくにお》である。国雄の父常陸の大掾国香《だいじょうくにか》は陸奥守秀衡に滅ぼされ、幼い国雄は秀衡を討つ時節を待ちながら諸国を遍歴し、「妖術幻術」を習い覚えた。国雄は秀衡の血縁にあたる伊達家を滅ぼして亡父の恨みを晴らしたいと思い、伊達家横領を企てる佞臣に協力を申し出る。国雄は術を使って大鼠を出し、系図を奪わせる。また謀叛の連判状が暴露されそうになると、やはり術を用いてこれを白紙に変える。しかし最後には血汐のけがれによって術を破られる。

歌舞伎に戻ろう。享和元年（一八〇一）四月、江戸・市村座上演の『全盛伊達曲輪入《ぜんせいだてくるわいり》』（奈河七五三助作）には、鼠の術を使う修験者強寂《ごうじゃく》法印が登場する。強寂法印は佞臣仁木弾正に一味して、主君足利頼兼の甥鶴喜代を呪詛し、鼠の怪異を出現させて苦しめる。鼠に変じた仁木が重宝呼子鳥の一巻を盗み、荒獅子男之助に見とがめられる「床下」の場もあるが、この歌舞伎では仁木が自ら術を使って鼠に変身したのかどうか、定かでない。というのは、この後に強寂法印が印を結び、呼子鳥の一巻をくわえた鼠を呼び出す場面があるので、仁木が鼠になったのも強寂法印の術によるものだったと解釈することもできるからである。

文化五年（一八〇八）三月に同じく市村座で上演された『伊達競阿国戯場《だてくらべおくにかぶき》』にも、鼠に変じていた仁木弾正が巻物（ここでは連判状）を盗み、正体を現す「床下」の場がある。床下で鼠を見つけた男之助は、これを鉄扇で打つ。台帳を引用しよう。

鉄扇にて鼠を喰はす。鼠、男之助と立廻りにて、向うへ一散に逃げて行く。花道の切り穴へ飛び込む、男之助、追ひ駈けんとする。ドロドロにて少し、五体のすくむ思ひ入れ。撞《どう》となる。これをキツカケに花道の切り穴より、弾正、百日、鼠の衣装、長上下《ながかみしも》にて、眉間に疵を受け、連判状を咬へ、印を結んで居るなりにセリ上がる。此うち上の翠簾静かに上がる。政岡、手燭を持ち、前に燭台二本並べあり、男之助、向うを見て、

男之　さてこそ曲者。
弾正　なんと。
ト連判状を片手に持ちて、九字を切る。大ドロドロにて、手燭、燭台ともに灯消える。
政岡　すりや、妖術にて。
男之　ハテナア。
トきつと睨む。政岡、向うを見込む。
弾正　ムムムハハハ。
トこの途端、ドロドロにて、よろしく拍子。

「ドロドロ」は大太鼓を使った効果音で、幽霊や妖怪変化が現れる時に用いられる。大ドロドロになって灯が消える前、仁木は九字を切っている。九字は空中に指で縦に四本、横に五本の線を引く動作で、道教・密教に由来する呪《まじな》いのしぐさ。このしぐさを見たからこそ、政岡は「すりや、妖術にて」（妖術を使っていたのか）と気づいたのだ。つまりこの仁木は、誰か別の妖術使いの力を借りるのではなく、明らかに自ら術を使って鼠に変身していた。この点は現行の上演形態に近い（**カラー図版**は嘉永二年〔一八四九〕三月に江戸・河原崎座で上演時のもの）。

伊達騒動ものの歌舞伎をいくつか見てきたが、合巻にも目を転じてみよう。

三代目歌川豊国「伊達競阿国戯場」

曲亭馬琴の『達模様判官贔屓《だてもようほうがんひいき》』（文化十四年〔一八一七〕刊）には、陸奥出羽の押領使で鎮守府将軍の秀衡の甥として、仁木達次郎直衡《なおひら》が登場する。秀衡が源義経をかくまったことを知った仁木は、鎌倉に内通して秀衡を諌めるが、逆に怒りを買って館を追い出される。仁木は山中で三匹の狼に襲われるが、一匹に切りつけると残りの二匹はたちまち数百の鼠に変じて消え、切りつけられた一匹は老婆に変じる。それは盗賊熊坂長範の妻とね山であった。とね山は義経に滅ぼされた長範から「しいなの一チ巻」を受け継ぐとともに、「形を変え人を迷はす忍びの術」も会得していた。仁木に義経を討つ志があることを知ったとね山は、その一巻をかれに伝授する。仁木は館に戻り、佞臣たちと共謀し、会得した「しいなの術」——鼠の術を操って、義経の暗殺を企てる。

馬琴は、仁木弾正と「しいなの術」を合巻『籠ニ《かごに》成竹取物語《なるたけとりものがたり》』（文政三年〔一八二〇〕刊）にも出している。ここでの仁木は奥州の国守足利頼兼の家臣であり、頼兼の後見を務める荒川典膳鬼連に悪事を勧めて、足利家を横領しようとしている。仁木は「しいなの術」を操る修験者奇妙院妙てきを招いて頼兼を呪詛させる。奇妙院は呪文をとなえて鼠の群れを出現させ、頼兼に見立てた藁人形を噛み倒させたり（図53）、頼兼を乱心させるために「ほうしんの法」を行い、七日七夜のあいだ法を修した藁人形を頼兼の寝所の下に埋めたりする。仁木は一連の呪詛が済むと奇妙院を殺害し、「しいなの術」の一巻を奪い取る。そして自ら「しいなの術」を会得して、頼兼の寝所に犬ほどの大きさの鼠を出現させるなど、怪異現象を起こして頼兼を悩ませる。

図 53 『籠ニ成竹取物語』 奇妙院は印を結んで鼠を出現させる。

ここに出てくる奇妙院は、鼠の術を使う修験者であり御家騒動の佞臣に与するという点で、『昔話稲妻表紙』の頼豪院や『全盛伊達曲輪入』の強寂法印と同類である。仁木はそういう妖術使いを殺してまで秘術の一巻を奪うのだから、ずいぶん手荒である。妖術の伝授を待つまでもなく自ら奪取するという点で、その悪人ぶりは際だっていると言えようか。

ところでこれらの演劇や合巻では、鼠の術はしばしば忍びの術と呼ばれている。これに関して、井原西鶴の浮世草子『新可笑記《しんかしょうき》』（元禄元年〈一六八八〉刊）巻五・一「槍を引く鼠の行方」に興味深い話がある。

ある高名な武家に十人の「忍びの者」が奉公することになった。家老はかれらに奥座敷へ忍び入って道具を取るという課題を与える。夜になって不審な鼠が現れるが、邸内の猫が

図54 『新可笑記』巻五・一 家老に見顕された忍びの者。上半身だけ人間の姿に戻っている。

髭も動かさないのを見て、家老はその鼠が忍びの者たちの変じたものであることを見顕す（図54）。その後、家老は主君に次のように進言する。「今後、殿が武士の正道《しょうどう》によって勝利することがありましても、家中に忍びの者を抱えていては悪く噂されることもあるでしょう。この者たちには残らずお暇を」。主君はそれをもっともなこととして、家老の願い通りにした。

この話からは二つのことがわかる。一つは、この話が書かれた時点ですでに、鼠に化ける術が忍びの者の術として認識されていたこと。もう一つは、忍びの者を雇うことは「武士の正道」に外れると考えられていたことである。思えば伊達騒動ものの演劇や合巻においても、鼠の術を使うのはほとんどが佞臣たちであった。御家横領を企むかれらにとっては武士の正道に外れるか否かなど、そもそも何ほどの問題でもないのである。

鼠の術が描かれた小説や演劇をながめてきたが、妖術で現れた鼠が人間をさいなんだり物を盗んだりするというのは、やはり鼠の害獣としての面が反映されたものと言えよう。『鼠花見』や『鼠のよめ入り』に描かれた鼠は白くてかわいらしいが、『昔話稲妻表紙』の頼豪院は牙をむき出し、毛むくじゃらで、愛嬌は感じられない。かわいらしさということで言えばハムスターもスナネズミも小さいから愛玩されるのであって、『頼豪阿闍梨恠鼠伝』で義高が変じた牛ほどの大きさの鼠など、ほとんど妖怪である。

『昔話稲妻表紙』には頼豪院が術を使って鼠の群れを出現させ、子どもを襲わせる場面があった。これと同じような鼠の怪異が柳亭種彦の読本『霜夜星《しもよのほし》』（文化五年〈一八〇八〉刊）にも描かれている。が、こちらは妖術によるものではなく、怨霊の祟りによる現象である。この読本は実録『四谷雑談《よつやぞうだん》』（一般に「四谷怪談」として知られる話）をふまえており、お岩と伊右衛門にあたる男女がお沢と伊兵衛という名前で出てくる。鼠の怪異が出現するまでのあらすじは次のようなものだ。

伊兵衛はお沢の婿であったが、醜貌のお沢を嫌い、美しい花子と関係を持つ。伊兵衛に折檻されたお沢は自殺し、その後、さまざまな怪異を見せて伊兵衛を苦しめる。

伊兵衛はお花と正式の夫婦となり、悦五郎と村という二人の子も生まれたが、お沢の霊は悦五

図55 『霜夜星』 お沢の霊が鼠の群れを吐き出す。

郎をとり殺し、霊に切りつけようとした伊兵衛も過って自分の耳を傷つけてしまう。傷は悪化して腫物になり、膏薬や薬なども効かない。だが不思議なことに夜になるとたくさんの鼠が集まって腫物から出る膿汁を舐め、その心地よさは言いようもない。奇怪に感じたお花が鼠の群れを追い払うと、伊兵衛は耐え難い痛みに襲われ、ついに体までが爛れて腐り始める。お花は鼠を遠ざけるために伊兵衛を長持《ながもち》に入れるが、しばらくして開けてみると中には鼠が満ち満ちていた。お花が驚いて飛び退くと、鼠たちは一つに集まり、たちまちに陽炎のような女の形になって、外へ出ていった。

　口絵にはお沢の霊が口から鼠の群れを吐き出し、伊兵衛をさいなむ様子が描かれている(図55)。この場合、鼠の群れはお沢の怨念が形になったものと見ていいだろう。怨霊が鼠の群れを出現させる怪異は、頼豪の怨霊が鼠に変じた伝説に似通うところがある。

人間を襲う鼠の群れも、巨大な鼠も、それ自体は妖怪や怪異現象としてとらえることのできるものである。そういうものを〈術〉として自在に出現させる。妖術を使うということは、怪異を操るということなのだ。

# 蜘蛛の術

六本木ヒルズの広場には、黒くて骨張った、奇妙な形をしたオブジェがある。ごつごつと湾曲した八本の足、はるか上のほうにある胴体らしきもの――蜘蛛である。そのことに気づいた時、次に頭に浮かんだのは「なぜこんな奇怪なオブジェがここにあるのだろう」ということだった。大きな蜘蛛に奇怪なものを感じてしまったのは、合巻『白縫譚《しらぬいものがたり》』に出てきた蜘蛛のことを思い出したせいかもしれない。幕末から明治にかけて人気のあった、この長い合巻の六十編（二代目柳亭種彦作、明治三年〔一八七〇〕刊）には、筑後の国黒崎の城主太宰経房《だざいつねふさ》の妾小女郎《こじょろう》が腰元河《かわ》もりの前で、はからずもその正体――巨大な蜘蛛の姿をさらしてしまう場面がある。

臥したるものは人ならず、胴の回り三尺もあるべき女郎蜘蛛が、八つの足の長さ五尺もあるべきを四方へ広げ、眠りゐたり。黒くも黄にも紅にも、その色は美しけれど、絵に描けるをだに未だ見ぬ世に恐ろしき有様を、思ひもかけず見つけし河もり、突き殺すどころかは、魂抜けて身につかず、あつと叫んで投げ出だす短刀は、踏み抜きし夜具の袖の下に入り、そ

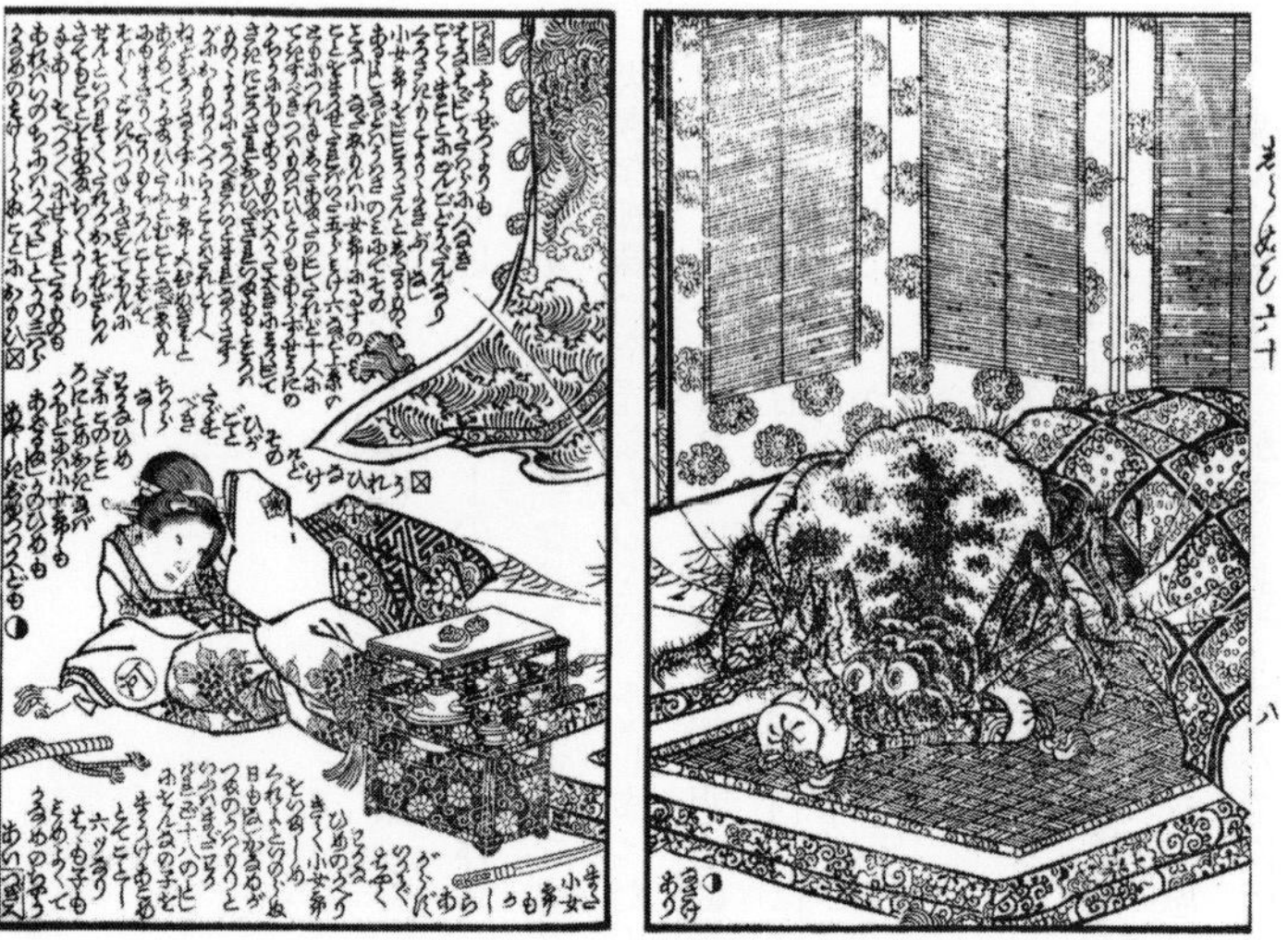

図56 『白縫譚』六十編　正体を現した蜘蛛と河もり。

の身は尻居に倒るる音、辺へ響くばかりなり。

（臥していたのは人間ではない。胴まわりが三尺〔約九十センチメートル〕もあろうかという女郎蜘蛛が、五尺〔約一・五メートル〕もあろう八本の足を四方に広げて眠っている。黒、黄色、紅と美しい色をしているが、絵ですら見たこともないような恐ろしいありさま。思いがけずこれを見つけてしまった河もりは、突き殺すどころか魂が抜けてしまったようになった。あっと叫んで投げ出した短刀は掛け布団の袖の下に入り込み、河もりは尻もちをついて、その音が辺りに響いた）

挿絵には、人間ほどもある大きさの蜘蛛が

布団の上にうずくまり、丸い大きな目で河もりをにらみつけている様子が描かれている（図56）。この蜘蛛は小女郎その人である。正確に言えば、蜘蛛が美女に化け、経房の妾に収まっていたのである。なぜそんなことになっているのか。それはこの物語の主人公、若菜姫による陰謀と関係がある。

## 若菜姫

若菜姫は豊後の国を治めていた大友宗麟《おおともそうりん》の遺児である。宗麟は太宰経房の讒言によって謀叛の疑いをかけられ、足利将軍の命を受けた菊地秀行に攻められて討ち死にした。

若菜姫は幼時に豊後を逃れ、自らの出自を知らぬまま木こりの娘として育てられる。豊後の錦が嶽に棲む蜘蛛は、新たに領主となった菊地の横暴に不満を募らせ、女臈《じょうろう》の姿で若菜姫の前に現れると、彼女が大友宗隣の忘れ形見であり、宗隣は菊地・太宰によって滅ぼされたことを語る。そして今の菊地に対する不満を述べ、姫に「希代の術」を授けるから父の仇を討ってはどうか、と勧める（図57）。若菜姫は大友再興の意志を固め、蜘蛛から「数句の呪文」と「一巻の秘書」を伝授される。

ここから若菜姫の復讐劇が始まる。姫は太宰経房が博多の遊女小女郎を身請けするという噂を聞き、廓から黒崎に向かう小女郎の駕籠を待ち伏せして、蜘蛛に小女郎を殺させ、その体を乗っ取らせる。この時、太宰の忠臣鷲津六郎・七郎の兄弟も、主君の遊蕩を止めさせるため、小女郎

図 57 『白縫譚』初編　土蜘蛛の精霊（右）と若菜姫。

を殺そうと待ちかまえていた。だが兄弟が駕籠に切りつけた時には、小女郎はすでに蜘蛛に殺されていた（図58）。まんまと小女郎の体に入り込んだ蜘蛛は、そのまま経房の妾となり、夫を政事から遠ざける。こうして太宰家そのものを骨抜きにしようというのが若菜姫の計略なのだった。

小女郎は経房を放埒な生活に導いたあげく、かれを殺し、その後も黒崎に居座って傍若無人のふるまいに及ぶ。これを見かねた太宰の忠臣三原要人は、妻の河もりに小女郎の暗殺を命じる。河もりは小女郎に酒を飲ませ、隙を狙って刺し殺そうとする。

そこで最初に紹介した場面になる。酔った小女郎はうっかりと正体を見せてしまう。だが河もりごときにたやすく殺されるはずもない。小女郎はすぐに人間の姿に戻って

図58 『白縫譚』四編　蜘蛛は駕籠のなかの小女郎を殺す。

河もりを見とがめ、「わしが寝姿を、定めてそちは見やつたらう」と問いつめる。そして河もりに取り憑いて苦しめた上、ついに彼女の命を奪う。

一方の菊地の家では、大友宗隣を滅ぼした秀行から代替わりして、息子の貞行が当主となっている。若菜姫は貞行が博多の廓で遊興しているのを知り、様子を窺うために男装して廓に赴く。そこで菊地の家臣大《おお》友《とも》刑部《ぎょうぶ》（若菜姫の叔父にあたる人物だが、菊地に寝返っている）が太宰経房の使者から密書を受け取ったことを知ると、若菜姫は懐から蜘蛛を出し、刑部が寝ている部屋に入り込ませる。刑部から密書を盗み取り、糸を渡って姫のもとへ戻ってくる蜘蛛は、気の利く手下か便利な道具のようだ。

菊地の忠臣鳥山豊後《とりやまぶんご》之《の》助保忠《すけやすただ》は、大友の

残党がひそかに動き始めていることを察知して、息子の秋作照忠《あきさくてるただ》に様子を探らせる。ある時、男装して筑後を巡っていた若菜姫は、矢部川原に向かう途中で若い娘を助ける。実はその娘こそ女装した秋作であり、互いの正体に気づいた二人は山中の一軒家で挑み合う。秋作が「僅かな邪術を頼みとなし、見苦しき縄目の恥に先祖の家名を汚さんより、武士の情《なさけ》には自殺を許し得させんず。速やかに生害せよ。照忠これにて見分せん」（わずかな邪術を頼みに、つかまって先祖の家名を汚すよりも、武士の情けで自殺を認めてやる。速やかに自害せよ。私がここで見守ってやる）と詰め寄ると、若菜姫は「あら小賢《こざか》しの言ひ事かな」とほほえみ、思いがけないことを言う。

「去る頃、密書を得てしより、汝《なんぢ》が大胆不敵を知るゆゑ、これを捕へて餌《ゑば》となし、鳥山豊後を味方に招ぎ、菊地の翼をもぎて後、貞行一家を滅ぼさんと廻らす計議も図に当たり、今ぞ手に入る網の魚。逃れぬ籠の鳥山秋作、われに服して父豊後を味方に下さば、まつそのごとし。否むとならば是非に及ばじ。菊地を滅ぼす手始めに、汝を切つて戦神を祀らん事はいと易し。善悪二つの返答いかに」

以前、密書を手に入れて以来、秋作の剛胆さは知っていた。その秋作を餌に、父親の鳥山豊後を大友勢へ取り込み、菊地を弱体化させて滅亡に導こう——それが若菜姫の狙いだった。彼女は「自殺を許す」などと言ってきた秋作に向かって怒るどころか、「わたしの言うとおりにして豊後をこちらの味方に下すか、もし拒むなら是非には及ばない。手始めにお前を殺すが、どうする」と逆に問いかける。秋作の答えはもちろん否である。ついに二人の戦いが始まる。

「シヤ奇つ怪なり、この上は、いで照忠が引つ括つて帰国の手土産、そこ退《の》きそ」と言ひも終はらず飛びかかるに、姫は騒げる色もなく、「愚人に向かひ問答せんより、奇術に肝を冷やさせん」と口に呪文をとなふるに、たちまち家鳴り震動なし、さもすさまじき大蜘蛛の軒の辺《あたり》に舞ひ下がり、炎に等しき毒気を吐きかけ、千筋の糸を繰り出で繰り出で、秋作が身をうちまとふ。照忠、心は逸れども、五体もすくみ、目くるめき、立つ足さらに定まらず。「コハ口惜し」と気を励まし、再び姫に飛びかかるに、身はただ千引の石をもて押しすくめらるるごとくにて、たちまち尻居にどうと座す。

印を結ぶ若菜姫の後ろに大きな蜘蛛が現れ、秋作に向かって糸を繰り出す（図59）。秋作は体がすくんで思い通りに動けなくなる。昆虫が蜘蛛の糸に絡め取られるように、妖術で動きを封じられてしまったのである。だがこの直後、秋作の乳母の亡霊が現れて若菜姫の妖術を挫く。危機一髪、秋作は助かり、若菜姫は印を結んでその場から姿を消す。

若菜姫にとって妖術は、おのれの邪魔をする者と戦うための武器でもある。そしてかの女の行く手をはばむのは、菊地・太宰の忠臣たちだけではない。九州掌握の野望に燃える盗賊阿修羅丸《あしゅらまる》

図59　『白縫譚』十三編　印を結ぶ若菜姫（左）。

も、大友の残党を率いる若菜姫を妻にして自らの勢力を拡大しようと考え、近づいてくる。そこには「若菜姫は、世に優れたる美女とか聞けば、それすら一トしほ好もしし」という下心もあった。だが最初の接近は姫の術の前にあえなく失敗する（「飛行の術」60〜61ページ参照）。二度目の挑戦は海の上で行われる。根城を離れて海へ出た阿修羅丸は、手下の黒八《くろはち》が実は若菜姫の間者だったこと、いま自分の乗っている船が大友の残党に包囲されていることを知って怒り狂う。そこでたまたま入手していた大友の系図を切り札に、姫に挑もうとする。

「若菜姫はいづくにある。とくとく来たりてわれを拝し、心に従ひ妻になれ。さらずはここにて此系図、微塵になさん」と呼ばはつたり。されども答ふる者もなく、手がいをさしつけ黒八もあざ笑ひして動ぜねば、「あら面倒なり、これまでぞ」と言ひさま、巻物振り上げてひらりと海へ投げ捨つるに、怪しむべし、波の外目《ほか》に遮る物もなきに、くだんの巻物水にも落ちず、舟にも留まらず、空中に糸もてつなぐごとくに止まり、かき消すごとく失するとひとしく、現れ出でたる若菜姫、くだんの舟に近づくを、驚き阿修羅が目をつけ見れば、若菜姫はその胴間《どうあひ》二尺に余れる土蜘蛛の背につッ立ちて波に浮かみ、系図の巻物、紅《くれなゐ》の肌着の間にいささか見せ、につこり笑へる口つきの愛敬もまた類なく、奇術も並ぶものぞなき。（図60）

阿修羅丸が「若菜姫はどこだ。さっさと来て頭を下げ、俺の心に従って妻となれ。さもなくばこの系図を微塵にする」と呼ばわっても応答はない。黒八も嘲笑して、動揺する様子もない。阿修羅丸が「これまでだ」と系図の巻物を海に投げ捨てると、不思議なことに巻物は空中に止まり、かき消すように見えなくなったかと思うと、若菜姫が現れた。阿修羅丸は驚いて見つめるばかりである。姫は胴回りが二尺（約六十センチメートル）あまりもある土蜘蛛の背に立って、水面に浮かんでいる。系図の巻物を懐に収めて、にっこりと笑っている。

若菜姫が土蜘蛛に乗って海上に現れ、船の上の阿修羅丸と向き合う様子は、児雷也《じらいや》と大蛇丸《おろちまる》の海上での対決場面——児雷也が巨大な蝦蟇に乗り、綱手《つなで》も蛞蝓《なめくじ》に乗って助っ人にやって来る『児《じ》雷也《らいや》豪傑譚《ごうけつものがたり》』の一場面を思い出させる（前掲図42）。作者は同じ柳下亭種員《りゅうかていたねかず》で、『児雷也豪傑

図60 『白縫譚』三十編　海に浮かぶ蜘蛛と若菜姫。

譚』のほうが先に書かれている。好評だった場面を、再び『白縫譚』に応用したということなのかもしれない。

それはさておき、阿修羅丸はこの出来事の後、いったんは若菜姫に降伏して彼女の手下となる。しかし同じ要塞に起き伏しするようになるとまた悪心が兆して、ある日、姫が酒に酔って眠り込んでいるところに忍び入る。近づいても姫が目を覚まさないのをいいことに、掻巻（掛け布団）を取ってかき抱き、戯れかかると、背後から「見許しおけばつき上がり、不義を働く人非人。かねて手並も知りつらん、未だ懲りずや、此度は許し難し」（放っておけばつけ上がり、不義を働く人でなし。私の手並みは知っているだろう。まだ懲りないのか、今回は許さない）と罵る声がした。振り向くと後ろに若菜姫がすっくと立ち、美しい顔が凄味を帯びて、こちらをにらみつけている。では床のなかの女は誰なのか。

そもわが抱く女こそ怪しきものと押しのくれど、ちつとものかねば、よく見るに二尺に近き土蜘蛛にて、この時にはかに力を生じ、伊勢海老めきたる八ツの脚、五体にからまり締めつくる。さしも豪気の阿修羅丸、大胆不敵の悪賊も一つの蜘蛛を制し得ず、手足をもがき七転八倒、をめき叫んで苦しむを、見つゝうち笑み、若菜姫、「汝、極めて強悪なれば、あくまで苦痛を見せんず」と、うち捨ておけば阿修羅丸、うめく声さへ弱りはて、ただ死ぬばかりになり行きぬ。

若菜姫が蜘蛛に変身したように錯覚するが、術を使って自身の幻(実は蜘蛛)を出現させ、入れ替わったということだろう。姫にとって蜘蛛の術は攻撃のための武器にもなれば、防御の道具にもなるのであった。

## 女に化ける蜘蛛

『白縫譚』の若菜姫は美女である。女と蜘蛛、この不思議な、そして魅力的な取り合わせは、江戸時代の前半に書かれた怪談のなかにも見ることができる。三例ほどあらすじを紹介しよう。

夕月夜を楽しんでいる男の前に六十歳ばかりの女が現れ、男のほうを見て笑った。男が驚いて家に帰ると、その女が再び現れたので、恐ろしくなって刀を抜いて切りつけた。男はいったん気を失うが、意識を取り戻してからあたりを見ると、大きな蜘蛛の足が切り落とされてあった。

（寛文三年〔一六六三〕刊『曾呂利物語《そろりものがたり》』「足高蜘の変化の事」）

美濃の本巣《もとず》に高木の生い茂ったところがあり、夜に通ると死ぬと言われていた。ある下人が主人の言いつけで夜にそこを通らねばならないことになり、こわごわ歩いていくと、榎木の下に何か黒くて丸い一尺余りのものが下りてきた。よく見るとそれは七尺余りの色の白い女で、目鼻がなかった。下人はそのまま気絶してしまった。不審に思って見に来た主人が下人を介抱し、連れて帰ろうとすると、下人が倒れていたところに大きな蜘蛛が死んでいた。

（天和三年〔一六八三〕刊『新御伽婢子《しんおとぎぼうこ》』「古蛛怪異」）

孫六という郷士が、夏の暑い日に別邸の竹縁で涼みながら和歌を詠じていると、五色の衣装を着た五十歳ばかりの女が来て「自分の一人娘が今の和歌を聞いて、あなたに恋いこがれている。不憫なので情をかけてやってほしい。我が家に参りましょう」という。女についていくと立派な屋敷に着き、うすものに五色の綾を着た十六、七歳の美しい娘がたおやかに歩んできたので、孫六は魂が空に飛ぶ心地がした。娘は夫婦になってほしいとかき口説くが、孫六は身分の違いを理由に断る。すがりついてくる娘から孫六が逃げまわっていると、いつの間にか屋敷は消えて、もとの竹縁にいた。不思議に思ってあたりを見まわすと、小さな女郎蜘蛛が静かに歩いており、上を見ると軒先にたくさんの蜘蛛が巣を作っていた。孫六は一昨日の夕方に煙管で女郎蜘蛛を追い払ったことを思い出し、蜘蛛がうたた寝の夢に現れ、自分をたぶらかしたのだろうと考えた。従者に蜘蛛の巣を取らせて遠くに捨てさせると、以後は何も起こらなかった。

（享保十七年〔一七三二〕刊『太平百物語《たいへいひやくものがたり》』「孫六女郎蜘にたぶらかされし事」）

『太平百物語』の話は、女郎蜘蛛を思わせる五色の衣や娘の美貌など、蜘蛛が化けた女の見た目の美しさが印象的である。このように蜘蛛と女を結びつける発想の源流には、源頼光による蜘蛛退治譚を描いた御伽草子『土蜘蛛草紙《つちぐもぞうし》』があると考えられる（須藤真紀「『土蜘蛛草紙』成立の背景をめぐって」）。

頼光による蜘蛛退治譚――瘧《おこり》を病む頼光のところに法師に化けた蜘蛛が現れるが、頼光はそれを退治し、その時に用いた太刀の名を膝丸《ひざまる》から蜘蛛切《くもきり》に改めたという話は、『平家剣巻《へいけつるぎのまき》』や謡曲『土蜘蛛』に見える。御伽草子『土蜘蛛草紙』では、蜘蛛は老女や尼、美女の姿で現れ、頼光に切りつけられて焼き殺される話になっている。

この蜘蛛退治譚を含め、頼光とその四人の家来たち（四天王）が活躍する物語は江戸時代にはしばしば演劇や小説の題材源になり、多くの人々にとってなじみ深いものとなっていた。はじめに紹介した『白縫譚』の小女郎をめぐる話にも蜘蛛退治譚の面影がある。小女郎に化けていた蜘蛛は六十一編で鳥山豊後之助と秋作に退治されるのだが、その時に秋作が帯びていた刀は「鳥山家伝の業物《わざもの》、吉光と銘ありて蜘蛛切丸と同作」と書かれている。ここでは秋作が頼光に重ね合わされているのである。

『白縫譚』以前にも、蜘蛛退治譚を扱った演劇や小説はいくつも作られていて、蜘蛛と女を結びつける発想もしばしば見られる。たとえば浄瑠璃『関八州繋馬《かんはっしゅうつなぎうま》』（近松門左衛門作、享保九年〔一七二四〕正月、大坂・竹本座）では、平将門の遺児小蝶の怨霊が葛城山の土蜘蛛に変じる。また合巻『小女郎蜘蛛《こじょろぐも》 怨苧環《うらみのおだまき》』（曲亭馬琴作、文化六年〔一八〇九〕刊）では、頼光四天王に退治された蜘蛛の魂が小女郎という遊女の体に入り込み、多田頼重に仇をなす。歌舞伎『四天王《してんおう》産湯玉川《うぶゆのたまがわ》』（四代目鶴屋南北作、文政元年〔一八一八〕十一月、江戸・玉川座）では、退治された蜘蛛の妻にあたる蜘蛛が胡蝶という遊女に変じて現れ、四天王の一人坂田公時《さかたのきんとき》を悩ませる。『小女郎蜘蛛怨苧環』と『四天王産湯玉川』の例は、蜘蛛退治譚の後日談というべきものである。そこには滅亡した蜘蛛（ないしそのゆかりの蜘蛛）が頼光の縁者に報復しようとする構図が見てとれる。そしてこの構図を持つ物語のなかに、蜘蛛と妖術を結びつける発想のものも現れてくる。

## 石蜘法印

これも四代目南北の歌舞伎『四天王楓江戸粧《してんおうもみじのえどぐま》』（文化元年十一月、江戸・河原崎座）には、蜘蛛の術を使う石蜘《いしぐも》法印なる人物が登場する。

朝廷への謀叛を企てる田原千晴・猪熊雷雲は左大臣高明を仲間に引き入れ、天慶の乱で滅びた平将門・藤原純友の残党を集める。高明の伯母にあたる辰夜叉は藤原純友に嫁ぎ、夫の討ち死にの折に生き埋めにされていた。雷雲らは辰夜叉を蘇生させ、謀叛の方人《かとうど》（味方）にしようと考える。蘇生の行法を任されたのは葛城山の修験者で「くもの妖術」を使う石蜘法印である。満願の日、石蜘法印は辰夜叉の廟所で呪文をとなえ、印を結び、九字を切って辰夜叉の屍《かばね》を呼び出す。そして屍に魂を招き入れる祈禱を行う。

石蜘　これぞ則、日比の法力、只今招魂蜜法の印しを目前に見せ申さん。
　　トこれよりのつとになり、風の音はげしく、壇上へあがり、珠数を押もみ、ごま木をくべて鈴をふり立、
東方には千じんの長人、魂を消す事恐るべし。南方にはふくしやしんしんとして人をのむ。西方にはあかきあり、さうのごとく、その土人をたたらかす。北方には水の山、ががとして雪の淵千里也。雲風火水の五輪五行、地下にはとはくの三かんかくぎぎたり。天地四方にとどまらず、元のかばねに帰り来れよ。

トどろどろになり、松の枝より、おふきなる蜘あらはるる。
〽ふしぎやめいめいもふもふと、くらきにまよふうば玉の、その玉の緒のゆひ来て、人呼術招魂の、秘法の印ぞおそろしおそろし。
ト上るりの切にて、大どろどろにて、蜘下りて松の元にてきへ、ゐんせう火ぱつとたつ。せうちう火もへる。辰夜叉、むつくと顔を上る。

石蜘が数珠をもんで護摩木をくべ、鈴を振って祈ると大きな蜘蛛が現れ、辰夜叉の屍に魂が入る。蘇生した辰夜叉は「墳墓の内にひさしく有て、骨肉心身思ふに任せず」と訴えるので、石蜘法印はさらに印を結んで祈り、彼女を生前同様の姿にする。

帝位の空白により朝廷は混乱、これを政権奪取の好機と見た辰夜叉は、頼光が池田中納言の娘花園姫と不義に及んでいると言い立てる。だが頼光が「日の御座の剣」をさしつけると辰夜叉は白骨に変じ、あろうことか巨大な蜘蛛が現れる。蘇生した辰夜叉の正体は葛城山の土蜘蛛だったのである。土蜘蛛は坂田公時に追いつめられ、次のように明かす。

土蜘　この日の本をくつがへし、我住魔国になさんず物と、思ふ折から石蜘法印、我魂を辰夜叉がかばねをかりて招魂の折にてうじ、人間界に交たる我こそ葛城の深山に千とせ程ふる蜘なるは。

皆々　扨こそな。
土蜘　今公時が為に生躰を顕す上は、どいつもこいつも片ッぱしから喰殺すぞ。
公時　われが土蜘で喰ひ殺すとぬかしやア、子供の時から猪狼を相手に育《そだつ》て山姥が子の公時、我をおれが喰殺すハ。

土蜘蛛はかねてより日本を覆して魔国にしたいと思っていた。そこで石蜘法印による招魂術に乗じて辰夜叉の屍に入り込み、野望をとげようとしたのであった。

この話は三つの点で興味深い。まず蜘蛛が人間たちの思惑に乗じて、自らの野望を実現しようとしていること。第二に蜘蛛が女の体に入り込む展開になること。そして三つ目に、蜘蛛が怪異を見せるだけではなく、「くもの妖術」を使う人間が出てくることである。細部は異なれど、三つとも『白縫譚』に通じる要素といえるのではなかろうか。

**痣右衛門**

合巻『扇々爰書初《おうぎおうぎここにかきそめ》』（尾上三朝〔三代目尾上菊五郎〕名義、文化十一年〔一八一四〕刊）も、頼光に滅ぼされた土蜘蛛の末裔が悪人に謀叛の志を託し、妖術を伝授する話である。また、蜘蛛自身が女に化けて敵の館に入り込む場面もある。

術を伝授されるのは痣《あざ》右衛門という漁師である。元来が性悪の痣右衛門は、恋の遺恨から人を殺して逃亡する途中、峠の地蔵堂でまどろみ、一人の盲人に会う。怪しんだ痣右衛門は盲人に切りつけるが、刀を当てた先は石の地蔵だった。盲人は笑いながら「お前を見込んで、語り聞かせる事がある」と目を見開く。そして「自分の先祖は源頼光に滅ぼされた葛城山の土蜘蛛である。お前に妖術を授けるから、頼光の末葉である足利家を滅ぼしてほしい」と述べ、さきほどの石地蔵をかみ砕いて吐き出すと、それらは無数の蜘蛛になった。さらに印を結ぶと、蜘蛛は残らず小鳥になって飛んで行った。痣右衛門はすっかり心を奪われる。

痣右衛門不思議を見て、「奇々妙々たる其奇術。何がさて、御頼みの趣き承知仕る。かかる奇術を受け継ぐ上は、足利を滅ぼす事、わが方寸に有」と肯《うけが》へば、「さあらば」とて、わが胸髭を引抜き、痣右衛門が口に含ませ、「わが唱ふる秘文を会得せよ」とて印を結び「南無カイケンクイタウタイキヤウはらいそはらいそ」と、痣右衛門もとなへければ、たちまち霧雨降り来り。しばし悶絶しける内、震動雷電の音に心付き、見れば以前の法師、九尺四方の土蛛と化し、遥か遠き山より白糸を張り、これに乗り、「いかに痣右衛門。申残せし事こそあれ。今の幻術に忌み嫌ふは唐土の七葉一枝草。日本へは来らぬ木なれど、これを見し時は、幻術飛失せぬれば、よくよく心掛けべし。我もこれより近江の国、観音寺の山に巣を替へ、影身に添ひぬれば気遣ひなし。我が鬱憤を晴らし得させよ。さらばさらば」と山深く失せける。

挿絵には目をつぶって印を結んでいる痣右衛門と、正体を現した土蜘蛛が描かれている（図61）。この場面で注目すべきは、「南無カイケンクイタウウタイキヤウはらいそはらいそ」という呪文の文句である。「カイケンクイタウウタイキヤウ」の意味は定かではないが、真言とキリスト教が混ざり合ったような文句を口授するところは、天竺徳兵衛ものの歌舞伎に出てきた妖術伝授の場面を思い出させる（「蝦蟇の術」110～114ページ参照）。おそらく模倣しているのだろう。痣右衛門が漁師という設定も、天竺徳兵衛が漁師であることをふまえているのかもしれない。

妖術を身につけた痣右衛門は近江の佐々木義賢《よしかた》に仕官する。佐々木家では義賢の伯父と佞臣《ねいしん》が結託して御家横領をもくろんでいた。痣右衛門はかれらに与《くみ》し、術を使って宝蔵から家宝の浪切丸を盗み取り、陰謀の邪魔になる善臣を陥れる。

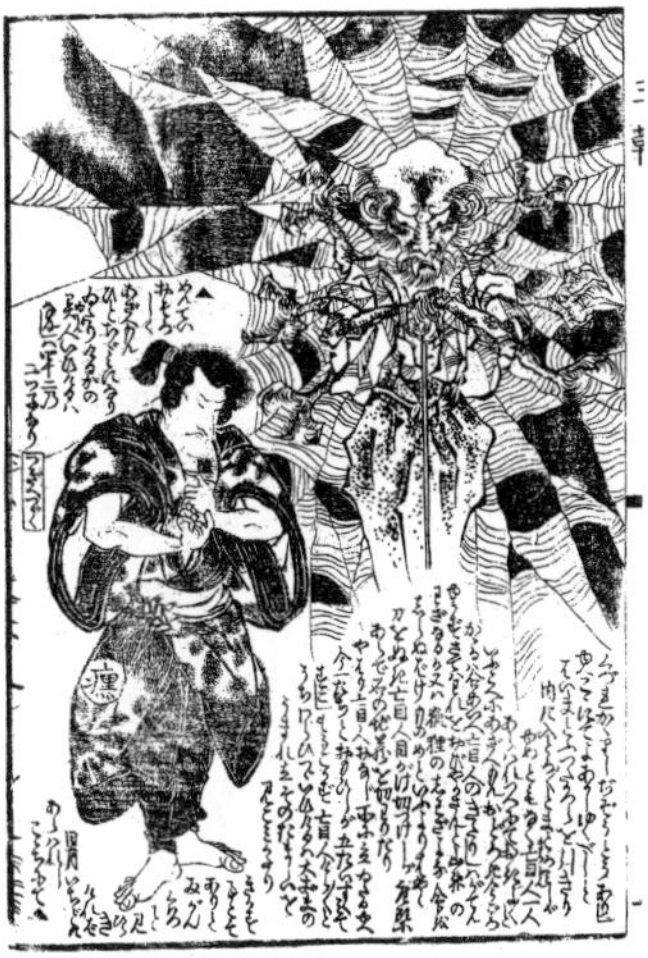

図61『扇々爰書初』痣右衛門と土蜘蛛。

土蜘蛛自身も義賢の奥方に化けて佐々木家に入り込む。寝所で思わず正体を現し、腰元に見られてしまう場面もあり（図62）、前に述べた『白縫譚』六十編の場面に似ている。義賢は蜘蛛の傍らで酔って寝ているが、奥方が偽者であることには気づいていない。この

図62 『扇々爰書初』 正体を現した土蜘蛛。

構図は瘧を病む頼光が蜘蛛に悩まされるという、原拠の蜘蛛退治譚の一場面をふまえたものだろう。

　奥方に化けた土蜘蛛は義賢とその子義丸を食い殺す機会を狙っていたが、本物の奥方に七葉一枝草をつきつけられると正体がばれ、逃げ去る。痣右衛門も自分が陥れた善臣の子に討たれ、幕切れとなる。

**土蜘太郎**

合巻『梅由兵衛紫頭巾《うめのよしべいむらさきずきん》』（山東京伝作、文化八年（一八一一）刊）も、悪人が葛城山の蜘蛛から妖術を伝授される話である。

　河内の鬼取山を根城とする山賊の土蜘太郎《つちぐもたろう》は、葛城山で上臈《じょろう》蜘蛛の精霊に出会い、「くもの仙術」を授けられる。土蜘太郎は印を結び、呪文をとなえて麓を往来する人々を絡め取り、衣服や金銭を奪う。

　摂津の摩耶山には法堂仙人の道術を学んで飛行自在となった金鈴道人がいて、土蜘太郎を降伏させる機会を窺っている。土蜘太郎は妖術によって、肥後幾久地《きくち》家の浪人大鳥嵯峨右衛門が持っ

図63 『梅由兵衛紫頭巾』 土蜘太郎は妖術で刀を奪い取る。

ていた鎬藤四郎《しのぎとうしろう》の刀を奪い取る（図63）。この刀は幾久地家の家宝であり、それを嵯峨右衛門が盗み取っていたのである。金鈴道人は宝刀が土蜘太郎の手に渡ったことを幾久地の家臣たちに知らせる。討手が鬼取山に向かい、土蜘太郎は術を使って対抗するが、金鈴道人が払子を投げつけると術が挫かれる。進退窮まった土蜘太郎は、自分は先年幾久地・尼子両家に滅ぼされた冠者竜音《くわんじゃたつおと》の一子梵字丸であり、両家を滅ぼして父の恨みを晴らすつもりだったと告白する。

最後に土蜘太郎の出自が明かされるので、滅亡した武家の遺児が超人的な存在から妖術を伝授され、謀叛人になるというよくある型に一応は落ち着く（『白縫譚』の若菜姫、『善知安方忠義伝』の良門などもこの型）。だが蜘蛛から土蜘太郎へ妖術が伝授される時点では土蜘太郎の出自は伏せられているので、なぜ妖術伝授が行われるのか、理由がよくわからない。そのあたりが構成面の弱点ではある。しかしそのように細部を気にするよりも、蜘蛛の糸が手のように伸びてくる絵を楽しみ、土蜘太郎と金鈴道人の対決に心躍らせるのが本書にふさわしい読み方なのかもしれない。

## 黒雲の皇子・七綾姫・良門

同じく京伝の合巻『絵看版子持山姥《えかんばんこもちやまうば》』（文化十二年〔一八一五〕刊）では、天子の位を奪おうと企てる黒雲の皇子に葛城山の土蜘蛛が「蜘蛛の術」を授けて、頼光に報復しようとする（図64）。

妖術を会得した黒雲の皇子はさまざまに姿を変えて世情を窺い、平鬼森や猪熊雷雲らと葛城明神の社に集って謀叛の相談をする。ある時、この社に将軍太郎良門がやって来る。良門は先年滅びた平将門の遺児で、父の意志を継ぎ、武者修行のために諸国を巡っているところだった。黒雲の皇子は良門を見て、ただ者ではないと察知する。

黒雲の皇子、折節ここに会して良門をただ者ならずと見とがめ、かの術をもつて上臈蜘蛛の官女の姿をあまた現し、剣を持たせて四方より良門に切りつけたるに、良門は事ともせず、白刃を握る不死身の奇妙、働く後ろにありありと七人の影現れければ、「良門に疑ひなし」

図64 『絵看版子持山姥』 大入道の姿をした土蜘蛛が黒雲の皇子に妖術を授ける。

と黒雲の皇子は鬼森・雷雲を連れて立出で、謀叛の企てを物語り、「わが味方につかば、大望成就の上は関白職にすべし」と言へば、良門はこれに従ひて味方につき、互ひに誓ひをなして夜もすがら軍法を語り明かし、時節の至るまではと互ひに別れて去りにけり。

黒雲の皇子が蜘蛛を官女に変えて切りつけさせると、良門も自分の影法師を出現させて対抗する（図65）。良門の術は、平将門が影法師を使ったという伝説に由来するものである。黒雲の皇子は良門の正体を知り、かれを謀叛の一味に引き入れる。

『梅由兵衛紫頭巾』では土蜘太郎と金鈴道人の対決（妖術対仙術）が見どころだったが、『絵看版子持山姥』では志を共有する二人の

図65 『絵看版子持山姥』 黒雲の皇子（右）と良門の妖術くらべ。

謀叛人が互いに妖術を見せ合い、意気投合するところが面白い。

　黒雲の皇子に術を伝授した土蜘蛛も、自ら振袖姿の美女に変じ、頼光の懐から太政官の印を奪うなどして援護する。ちなみに口絵や挿絵では、土蜘蛛の変じた美女は五代目岩井半四郎、将軍太郎良門は七代目市川団十郎の似顔で描かれている。実はこの配役は、合巻に先立つ文化十年（一八一三）十一月に江戸・市村座で上演された四代目南北の歌舞伎『戻橋背御摂《もどりばしせなにごひいき》』をふまえたものである。歌舞伎では五代目半四郎が土蜘蛛の精（実は平将門の息女七綾姫）を演じ、七代目団十郎が将軍太郎良門を演じた。ただし歌舞伎と合巻の内容は完全に一致するわけではない。『戻橋背御摂』では、「葛城山の蜘蛛の術」を操るのは将門の遺児、七綾姫である。七綾姫は頼光らを恨んで死んだ父の妄執を晴らすために謀叛を企て、自ら蜘蛛に変じて、父が所持していた「ささがにの一巻」を取り戻す。『絵看版子持山姥』では逆で、土蜘蛛が美女に変じている。

土蜘蛛が報復の志を託す人間は謀叛人なら誰でもいいようなものだが、将門の遺児は恨む相手が同じであるだけに、うってつけということになるのだろう。合巻『時話今桜野駒《ときはいまさくらのこま》』（松亭金水作、天保三年（一八三二）刊）では、土蜘蛛は将門の遺児良門に妖術を伝授している。良門といえば、読本『善知安方忠義伝』では蝦蟇の妖術使いとして造型されていた（「蝦蟇の術」116〜124ページ参照）。『善知安方忠義伝』は文化五、六年に浄瑠璃化され、天保七年には歌舞伎化されて（『世善知相馬旧殿《よにうとうそうまのふるごしょ》』）、江戸で上演されているが、『時話今桜野駒』が書かれた時には、良門―蝦蟇の術という連想はまだ一般化していなかったのだろうか。あるいは作者松亭金水があえてその連想を避けて、良門を蜘蛛の術と結びつけたのだろうか。

蜘蛛と女、および蜘蛛と妖術を結びつける話は、頼光の蜘蛛退治譚に取材した演劇や小説のなかでくり返し語られてきた。『白縫譚』もそういう伝統の上に作られている。ただし『白縫譚』において若菜姫に術を伝授するのは葛城山の土蜘蛛ではなく、豊後の国錦が嶽の土蜘蛛である。なぜ豊後、つまり九州の土蜘蛛なのか。詳しいことは省略するが、それは九州に古くからある土蜘蛛伝説と関係がある（佐藤至子「『白縫譚』の土蜘蛛について」）。

それにしても若菜姫の父大友宗隣のモデルはキリシタン大名として名高い大友宗麟であり、

『白縫譚』のなかには実録『天草騒動』などと重なる挿話もあるから、よく考えればかの女に似合う妖術は七草四郎ゆかりの蝦蟇の術のはずである。にもかかわらず蜘蛛の術になっているのは、『白縫譚』を三十六編まで書いた柳下亭種員が平行して『児雷也豪傑譚』にも携わっており、趣向が重なるのを避けたためと考えられている（佐藤悟「『泉親衡物語』と『白縫譚』」）。

ではなぜ、蝦蟇に代わるものとして蜘蛛が選ばれたのか。それはこの章で見てきた例からわかるように、演劇や小説のなかで蜘蛛と女が強く結びつけられてきたからだろう。女主人公には蜘蛛がふさわしい——そういう発想が蜘蛛の妖術使いとしての若菜姫を生みだしたのである。

ところで妖術を使う人間には男が多い。もちろん例外もあるが（『開巻驚奇俠客伝』の姑摩姫、『善知安方忠義伝』の滝夜叉、そして『戻橋背御摂』の七綾姫など）、本書で紹介してきた妖術使いの大半は男である。

『白縫譚』では、女の姿で現れた土蜘蛛が若菜姫に妖術を伝授する。いわば〈男の物語〉だった妖術使いの物語が、ここでは女によって担われていく。だが若菜姫は時に男装して遊里を訪ね、女装の秋作と戦い、どちらかといえば男らしいふるまいが目につく（作中でもその行動は「をなごに似げなき大胆さ」と評されている）。かりにそれが御家再興という大義を背負った武家の遺児の宿命なのだとすれば、『白縫譚』は〈男の物語を演じることになった女の物語〉というべきだろうか。

# 蝶の術

蝶の一生ははかない。

雨風のもう初蝶の死ぬ頃か　　岸本尚毅（『無敵の俳句生活』。句集未収録）

卵から幼虫になり、ようやくさなぎから羽化したと思ったのもつかの間の、短い生の終焉。世の無常ということすら感じさせる。

古来より、蝶は死を連想させる不思議な生き物であった。中世の説話集『発心集』第一の「佐《すけ》国《くに》、華を愛し、蝶となる事」は次のような話である。

ある人が円宗寺の法華八講に来た時、しばらく、寺の近くの家で待たせてもらった。その家の庭にはいろいろな花が数多く咲いていて、さまざまな蝶が遊んでいた。家の主人を呼んで話を聞くと、「これには理由があるのです。私の父の佐国は、生前とても花が好きで、『日本中の花を見たが、いまだ飽きることがない。生まれ変わっても、きっと花を愛する人間になるだろう』などと詩に書いていました。これでは未来永劫にわたって花に執着するのではないかと案じていたところ、ある人の夢に、亡父が蝶になって出てきたというのです。罪深いことに感じ、もしかするとこのあたりにも迷っているのかもしれないと思い、心の及ぶ限りの場所に花を植えています。それだけでなく、あまずらの蜜を毎朝そそぎかけてもいます」とのことだった。

花を愛するあまり、死んだ父が蝶になってやって来るのではないか——漢詩人大江佐国の息子はそう考えて、庭にたくさんの花を植えた。そこに群れ飛ぶ蝶は、かれの眼には亡父の魂そのものに映っただろう。

ふわふわと飛びまわる蝶を、さまよう死者の魂の生まれ変わりとして見る。江戸時代の随筆『甲子夜話《かっしやわ》』続篇巻十六にも、蝶と人魂をめぐる興味深い記事がある。現代語訳で紹介する。

世に揚羽蝶という大きな蝶がいる。黒に碧をまじえ、羽の端に赤い点がある。この随筆の前編第十巻にも載せたが、成都の妓霞卿は陽関神（張飛）に囚われ、後に黒蝶となって前夫の王延鎬のもとにしばしばやって来た。これは人魂が蝶になったのである。最近聞いた話では、谷文晁の写山楼に一羽の黒蝶が来ていつのまにか馴れ、人々の集まる席にも飛び入り、文晁の指先に留まってその盃の酒を舐めていくことが時々あるという。これも人魂に似ている。

谷文晁は江戸後期に活躍した画家で、写山楼はその居宅。蝶が人になつくということ自体、ちょっとした奇談ではある。ここで注目されるのは、著者の松浦静山が中国故事を引きながら、その蝶に人魂のイメージを重ね合わせていることだ。

蝶が死者の魂の変じたものならば、何か特別な力を持っていても不思議ではない。そうした幻想を下敷きに、蝶と妖術を結びつけた物語が作られていく。

### 藤浪由縁之丞

蝶の妖術使い藤浪《ふじなみ》由縁《ゆかり》之丞《のじょう》春辰《はるとき》を主人公にした合巻『北雪《ほくせつ》美談《びだん》時代《じだい》加賀見《かがみ》』の初編が出版されたのは、安政二年（一八五五）のことである。当時は蝦蟇の妖術使いが登場する『児雷也豪傑譚』と、蜘蛛の妖術使いが登場する『白縫譚』の二作が人気を集め、いずれも続刊中であった。『北雪美談時代加賀見』はこれらの後を追うかたちで始まった。作者の二代目為永春水は、四編（安政三年刊）の序文に次のように書いている。

> 近き属《ころ》の画双紙《ゑざうし》は、或《あるひ》は何の妖術《えうじゅつ》とか、奇々怪々の条《くだり》を設て、画組《ゑぐみ》に工《たく》みを尽《つく》さねば、婦幼稚童《ひめとのたち》の御意《ぎょい》に愜《かな》はず。
>
> （最近の草双紙〔合巻〕は、何かの妖術とか、奇々怪々のくだりを設けて、挿絵を工夫しなければ、読者に満足してもらえない）

蝶の妖術使いが暗躍する物語は予想通り読者の心をとらえ、先行の二作と共に明治期まで続く長編になった。幕末の合巻界で、妖術ものの人気は根強かった。

由縁之丞の生い立ちや妖術を身につけるまでのいきさつは、これも『児雷也豪傑譚』の児雷也や『白縫譚』の若菜姫のそれに似通うところがある。かれもまた自らの出自を知らずに養親のもとで成長し、ある時、人間ならざるものから術を伝授されるのである。児雷也や若菜姫と異なるのは、由縁之丞が男子であるにもかかわらず女子として育てられたという点だ。名前はたより。

冒頭のあらすじをまとめてみよう。

たよりは狩猟中に怪我をした領主多賀《たが》正方《まさかた》を温泉へ案内し、褒美をもらう。帰宅したたよりに病床の養母老樹《おいき》は往時の出来事を告げる。たよりは十三年前、老樹夫婦が行き倒れの女から引き取った子どもだった。本当は男子だが、夫婦はこれまでに三人の男子を亡くしたので、十五歳になるまでは女子として養育することにしたという。

たよりが米と油を買いに出かけている間に、老樹は何者かに殺される。たよりは医者から借金のカタに身売りを強要されるが、多賀家の使いに救われ、腰元として奉公することになる。

ある夜、たよりは主君正方の夜伽に召されるが、男子であることを打ち明けて詫びる。正方はたよりを若衆姿に改めさせ、藤浪由縁之丞の名を与える。養母の敵討ちを許された由縁之丞は、加賀・越前の国境にある三国峠で曾祖母岩藤《いわふじ》の霊に出会う。岩藤は多賀家への恨みを語り始める。

岩藤の夫大月玄蕃《おおつきげんば》の主君荒地輝武《あらちてるたけ》は謀叛の疑いをかけられ、足利家の命を受けた多賀正国（正方の父）に討たれた。岩藤は娘早浪《さなみ》を正国の妾として送り込み、報復の機会を窺ったが、事の成就せぬうちに早浪は別の男との不義が露れて殺された。自分も尾上の召し使いであるお初《はつ》の刃《やいば》にかかり、草履で打たれた。由縁之丞は早浪の孫にあたり、正国の子正方に奉公しているのはもっけの幸い。多賀家に報復し、お初の養子である尾上之助を草履で打って、私の無念を晴らしてほしい――と岩藤は懇望する。

「此上、頼むはそなたのみ。いよいよ心を翻し、わが怨念を嗣がんとならば、われまた影身に付き添ふて、魂あまたの蝶と化し、必ず力を合はすべし。事ある時に及びなば、心の内にてわが名を呼べ。その折々にしるしを見せん。くれぐれ頼む」
（復讐の志を継いでくれるなら自分は影身に付き添い、魂は蝶になって合力する。有事の際は心のなかで名を呼んでくれれば、その折々に験を見せよう）

由縁之丞の心には主家である多賀家を恨む気持ちがわき起こってくる。かれが復讐を約束すると、岩藤は喜び、姿を消す。後には草むらのなかに白骨が残っているばかりであった。
『北雪美談時代加賀見』という題名と岩藤の登場によって、当時の読者にはすぐに、この合巻が加賀騒動に取材した演劇（俗に「鏡山物《かがみやまもの》」という）に拠っていることを察しただろう。「鏡山物」

の見せ場の一つは佞臣《ねいしん》方に与する局《つぼね》岩藤が中老《ちゅうろう》の尾上を草履で打擲する「草履打」の場である。恥じた尾上は自害するが、書き置きを見た召し使いのお初が岩藤を討ち、尾上の仇を晴らす。『北雪美談時代加賀見』の岩藤は、お初に討たれたことを執念深く恨み続けている。彼女が目下の敵とするのは、お初の養子で正方に仕えている忠臣初浦尾上之助《はつうらおのえのすけ》である。物語は尾上・お初の要素を併せ持つ尾上之助と、岩藤の意志を継ぐ由縁之丞の対立を一つの軸として進んでいく。「鏡山物」の女の対立が、ここでは男の対立として描かれている（ちなみに、このように男女を書き換えた「鏡山物」を「男鏡山物」という。歌舞伎では寛政六年（一七九四）三月に江戸・都座で上演された『初曙観曾我《はつあけぼのかおみせそが》』の第三番目、合巻では文化八年（一八一一）刊行の山東京伝作『男草履打《おとこぞうりうち》』にこの趣向がある）。

さて、妖術を伝授した後、岩藤の霊は骸骨に変じていく（図66）。この場面は「鏡山物」の歌舞伎の演出にならっていると思われる。たとえば天保八年（一八三七）三月に江戸・中村座で上演された歌舞伎『桜花大江戸入船《やよいのはなおえどのいりふね》』。『歌舞伎年表』によれば、上演内容の概略は次のようなものだった。

発端。岩藤の亡霊、お初に怨をいひ打擲。のち局の姿となり、平内左衛門、すだ平お初三人立廻り。

三立目。鳶の長六、踊り師およし見染め。

図66 『北雪美談時代加賀見』二編　岩藤の霊は骸骨に変じていく。

四立目。清水冠者狩装束、神子榊きぬを被き、鬼女の面を破り、紅葉狩の見得。だんまり。
五立目。岩藤霊、平内左衛門に乗うつり、二代の尾上を草履打。後岩藤の霊、尾上をなやまし、骸骨となる仕かけ。

五立目に、岩藤の霊が現れて二代目の尾上を悩ませた上、骸骨になる場面があった。亡霊の出現→骸骨に変化という展開の順序は『北雪美談時代加賀見』と同じである。

ところで安政七年（一八六〇）三月に江戸・市村座で初演された河竹黙阿弥の歌舞伎『加賀見《かがみ》山再岩藤《やまごにちのいわふじ》』二幕目「汐入堤多賀家馬捨場の場」には、この順序を逆にした「骨寄せ」の演出がある。

薄きドロドロになり、舞台の叢より隠火ひらひらとあちこちへ立ち登りては消え、立ち登りては消え、よろしくあつて、あちこちにある白骨段々《はくこつだんだん》と一ところに寄つて、トド大ドロドロにて件の骨《こつ》消えると、直ちに叢より岩藤の亡霊、髪おどろになり、黒絹の小袖、紅絹裏白の下着、奥庭仕返しのなり、日数経て腐れたる好み、肉脱したる拵へにて立上る。

〽小野とも言はん形容《なりかたち》、あしたの白骨夕の紅顔、空にぞかへる人形《ひとがた》や、怪しくも又不思議なる。

ト岩藤の亡霊よろしくあつて留る、これにて尾上心附き、あたりを見廻し、ふつと岩藤を見てぎよつと思入。

陰火が浮遊する舞台の上で、白骨が寄り合い、魂が入る。気味の悪い場面だが、このあと尾上が守り刀を振りかざし、岩藤の亡霊は退散する。幕が下りて、ここから舞台は一転して明るくなる。

此幕黒幕にて、大ドロドロになり、花道すつぽんへ、日覆より誂への人魂おり、知らせに付き、ドロドロ打上げ、うしろ黒幕切つて落すと、桜の道具幕になる、桟敷の水引打返して、霞しだれ桜になり、すつぽんより岩藤、羽二重片はづし、裲襠《うちかけ》の裾をはしをり、花見のこしらへ、日傘をさし女扇を持ち、よき所まで引き上げる、日覆より誂への蝶二羽舞ふ。岩藤こなしあつて、

岩藤　咲きも乱れず散りもせず、八重九重に桜の盛り、実《げ》に眺めある風情ぢやなあ。

ト「お先揃へて」の行列の鳴物、これへドロドロを冠せ、相引の蝶々舞ふを、岩藤追ひながら宙乗りにて高くなり、低くなり、ふわふわと向う揚幕の上へはひる。知らせに附き、調べのツナギにて、よき程に切つて落す。

岩藤の亡霊が美しい打掛姿で再び現れ、蝶を追いながら宙乗りで退場する。骸骨の出現↓亡霊への変化という展開は『桜花大江戸入船』や『北雪美談時代加賀見』と逆だが、この歌舞伎では幕切れに美しい宙乗りを見せる必要から、このような順序になっているのかもしれない。

『北雪美談時代加賀見』初編の口絵にも、宙に浮かんだ由縁之丞が扇を広げて蝶を追うさまが描かれている（図67）。これが出版されたのは歌舞伎『加賀見山再岩藤』上演の五年前である。もっとも人間が蝶とともに飛行する絵柄ならば、すでに文化十二年（一八一五）刊行の山東京伝の合巻『絵看版子持山姥』に、蜘蛛の妖術で現れた振袖姿の美女が蝶とともに飛行する場面がある（前掲図64）。

さて、由縁之丞は多賀家の湯尾《ゆのお》刀監《とうげん》と一味して陰謀を企む。若衆と艶《あで》やかな蝶という取り合わせは、『白縫譚』の若い娘と猛々しい蜘蛛の取り合わせに匹敵する魅力がある。妖術を使う場面は期待するほど多くないが、挿絵の効果もあってなかなか面白いものもある。

たとえば刀監が正国の側室お貞の方に惑わされ、一味の連判状を見られそうになる場面。どこからかやって来た一羽の蝶が行灯に飛び込み、灯火を消す。そして再び行灯から現れると、次第に巨大化する。

初めはささやかなりけるも、そのさま屋内に余るべきいと凄まじき蝶となり、慌てふためく刀監と共にくだんの一巻を、やにわに取つて引つさらひ、出で居《ゐ》の障子を蹴破りて、さな

図 67　『北雪美談時代加賀見』初編　蝶を追う由縁之丞。

がらつむじの巻くごとく、中空遠く舞ひ上がりし、思ひがけなき此場の珍事に、呆れ惑へるお貞の方より、そばに驚く雪若が、「さては妖怪、逃さじ」と持つたるぼんぼり振り照らし、屋の棟高く駆け上れば、此ひまにかの蝶々は遥かあなたへ舞ひ上がりしが、蝶の背中に朦朧と人の姿の見ゆると思へば、かき消すごとく蝶々の形も共に消へ失せて、あとはあやなき真の闇、つひに行方は知れざりけり。

蝶は刀監と連判状の一巻を奪って飛び去る。蝶の背に朦朧と見えた人影は由縁之丞であった。この場面は八編の挿絵（前掲図17）のみならず、先立つ四編の口絵（図68）にも描かれている。巨大な蝶はよく見ると不気味だが、闇のなかに舞い上がるその姿はどこか幻想的でもある。浮世絵「豊国揮毫奇術競《とよくにきごうきじゆつくらべ》　藤浪由縁之丞」（カラー口絵）もこれを題材としているのだろう。

またある時、由縁之丞は女盗賊の稲妻に見初められ、山中へさらわれる。捕虜となった恥をすぐため、盗賊一味を皆殺しにするとかれが宣言すると、稲妻は手下たちに命じて切りつけさせる。由縁之丞はすかさず紙を取り出して蝶を作り、扇であおぎ立てる。紙の蝶にまとわりつかれて手下たちが倒れると、代わって稲妻が鞘を払うが、由縁之丞はさらに術を繰り出す。

由縁之丞はちつとも騒がず身をかはし、口に呪文をとなふれば、不思議や紙にて作れる以前の二つの蝶々が、その形いと大きなるあやしき一つの蝶と化し、稲妻目がけて飛びかかるを、

図 68 『北雪美談時代加賀見』四編　蝶に乗る由縁之丞。

図69 『北雪美談時代加賀見』三十三編　印を結び呪文をとなえる由縁之丞。

こなたも曲者、おめたるていなく、「それしきの事したりとも、子ども脅しの戯れ同然。手並みを見よ」と呼ばはりながら、飛び来る蝶を切り払ひ、隙もあらば由縁之丞に躍りかからん勢ひなれど、くだんの蝶はさながらに影のごとく形のごとく、切れど払へど手応えせず、つひに精根疲らして、尻居にどうと倒るるを、

（図69）

呪文によって紙の蝶が大きな蝶に変わり、稲妻に飛びかかる。蝶は切りつけても手応えがなく、稲妻はとうとう疲れ果ててしまう。ひらひらとまとわりつくことで敵の動きを遮り、疲労させる――派手な攻撃ではないが、体力を消耗させる攻め方である。結局、稲妻は屈服して由縁之丞の手下になる。

盗賊が妖術使いに惚れて近づくが、結局はその術に破れて手下になるという展開は、『白縫譚』の若菜姫と阿修羅丸の話を思い出させる（「蜘蛛の術」178ページ参照）。『北雪美談時代加賀見』は冒頭部分の展開も『白縫譚』のそれと似通うところが多く、挿絵の構図も似たものがある。作者の二代目春水が『白縫譚』を参照していた可能性は高い。

## 死者の魂が蝶になる

巨大な蝶は不気味である。だが蝶は、鼠や蜘蛛とは違って、相手を襲うといっても嚙みついたり締めつけたりするわけではない。蝶の術の特徴は、そういう目に見えた攻撃性にあるのではない。

岩藤が「われまた影身に付き添ふて、魂あまたの蝶と化し、必ず力を合はすべし」と言っていたのを思い出したい。由縁之丞を助ける蝶は、術を伝授した岩藤そのものなのだ。死者の魂が影身に添って守護する、それが蝶の術の最大の特徴といえよう。

ところで『北雪美談時代加賀見』より前に書かれた読本や合巻にも、死者の魂が蝶になる挿話を持つものがある。たとえば山東京伝の読本『善知安方忠義伝』では、源頼信が乱心し、かれに諫言した家臣藤六左近を手打ちにすると、その魂が蝶の群れに化す。それらがあたかも戦うように群れ飛ぶのを見て、頼信は往時の常陸・下野に似たような怪異があり、それが将門の乱の前兆だったことを思い出し、今も将門の余類が東国に潜んで機を窺っているのではないかと考える。

そして我に返り、自分が忠臣を手打ちにしたことに気づいて呆然とする。頼信が「不便《ふびん》のことをしなしたり」とひたすら後悔すると、蝶の群れはことごとく空中に飛び去っていった。

作者の京伝は、このエピソードに次のような解説を加えている。

此時《このとき》の子細を尋《たづぬ》るに、頼信俄《にはか》に行跡《かうせき》を乱したるは、かの肉芝仙が蝦蟇の妖術の所為《しょい》にて、さまざまに心を狂はせ、忠臣を殺さしめて下《しも》の恨《うらみ》をひきいださせ、つひには自滅させんとはかりしが、藤六が忠義の魂魄蝶《こんぱく》と化して、本心に立《たち》かへらせけるなりとぞ。誠是《まことにこれ》たぐひまれなる忠臣也。

頼信の乱心は、肉芝仙による蝦蟇の妖術のせいであった（肉芝仙については「蝦蟇の術」116～121ページ参照）。肉芝仙はかれに藤六を殺させ、下々のものに恨まれて自滅するように仕組んだ。しかし藤六の忠義の魂が蝶になって、主君を正気に返らせたのである。

また同じく京伝の合巻『妹背《いもせ》山長柄《やまながら》文台《ぶんだい》』（文化九年（一八一二）刊）では、夫久我之助《くがのすけ》を亡くした雛鳥《ひなどり》が夢のなかで美しい場所にいたり、亡き夫が横笛を吹いているのに遭遇するが、近づこうと駆け寄ると夫はさめざめと泣き、その姿は消えてあまたの蝶になってしまうという場面がある。実はその場所は仙人のすみかで、久我之助に執着する雛鳥の心を清めるために、仙人が雛鳥を招いたのだった。挿絵には蝶の群れにつつまれた久我之助の姿が描かれている（図70）。妖

図70 『妹背山長柄文台』 蝶の群れにつつまれた久我之助の霊（左）。

術とは関係ないが、蝶と若衆を取り合わせた例としては『北雪美談時代加賀見』に先立つものである。

曲亭馬琴の合巻『大和荘子《やまとそうし》蝶胥笄《ちょうちょうのかんざし》』（文政九年〔一八二六〕刊）は、娘が死んで蝶になる話である。耳の垢取を生業《なりわい》とする娘あげはは武士玉倉白内《たまくらしらない》に思いを寄せる。白内の傍輩番九郎はあげはに恋慕し、暗夜をいいことに白内になりすましてあげはと関係を持つ。あげはは妊娠するが、白内（実は番九郎）からの連絡は絶え、思いあまったあげはは往来で本物の白内を引き留め、口説する。事情を知らない白内は驚きあきれ、番九郎にだまされていたのだろうと諭すが、あげはは聞く耳を持たない。結局あげはは流産し、自身も病死する。白内はあげはが死んだことを知らなかったが、彼女のことが心にかかり、番九郎が都から帰参したら問いただそうと考える。その夜、白内の枕元に大きな蝶が出現する。

夜は丑三つとおぼしき頃、いと大きなる蝶々の枕のほとりへひらめき来て、臥したる上に止まると思へば、その重きこと千引の石もて押さるるごとく耐え難ければ、白内いたく驚きて、跳ね返さんと身をもみたる夜着の上より、白やかなる顔さしのばすをよく見れば、これ蝶々にはあらずして、あげ羽がありし面影の、髪振り乱し睨まへて、「うらめしや白内殿。二世と契りし誓ひにそむきて、知らず顔するのみならで、お腹に宿せし情けの種もはや四ケ月になりにしを、突き倒されしその時に、ちづな離れ、胎《たい》損なはれて雪解の水となりにたり。親の手づから子を損なひて、御身は何とも思はずや。尽きぬ恨みのやるかたなさに、ついに此身も死天《して》の旅（略）」

蝶のかたちをしたものは、あげはの亡霊だった。あげはは白内に裏切られたと思い込んでおり、恨み言を述べてかれを悩ませる。巨大な蝶が出現する点、その蝶が恨みをのんで死んだ者の魂の変化《へんげ》である点、ともに『北雪美談時代加賀見』に通じるところがある。

**怪玄**

『児雷也豪傑譚』では児雷也が巨大な蝦蟇に乗り、『白縫譚』では若菜姫がこれまた巨大な蜘蛛

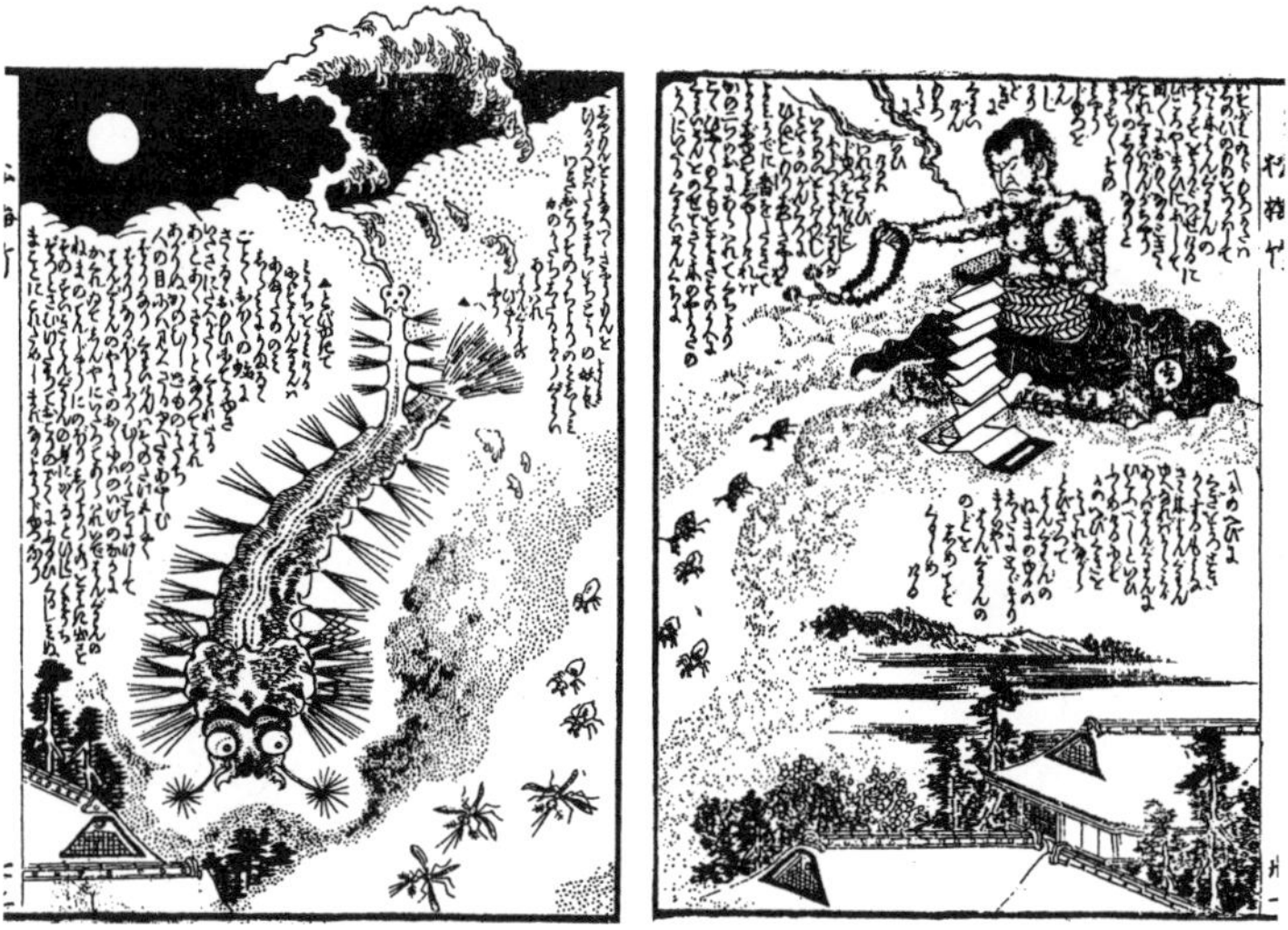

図71 『松梅竹取談』 怪玄は虫の妖怪を出現させる。

に乗っていた。『北雪美談時代加賀見』にも由縁之丞を乗せて飛ぶ大きな蝶が出てくる。小さな生き物を現実にはありえない大きさにすること、いわば生き物の妖怪化は、動物と結びついた妖術においては常套的なものといってよい。

この術を使う妖術使いの先達が、山東京伝作の合巻『松梅竹取談《まつとうめたけとりものがたり》』(文化六年〔一八〇九〕刊)に出てくる。吉野山の奥の天狗堂に棲む修験者怪玄《かいげん》である。

伊賀国見山周辺を治める石上《いそがみ》九郎諸方《もろかた》は、近江の領主佐々木判官忠知を滅ぼして近江を手に入れようと目論む。怪玄が妖術を使って鉦と撞木を鷺と烏に変えてみせるのを見た諸方は、感心してかれを陰謀の仲間に引き入れ、佐々木判官の調伏を依頼する。

怪玄の妖術とは、奪魂鬼《だっこんき》と縛魄鬼《ばくはくき》という二つの鬼を使って隠形の術を行い、さまざまな妖怪

図72 『松梅竹取談』 虫の妖怪は判官をさいなむ。

を出してみせるものだった。怪玄は国見山の奥に分け登り、岩窟に邪神を祀り、古塚をあばいて得た髑髏に蝮の血で密符の文字を記して据え置いた。また死んだ妊婦の首とその胎児に犬の首とヒキガエルを添えて生贄にし、大蛇を生きながら板に打ち付けて供えた。灯火はヒキガエルの脂にイモリとフクロウの血を混ぜ、ミミズの日干しを灯心にしたものである。そのようにしつらえた壇の前で、谷川で身を清めた怪玄は香炉を頭にのせて香を焚き、イラタカの数珠をつまぐり、鈴を振って邪経を読誦した。

怪玄の妖術によって怪異現象が起こり、佐々木判官を苦しめる。館の鬼瓦が黒気を吐き出し、それをあびた判官は気絶して病に臥す。とどめの一撃、怪玄は虫の妖怪を出現させる（図71）。

怪玄、口に呪文をとなへつつ経文を翻せば、たちまち一道の妖気わき起こり、そのうちより蚤《のみ》、虱《しらみ》、蚊《か》の形したる妖怪現れ、判官の病床へ飛び行きて身内を咬みけるにぞ、判官はあまたの蚤、虱に咬まるるごとく、多くの蚊に刺さるる思ひにて痒さ痛さに堪へ難く、食われたる痕、悪瘡となつて腫れ上がりぬ。かの虫どもの形、人の目には見へざるゆへ、ただ怪しむばかりなり。怪玄はその丈五尺ばかりなる、ぼうふり虫の形に化して、判官の館の奥庭の池の中に隠れゐて、深夜に至つて現れ出で、判官の寝間の天井にのぼり、尻より水を吐き出す。その水気《すいき》、判官の身にかかると等しく身内ぞつと寒気立ちて、瘧《おこり》のごとくに震ひ苦しみぬ。実《まこと》にこれ、例《ため》し稀なる妖術なり。

蚤・虱・蚊の妖怪が判官をさいなむ。怪玄は自らも五尺（約一・五メートル）のぼうふら（蚊の幼虫）に変じて尻から水を吐き出し、さらに判官を苦しめる。挿絵を見ると、巨大な虫たちが病床の判官を取り巻いている（図72）。ここに描かれた虫の姿は、森島中良の『紅毛雑話《こうもうざつわ》』（天明七年〔一七八七〕刊）に載っている虫の拡大図を原拠としていることがわかっている（鈴木重三「京伝と絵画」）。眼、脚、触角など細部まで描き込まれた虫のすがたは不気味としか言いようがない。

**松蔭大蔵**

蝶の妖術使いをもう一人紹介したい。幕末から明治にかけて活躍した落語家三遊亭円朝に『菊《きく》模《も》様《よう》皿《さら》山《やま》奇《き》談《だん》』という噺がある。円朝の噺に基づいて山々亭有人《さんさんていありんど》が書いた同名の合巻（明治四年〔一八七一〕刊）によって、冒頭部分を見てみよう。

飛鳥山に花見に訪れた若竹織江は隣席の武士たちとささいなことから口論になり、困っていたところを売卜《ばいぼく》者晴明堂こと松蔭大蔵《まつかげだいぞう》に助けられる。織江は感謝して、主君阿閉《あとじ》氏への仕官のなかだちを約束する。

帰路につく大蔵の前に雌雄の蝶が現れて飛びまわり、大蔵は蝶に導かれるように諏訪神社に至る。蝶は杉の根方に消え、大蔵がそこを覗き込むと突如として蝶の群れが出現し、まとわりつく。大蔵は刀で切り払うが疲れ果て、気絶する。しばらくして「大蔵起きよ」との声に目を覚ますと、十六歳ほどの姫が朦朧と立っていた。

姫は胡蝶という名で大蔵の姉にあたり、二人は播磨国皿山城主赤松義正の遺児であるという。義正は足利将軍に神変不思議の「綾の皿」を懇望されたが断り、それをきっかけに不興を買い、将軍の命を受けた阿閉式部に討たれた。胡蝶は阿閉氏に報復しようとしたが、家来の若竹織江に殺されて埋められた。胡蝶の念は蝶に変じ、以来ずっと敵討ちの機会を窺っていたが、このたび大蔵が織江に恩を売る成り行きとなったので、これを好機として大蔵に自分の通力を譲ろうと考えた。——一連の話に大蔵は驚くばかりだったが、養母（実は乳母）が自分に武術を学ばせたのも、亡父義正の敵討ちをさせるためだったのだと気づく。

大蔵は胡蝶から通力（妖術）を譲り受けることにする。

「それは格別、姉上の譲りたまわる妖術とは」「その妖術な、他ならじ。わが魂は蝶となり、附属の小蝶ままあるゆゑ、いま魂を御身に譲り、通力自在の身とならば、竜に翼を添へたるごとし。なにとぞ式部を討ち滅ぼし、綾の皿をば取り戻し、父が家名を再興せよ。今ぞ御身にわが魂、譲り与へん。さりながら欲にふけりて無道をなさば、この通力はたちまち消へん。もしも危急のことあらば、かくかく秘文をとなへよ」と繰り返しつつ言い諭し、「心得たるか」と言いさまに、再び呪文をとなゆれば、にわかに山谷鳴動し、大蔵再び悶絶せしが、しばらくありて我に返り、ふと目を開けば姉胡蝶が姿はいづち消へ失せたり。（図73）

図73 『菊模様皿山奇談』初編　胡蝶は大蔵に妖術を伝授する。

胡蝶から大蔵への妖術伝授には、『北雪美談時代加賀見』のそれと類似する点が二つある。まず、肉親の亡霊から敵討ちの願いを託され、術を伝授されている点。第二にその術が、亡霊の魂が蝶となって力を添えるというかたちをとる点である。

大蔵が試みに呪文をとなえると、たちまちたくさんの蝶が集まってくる。術を会得した大蔵は阿閉氏に仕官し、ひそかに御家転覆を企む。
見せ場の一つは、組子に取り囲まれた大蔵が呪文をとなえて蝶に化し、虚空遥かに飛び去る場面である。逃げおおせた大蔵は楼門の上に休らう。この場面は昭和の名人、八代目林屋正蔵によって芝居噺（大道具・鳴り物など歌舞伎のような演出のある落語）として演じられた。その高座「菊模様皿山奇談　楼門の場」を見てみよう（伊東清『八代目林家正蔵　正本芝居噺考』による）。
窮地に立たされた大蔵が「忍術の呪」を結ぶと、歌舞伎のように大ドロドロの効果音が入り、後ろに蝶々の幕が下りる（大蔵が蝶に変じたことを表す）。ついで大薩摩の唄になり、蝶々の幕が振り落とされる。次第に楼門がせり上がってくる。

「見事見事、今を盛りと咲く花は、我が大望の成就して、粂野の家中を従えし、為政のことを嘲罵する、はて心地よき、こと、である。それになんぞや、粗五郎の小わっぱめら、我を仇と付け狙いしを、習い覚えし忍術にて、蝶々と化して飛び来たりしが、なおもしゅねくをいきたらば、手練の手のうち、振る、まいくれん」

討手がなおも執念《しゅうね》く自分を追って来たら、手練のわざをみせてやろう――。大蔵は楼門の上から高言する。ここには、石川五右衛門が南禅寺の山門から桜を愛でる歌舞伎『金門五山桐』（江戸では寛政十二年〔一八〇〇〕二月に市村座で上演されて以来『楼門五山桐《さんもん》』の名題が一般的）

の「山門」の場のおもかげもあるようだ。

最後に、蝶にまつわる恐ろしい話を一つ。建部《たけべ》綾足《あやたり》『漫遊記《まんゆうき》』（寛政十年〔一七九八〕刊）巻之三「蝶に命とられし人」は、こんな話である。

生まれつき蝶の嫌いな武士がいた。「春はいいものだが蝶が飛び歩くのは鬱陶しい」と言い、天気のいい日は家にいて、雨の静かに降る日に花見に出かけたりしていた。友人たちはこれを不思議がって、「変なやつだ。本当にそういう癖なら性悪だ。試してみよう」と、花見の宴会にかこつけてその武士を呼び出し、一室に閉じこめて三、四羽の蝶を放ち入れた。武士は大声で「許してくれ」と叫び、あちらこちら逃げまわる音がしたが、しばらくすると静かになった。「癖は治ったか」と開けてみると、武士は仰向けに倒れて死んでいた。放たれた蝶は侍の鼻のなかに入り込み、これらもまた死んでいた。

大嫌いな蝶にまとわりつかれたあげく呼吸不全に陥った武士の、死に臨んでの恐怖はいかばかりだったろう。かれが蝶を嫌っていた理由はついに不明のままだが、ただひらひらと飛びまわっているだけに見える蝶が、人を殺す力を持ちうるという意外性。この話の恐ろしさはそこにある。蝶の妖術の魅力も、このはかなげな生き物が思わぬ力を発揮するという意外性にあるのかもしれない。

# 妖術を使う動物

妖術と動物を結びつけた話は多い。

「蝦蟇の術」から「蝶の術」までの四つの章では、動物の力に支えられた妖術使いの物語についてまとめてみた。なかには人間に妖術を伝授する蝦蟇や蜘蛛の話もあったが、表立って活躍するのは、あくまでも術を伝授された人間のほうであった。

とはいえ、蜘蛛に関して言えば、蜘蛛が人間に妖術を伝授する話より前に、蜘蛛自身が何かに化けて人間を脅《おびや》かす話が存在していた。蜘蛛が印を結んだり呪文をとなえたりするわけではなく、妖術を使うという表現にはそぐわないものの、不思議な現象を意志的に引き起こす点では、人間の妖術使いに通じるといっていいだろう。

ところでこの他にも、動物が人間に化けたり人間に憑いたりして不思議な術を使う話や、半人半獣の妖術使いの話、あるいは死者が動物に変じて奇跡を起こす話など、動物による妖術の物語といっていいものがある。この章では、その種のものからいくつかを紹介してみたい。

## 金毛九尾の狐

まずは狐の話から。江戸時代に最もよく知られていた悪狐といえば、やはり金毛九尾の狐だろう。高井蘭山の読本『絵《え》本《ほん》三国《さんごく》妖婦《ようふ》伝《でん》』（文化元年〔一八〇四〕刊）は、この狐が美女に化け、時の権力者を堕落させ、国を翻弄していくさまを描いたものである。

「不正の陰気」が凝って生まれた白面金毛九尾の狐は邪悪な性質を持ち、「世の人民を殺し尽《つく》し魔界となさん」とする。狐は「神変奇異の術」で美女に変身、殷では紂王《ちゅうおう》の后妲己《だっき》となった。紂王は妲己に夢中になり、軍事をおろそかにしているひまに周の武王《ぶおう》に攻め込まれる。周には軍師太公望《たいこうぼう》がいて殷に勝ち目はない。妲己は呪文をとなえて悪鬼魔王を出現させ、霧霞で四方を覆い、大雨を降らせ、石沙《いしいさご》を飛ばして戦う。すると太公望も呪文をとなえて対抗し、妲己の術を封じた。後がなくなった紂王は自ら火中に身を投じる。太公望は雲中子《うんちゅうし》仙人から伝授された照魔鏡を妲己の顔にさしつける。妲己は九尾の狐の姿を現して、切り殺される。

こうして一度は死んだ狐だが、その魂は再びこの世に現れ、天竺に渡って班足太子《はんぞくたいし》の后華陽夫《かようふ》人《じん》となる。だが天竺を魔界にする野望は果たせず、風を呼び雲を起こして雨を降らせ、稲妻に乗じて飛び去る。その後、狐は幽王《ゆうおう》の后褒姒《ほうじ》となり、次いで日本に至り、藻女《みくずめ》と名乗って宮中に出仕する。藻女は体から光を放ち、それを賞した帝は彼女に玉藻前《たまものまえ》の名を与える。

安倍晴明の末裔にあたる陰陽博士安倍泰親《あべのやすちか》は、玉藻前を妖怪化生の類ではないかと怪しみ、祈禱によってその正体を暴く。狐は都から脱出して那須野に隠れ、人々を苦しめる。泰親は術を使って那須野に大雨を降らす。逃げられなくなった狐は三浦介義純と上総介広常に射殺される。狐の怨霊は石になり、なおも人々に災いをなしたが、最後には高僧の祈禱により解脱する。

狐はくり返し美女になって現れ、権力者に近づいては、その国を破壊しようとする。その執念は恐ろしいほどだ。また、狐は単に美女に化けるだけでなく、天候を操る術も心得ている。人間のほうも術を使って応戦している。つまり〈妖術には妖術を〉の姿勢で狐に対抗しているのだ。

「世の人民を殺し尽くし魔界となさん」。狐の野望は、思えば『善知安方忠義伝《うとうやすかたちゅうぎでん》』の肉芝仙（蝦蟇。116〜121ページ参照）や『四天王楓江戸粧《してんおうもみじのえどぐま》』の蜘蛛（183〜185ページ参照）が抱いていた野望と同じものである。『四天王楓江戸粧』の蜘蛛が自ら辰夜叉の屍に入り込み、政治の中枢に近づこうとしたのと同じように、狐も自ら美女となって権力者をとりこにし、野望の実現をめざしたのだった。

**むらさき**

この物語の後日談として書かれたのが曲亭馬琴の合巻『殺生石後日怪談《せっしょうせきごにちのかいだん》』（文政八年〜天保四年〔一八二五〜三三〕刊、全五編）である。

主人公は三国伝内綾妙《みくにでんないあやたえ》の娘おむら。かつて伝内の父（おむらの祖父）内舎人師妙《うどねりもろたえ》は、玉藻前の宮中への出仕を勧めたために処罰され、那須野のほとりに流された。伝内はそのことを悔しく思い、おむらには立派な婿を得させたいと考えていた。おむらは那須野の殺生石に願をかける。結願の日、九尾狐の悪霊が現れ、おむらが持参した姿絵をくわえて去っていく。

おむらは時の将軍源頼家に見いだされ、むらさきの方と呼ばれて寵愛される。頼家は遊蕩が過ぎて修善寺に押し込められるが、むらさきは那須野に落ちのび、その頃から自然と「魔行《まぎやう》の幻術」を感得して「人を馬になす魔術」を行うようになった。すなわち毒薬を仕込んだ小麦の団子を旅人に食べさせ、毒薬を煎じた風呂を使わせて、その旅人を馬に変えるのである。ただし文武忠孝のそなわった武士と出家には、この魔術はきかなかった。そうして得た馬は、同居の比企矢四郎が市で売り飛ばした。

ある日、頼家と二色《にしき》の方の間に生まれたひとはた丸が那須野にやって来る。二色の方はむらさきによって無実の罪をきせられ、自滅させられていた。むらさきはいつものように毒薬の入った小麦の団子でもてなすが、ひとはた丸は胸騒ぎがして団子には手をつけず、風呂場へ案内されても湯には入らなかった。ひとはた丸が名乗りかけて二人を討とうとすると、むらさきは宝剣をくわえて「邪術の印文《いんもん》」を結ぶ。すると庭にあまたの鬼火が燃え立ち、ひとはた丸は目がくらんで倒れてしまう。

むらさきは告白する。頼家に取り入って遊興を勧めたのは父祖の仇を討つためであり、人を馬にして売り飛ばしたのは鎌倉を攻める軍資金を貯えるためだった。ひとはた丸が所持する守り本尊の利益によって、むらさきの術は破られる。ひとはた丸がむらさきの首を討つと、その傷口から心火が燃え出て、那須野をさして飛び去る。

図74　『殺生石後日怪談』五編　印を結ぶむらさき。背後に九尾の狐。

飛び去った心火は九尾の狐の霊である。むらさきが魔術を使うことができたのも、狐が取り憑いていたためだった。挿絵を見ると、印を結ぶむらさきの後ろに九尾の狐の影がありありと映っている（図74）。

ちなみに、おむら・むらさきという名前にもヒントがある。馬琴はこの合巻の初編の口絵に「三国の阿紫《おむら》」と記しておむらの肖像を出し、「玄中記《げんちゅうき》に狐は千古《せんこ》の婬婦《いんふ》也。その名を阿紫《あし》といふといへば」という詞書を添えて「むらさきの花は畠のなす野哉」という狂斎の発句を引用している。江戸時代の前半に書かれた随筆『塩尻《しおじり》』にも、狐は淫婦の化したもので名を「紫」と言い「阿紫」と自称したという説（『名山記』）や、狐が人に媚び「阿紫」と自称したという説（『捜神記』）、野狐を「紫」と言う説る。（『酉陽雑俎《ゆうようざつそ》』）が引用されている。おむら・むらさきは、それ自体が狐を暗示する名前なのである。

## 仙娘子

さて、むらさきが魔術で旅人を馬に変えるくだりは、いわゆる「旅人馬」の話（旅人が宿屋で特別な食べ物を供され、馬に変えられる説話）に拠っている。馬琴はこれを狐と結びつけて、九尾狐の末裔による妖術譚を作り上げたのである。

ちなみに「旅人馬」の話をふまえた妖術使いの物語としては、馬琴の『殺生石後日怪談』より前に、関亭伝笑の合巻『河内国姥火譚《かわちのくにうばがひものがたり》』（文政十一年〔一八二八〕刊）がある。

源頼朝が鎌倉幕府を開いた頃。石橋山の合戦で敗北した山木判官に仕えていた甚内《じんない》は、乳母あすかを訪ねて河内国中村へ行く。あすかの娘小づるは三年前、十六歳の時に行方知れずになっていた。甚内は仕官先が決まったら迎えに来ると約束し、鎌倉へ赴く。盗賊の太九郎はひらおか明神の灯籠から油を盗み、あすかに罪をなすりつける。たまなわ家への仕官が決まった甚内は河内に戻ってくるが、あすかがとらえられ、晒《さら》し者になっているのを見て、せめて首だけは人手に渡すまいと自らあすかを討つ。たまなわ家の老臣五十太夫は甚内が山木判官に仕えていたことを危険視し、主君に進言、甚内の仕官話は反古になる。甚内は五十太夫を恨み、かれを闇討ちにし、回国修行の旅に出る。甚内がひらおかの堤にさしかかるとあすかの首が現れ、太九郎への恨みを語って敵討ちを頼む。

太九郎は丹波の山奥に迷い込み、一軒家に宿を求める。この家に住む仙娘子《さんろうし》は旅人に麦の焼餅を食べさせて馬に変え、それを売って生活していた。太九郎はそのことに気づいて仙娘子を取り押さえるが、そこへ甚内が現れて太九郎を討つ。仙娘子は自分があすかの娘であることを明かし、馬烈道人という異人に誘い出されて山奥に至り、人を馬に変える妖術を伝授されたと語る。甚内は仙娘子と夫婦になって暮らす。

五十太夫の一子浪江は甚内を討つために旅に出る。家来の時蔵は後を追うが、丹波の山奥で仙娘子の家に迷い込み、馬にされてしまう。馬になった時蔵は浪江のもとにやって来て、麦の餅を食べないよう忠告。浪江は出された餅をすりかえて仙娘子に食べさせ、甚内を討つ。馬になった仙娘子に時蔵が嚙みつくと、その傷から仙娘子の姿が陽炎のように現れ、馬烈道人に連れられて去っていく。

仙娘子とは不思議な名だが、これは「旅人馬」の話の一つ、中国小説「板橋三娘子《はんきょうさんじょうし》」をふまえているのだろう。邦訳は林羅山の『怪談全書』（元禄十一年〔一六九八〕刊）に「三娘子」の題で収められている。三娘子という宿屋の女将が旅人に焼餅を食べさせて馬に変えていたが、ある客がこの術に気づき、出された焼餅をすりかえて三娘子に食べさせ、ろばに変えてしまう。ある日、老人がろばの顔を引き裂くと中から三娘子が飛び出し、老人を拝んで去っていった——という話である。『河内国姥火譚』で馬のなかから仙娘子が現れ、去って行くというのも「三娘子」

そのままだ。

なお、狐のことは「三娘子」にも『河内国姥火譚』にも出てこない。『河内国姥火譚』では、仙娘子に妖術を伝授したのは馬烈道人という異人である。馬烈道人がなぜ仙娘子に術を伝授したのかは、いまひとつはっきりしない。それはこの合巻の主人公があくまで甚内であり、仙娘子の話には重心が置かれていないことを示唆している。

## 赤池法印・玉江九郎六

妖術の背後に狐あり。狐が人間に不思議な力を与えるという考え方は、稲荷権現や荼枳尼《だきに》天の信仰とも結びつく。前にも引用した随筆『塩尻』には、これらについて、「季世大方野干を祀りて陀祇尼と称し、福を求め幸をいのり、或は稲荷と呼て幣帛を捧る族多し」と記されている。荼枳尼天の法は真言密教の呪法の一つで、これを会得すると通力自在になると考えられていた。そこから、僧侶くずれの悪者が狐の術を使う物語が生まれてくる。

たとえば十返舎一九の合巻『往昔赤池法印《むかしむかしあかいけほういん》』(文化十二年〔一八一五〕刊)の赤池法印。かれは真言の行者だったが、狐を使って人を惑わし、金銭をかすめ取って暮らしている。人妻に恋慕し、祈禱に呼んでもらいたい一心から妖術で怪異現象を起こしたりするが、最後には悪事が露見して討たれ、狐も退散する。

一九は赤池法印によく似た狐使いを合巻『湯尾峠孫杓子《ゆのおとうげのまごじゃくし》』(文政二年〔一八一九〕刊)にも登

図75 『湯尾峠孫杓子』 狐を使う九郎六（右）と夫に化けた狐。

場させている。玉江《たまえ》九《く》郎《ろ》六《ろく》は武士であったが乱酒放蕩の性悪者で、主君の不興を被り、国元を出奔。諸国遍歴ののち剃髪して修験者となり、狐を使う法を習い覚えて人を惑わし、金銭をかすめ取って生活していた。九郎六もやはり人妻に惚れ、その夫の留守をいいことにかの女に近づこうと邪法を使う。すなわち狐を夫に化けさせ、かの女をだましおおせた上で夜だけは自分が狐（の化けた夫）と入れ替わり、正体を気づかれないまま枕を交わすのである（図75）。

この二人の共通点は、金と色をめぐる欲望を満たすためだけに術を使っていることである。この世を魔国にする執念から美女に化け続けた九尾狐や、仕官先の家を横領していずれ天下を掌握しようと考える悪田悪五郎（「飛行の術」の章で紹介した、尾裂狐を使う妖術使い。47～51ページ参照）は、なかなかスケールの大きい悪者だった。それにひきかえこの悪法師たちは、格段に器が小さい。

もっともそれは、当時から、狐があらゆる願いを聞いてくれる神として理解されていたことの裏返しかもしれない。今も稲荷神社はわれわれの身近にある。大きな願いごとをする人もいるだろうが、小銭を投げて手を合わせ、身の回りのささやかな問題の解決を祈る人も少なくないのではなかろうか。

## 妙椿

狐の次は狸である。妖術を使う狸が『南総里見八犬伝《なんそうさとみはっけんでん》』第九輯巻之五～十六（天保六年～八年〔一八三五～三七〕刊）に出てくる。ご存じ「妖尼《ばけあま》」の妙椿《みようちん》である。

山賊の蟇田素藤《ひきたもとふじ》は小鞠谷如満《こまりやゆきみつ》から館山城を奪って城主となり、小鞠谷の妾二人をそのまま自分の側室とするが、数年後に二人とも病没してしまう。そこに八百比丘尼の妙椿がやって来る。死んだ側室たちの姿を見たいという素藤の求めに応じて、妙椿は反魂の術を行う。反魂香の煙のなかに忽然と現れた美人は、しかし素藤の側室たちではなく、それよりずっと美しい少女《おとめ》であった。妙椿は「亡くなった人の幻を見たら、かえって思いを増すだけだから、わざと生きている美女の姿を見せた」と言い、その少女は里見義成の娘浜路姫《はまじひめ》であると告げる。素藤は里見に浜路姫との結婚を申し入れるが、家格の違いを理由に断られる。怒った素藤は妙椿に勧められるまま義成の嫡子義通を誘拐。館山城を囲んだ里見勢は奇策によって義通を救い出す。城を追われ、隅田川西岸で追い放たれた素藤は船のなかで熟睡するが、目覚めると山中にいて、たどりついた庵から出てきたのは妙椿だった。素藤は妙椿と共に暮らす。

里見家では浜路姫が物の怪に取り憑かれて苦しんでいた。義成は犬江《いぬえ》親兵衛《しんぺえ》（八犬士の一人）に姫の守護を命じるが、ある夜、宿直《とのい》しているはずの親兵衛がおらず、浜路姫の寝所から密会しているらしい声が聞こえた。姫から親兵衛にあてた艶書も見つかる。義成は翌日すぐに親兵衛に暇を出し、関八州を見回って他の七犬士を探してくるよう命じる。

実はこれは館山城奪回のために妙椿が仕組んだことだった。里見義成のそばに勇士の親兵衛がいては攻めにくいので、妙椿は術を使って、宿直中の親兵衛を眠らせ、義成に親兵衛の姿が見えないようにし、男女のささやき声を聞かせて二人が密会しているように思わせたのである。艶書も翌日には白紙に変じる偽物だった。

さて、妙椿の妖術には霊玉甕襲《みかそ》の玉が必須であった。かの女はこれを額に押し当て、呪文をとなえて疾風を起こし、かつて里見勢に奪われた武具を取り戻した。いよいよ館山城に押し寄せる際には、幻術であたかも数千の軍勢がいるように見せた。また戦の間の捕虜交換では、藁人形を捕虜に見せかけて里見へ返した。

義成は、これらが素藤に一味する「女僧《あま》が幻術」のしわざであることを察知する。遊歴中の親兵衛は疑い晴れて呼び戻されることになり、帰路、老婆政木《まさき》（実は狐）から妙椿の正体について聞かされる。

妙椿は、かつて里見家の飼い犬だった八房《やつふさ》を育てた狸だった。義成の父義実《よしざね》が山下定包《やましたさだかね》を討伐した時、八房には定包の妾玉梓《たまずさ》の悪霊が取り憑き、狸にも累が及んだが、役行者の利益で玉梓の霊は解脱、義実の娘伏姫《ふせひめ》の読経の功徳で八房も菩提に入った。ただ狸だけが忘れられていた。狸はそのことを恨んで里見家に仇をなそうと考え、尼に変じて素藤をそそのかしていたのである。

親兵衛は老婆から教わった方法にしたがって妙椿に近づき、霊玉を奪う。妙椿は二階から庭に飛び降りる。逃げ込んだあたりを探すと、大きな牝狸《めだぬき》の死骸があった。

狸が執念深く里見家に報復しようとした理由は理解できたが、その妖術の源たる甕襲の玉にはどのような由来があるのだろうか。このことも政木の口から説明がなされている。その昔、甕襲という人の飼い犬足往《あゆき》が狢《むじな》を嚙み殺し、その腹から勾玉《まがたま》を得た。それが甕襲の玉で、時を経て忘れられていたのを妙椿が見つけて秘蔵しているのだという。政木は、さらにこうも付け加えている。——妙椿は、自らが狢に等しい狸なのに、忌むのを忘れて、犬に殺された狢から出た玉を宝としている。ゆくゆくは自分が犬士に退治される予兆であることに気がつかないのか。まことに愚かなことである。狸は智恵が浅くて野狐に及びもしないことが、このことからもわかる。

政木の正体は狐である。人間からすれば狐と狸は〈化ける動物〉として同列に見なしがちだが、政木には、狐は狸より上だというプライドがあるらしい。ともあれ狸の妙椿が最後は犬士に倒される理屈も、この足往の挿話を念頭におけば合理的なものとなる。

## 犬神

『南総里見八犬伝』の犬士は妖しい狸を駆逐する正義の存在であったが、犬そのものが邪術に関わることもあった。それが犬神《いぬがみ》である。

狐は人に憑くと考えられていたが、犬神もまた、江戸時代にはよく知られた憑きものであった。幕末に出版された、化物《ばけもの》を詠んだ狂歌集『狂歌百物語《きょうかひゃくものがたり》』（嘉永六年〔一八五三〕刊）の「犬神」の部に次のような狂歌がある。

烏羽玉の黒犬をしも祟むれば　よくの闇路のたすけとやなる　　東風のや

人間が自らの欲望を実現するために犬神を信仰し、その術に頼れば、その先に待つのはさらなる欲望の闇でしかない。「烏羽玉の」は「黒」の枕詞で、「闇路」の暗黒とも呼応している。

犬神とはどのようなものなのか。浅井了意の『伽婢子《おとぎぼうこ》』（寛文六年〔一六六六〕刊）の「土佐の国狗神　付金蚕」にある記述を現代語訳してみよう。

土佐国の畑《はた》というところに代々住んでいる人々は、狗神《いぬがみ》を持っている。狗神持ちがよその土地に行って、他人の小袖・財宝・道具など何でも「欲しい」と思えば、狗神はすぐにその品物の持ち主に憑いて祟りをなす。高熱を発して懊悩し、胸や腹は錐で刺すか刀で切るかのように痛む。そんな病になったら、狗神持ちを探して何でも欲しがるものを与えれば、病は治る。さもなければ久しく病んだ後に、ついには死ぬという。

国守がこのことを知って、畑地区の周りに垣をめぐらし、一人残らず焼き殺したこともあった。それ以来狗神は絶えたが、一族の生き残りがいて今もなお狗神を伝えているという。狗神持ちが死ぬ時は、家の後継者に狗神が移る。それが側にいる人には見えるとのことだ。大きさは米粒ほどの狗である。白・黒・あか・斑《まだら》などいろいろで、死ぬ人の体を離れて後継者の懐に飛び入るという。狗神持ち自身も、嫌なことだと思ってはいるが、やむをえない持病である。

犬神は人間のなかに棲んでいて、その人の欲望を満たすために他人に取り憑いて悩ませるという。この記述だと、犬神は極小の犬の精のようなものらしい。これとは別に、生きている犬を殺して犬神を作り出すという説もある。二つの文献から、これも現代語訳して引用する。

一匹の犬を柱につなぎ、その縄《つな》を少し緩めて、器に食べ物を盛り、その犬の口が届くか届かないかというところに置いて、飢え死にさせる。その霊を祀り納めて、犬神にする。
（山岡元隣著、貞享三年〔一六八六〕刊『古今百物語評判《ここんひやくものがたりひようばん》』「犬神四国にある事」）

猛々しくすぐれた犬を何匹も戦わせて、他を嚙み殺して生き残った一匹を生きながら地中に埋めて頭だけ出す。数日間飢えさせて苦しめてから前に魚飯を置いて見せ、それ以外のことを考えさせないようにした上でそれを食べさせる。そのままその頭を切って筐に封じ、残りの魚飯を食べれば術は成就する。（本居内遠著、弘化四年〔一八四七〕刊『賤者考《せんじゃこう》』）

方法には多少違いがあるが、要するに犬に飢餓感を覚えさせてから殺し、その霊を犬神にするということらしい。『賤者考』には犬の頭を切って筐《こう》に納めるとあるが、あるいは筺《きょう》（はこ）の意味か。これを思わせるものが、黒本（初期の草双紙）『近江国犬神物語《おうみのくにいぬがみものがたり》』（明和七年〔一七七〇〕刊）の前半に出てくる。あらすじを紹介しよう。

近江国に太郎又という狩人がいた。子白丸という犬の首を箱に入れて呪《まじな》いをし、さまざまな不思議を見せ、病を治すなどして近隣の農民の尊敬を集めていた。

山伏のとつこう院は幻術を使って人目をくらましながら生きてきたが、太郎又を切り殺して犬の首の入った箱を奪った。とつこう院は頭痛治療の呪いを頼んできた人妻藤浪と関係し、藤浪は夫に討たれる。とつこう院は惟喬《これたか》親王の前で術を使い、時ならぬ梅の花を咲かせて見せたので、親王はかれを法師に取り立てる。とつこう院は柿本紀僧正と改名し、二人の皇子の母である染殿《そめどの》の加持僧となり、彼女と関係する。

図76 『近江国犬神物語』 飛び去っていく犬の首。

怨霊となった藤浪は、在原行平《ありわらのゆきひら》の下人床平《とこへい》に事情を語り、自分の首と箱のなかの犬の首を入れ替えてくれと頼む。藤浪の通力を得た床平は、忍び込んで僧正が所持する箱を開け、なかにあった犬の首を藤浪の首に入れ替える。犬の首は近江に向かって飛び去っていく（図76）。僧正は行平の娘紅《くれない》姫を犯そうと呪いを行うが、犬の首が失われたため、もはや術を使うことができない。そこへこれまで使役してきた邪鬼が現れ、僧正を討ち殺す。

犬の首がなければ犬神の術は成就しない。柿本紀僧正は術を失い、あげくは鬼神によって殺されてしまう。作中では、この場面の後に「正法に奇特なし」という格言が引用されている。犬神の術は邪法だから、それを行う者には結局しっぺ返しがあるのだ。『狂歌百物語』にもこんな狂歌がある。

犬神の術を行なふ痴者《しれもの》や　おのれも首になるも知らずて　朝霞亭

呪いに用いる犬の首と同じように、犬神の術を行う人間もいずれは打ち首になる。邪法に頼ろうとする人間の弱い心を嗤《わら》い、戒める狂歌である。

**陵太郎守門**

犬神の術を使う悪人が登場する合巻もある。まずは曲亭馬琴の『鶍山後日囀《ひばりやまごにちのさえずり》』（文化十四年〔一八一七〕刊）を見てみよう。

将軍の命を受けて熊野の勇名《いさな》武彦を成敗した横佩《よこはぎ》判官は、勇名の娘あぢさ井と家来の弁藤太を捕虜とし、あぢさ井を妾にする。判官と正妻やさ御前との間に中将丸が、あぢさ井との間に玉わか丸が生まれる。

十三歳になった玉わか丸のために判官は新身《あらみ》の刀を誂え、弁藤太に試し切りの人間を探すよう命じる。弁藤太は「いぬかひのおぢい」と呼ばれている乞食の男をつかまえるが、男が印を結び呪文をとなえると、弁藤太の持っていた刀が自然に手を離れて三つに折れる。実はこの男こそ、勇名家の婿になるはずだった陵太郎守門《みささぎたろうもりかど》であった。陵太郎は弁藤太がおめおめと横佩家に仕え、あぢさ井に貞操を破らせたことを非難する。弁藤太はいずれ亡君の恨みを晴らすつもりだと明か

図77『鶴山後日囀』陵太郎が印を結ぶと、空中に犬神が現れる。

し、陵太郎を横佩家に推薦する。陵太郎は「いぬかひ太郎」の名で仕官することになり、二人は横佩家の横領を企てる。まず弁藤太が横佩家の重宝で不思議な力を秘めた「はちすの御旗」を偽物とすり替えるが、本物はつむじ風に巻き上げられてしまう。次に陵太郎が犬神の術によって、中将丸があぢさ井に言い寄る幻を判官に見せる。判官は怒って中将丸討伐の命を出す。

　陰謀は成功しそうに見えたが最終的には失敗し、陵太郎は中将丸に討たれる。中将丸が所持する正真の「はちすの御旗」の前に、犬神の術は破られる。陵太郎は斑の犬に変じ、弱ったところを成敗される。

　興味深いのは、陵太郎が術を使って弁藤太の刀を三つに折る場面である。挿絵を見ると、印を結んだ陵太郎の前に小さな犬の形をしたものが描かれている（図77）。これが犬神ということだろう。

### 魔陀羅左衛門

馬琴の合巻より少し前に、山東京伝も合巻『磯馴松金糸腰蓑《そなれまつきんしのこしみの》』（文化十一年〔一八一四〕刊）に犬神使いを登場させている。

足利義政の時代。近江の甲賀三郎の奥方望月御前には雨夜典膳というおじがいた。甲賀家の横領を企む典膳は、息子の雨夜左衛門、家来の稲光闇九郎と共謀する。

典膳は、美濃の谷汲村に魔陀羅左衛門《まだらさえもん》というただ者ならぬ浪人がいると聞き、家来たちに命じてかれを館へ連れてこさせる。魔陀羅が術を使って家来たちを一斉に倒すのを見て、典膳はかれの術が犬神の術であることを看破し、陰謀を明かす。そして甲賀家から「かりぎぬ」の一巻を奪ってほしいと依頼する。

ある夜、甲賀家に大きな斑の犬が現れ、「かりぎぬ」の一巻を奪い去る。家来の金剛太郎輝国が犬をふまえて鉄扇で打つと、犬は消えて、庭先に一巻をくわえた魔陀羅左衛門が現れる。

その後、典膳の陰謀は露見し、悪人一味は成敗されるのだが、魔陀羅だけは術を使って姿を隠す。しかし最終的には竹生島弁天の功徳によってその術を挫かれる。

挿絵に描かれた魔陀羅は、その名のとおり斑模様の衣を着て、印を結び、巻物をくわえている（図78）。額には「犬」の字。ところで、これはどこかで見たことのある構図ではなかろうか。

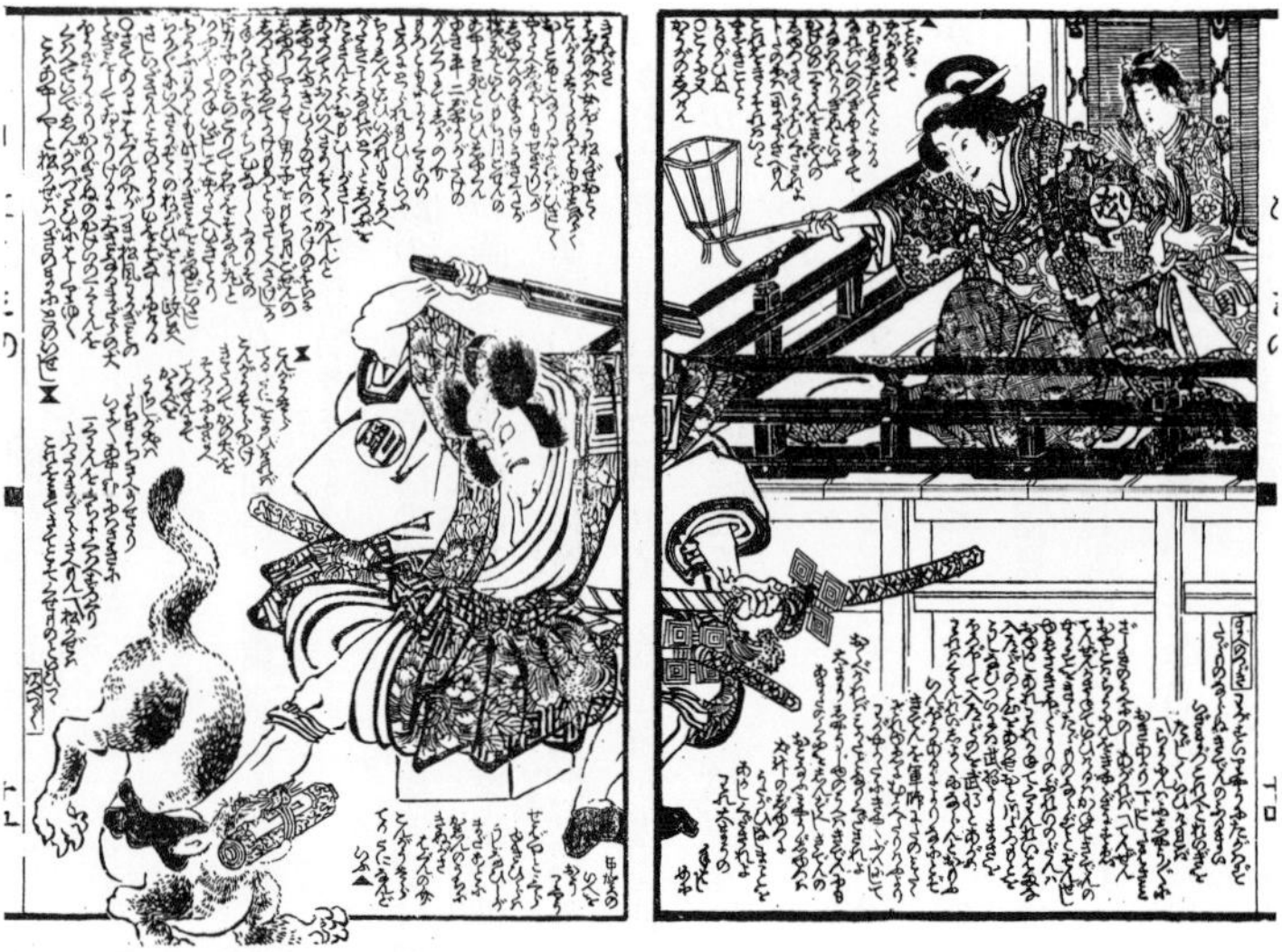

床下に現れた犬は魔陀羅左衛門に変じる。

「鼠の術」の仁木弾正を思い出していただきたい。仁木が鼠に変じて巻物を盗んだ後、男之助に鉄扇で討たれて正体を現す「床下」の場。その典型的な構図（カラー図版）をふまえた挿絵である。

言い替えれば、この魔陀羅の術は仁木の術の模倣で、鼠を犬に変えたものに過ぎない。犬神が誰かに取り憑く場面もなければ、犬の首の入った箱も出てこない。取り立てて犬神の術らしいところはない、とも言える。ではなぜ京伝は、魔陀羅をわざわざ犬神の妖術使いとして造型したのだろうか。何か、是非そうしたい理由があったのだろうか。

ヒントは、挿絵に描かれた魔陀羅の顔が、当時の歌舞伎役者五代目松本幸四郎の似顔絵になっていることにある。京伝がこの合

図78　『磯馴松金糸腰蓑』

巻の草稿をまとめたのは文化十年（一八一三）の三月。実はその前年、文化九年十一月に江戸・森田座の顔見世で上演された歌舞伎『雪吉野恵木顔鏡《ゆきのよしのきごとのかおみせ》』のなかで、五代目幸四郎が犬神使いの悪人勘解由左衛門《かげゆさえもん》を演じているのである（『歌舞伎年表』）。おそらくはこれが評判になっていて、京伝はそれをあてこんで合巻の趣向にしたのだろう。前に紹介した馬琴の合巻も、その影響を受けているのかもしれない。

合巻に描かれた例は措《お》くとして、犬神の術とは本来、個人が自らの欲望を実現するために他人を苦しめる術である。『近江国犬神物語』のとつこう院の最期や、『狂歌百物語』の狂歌は、そういう邪法が最終的には当人へはね返ってくることを示唆している。

ところで喜多村筠庭《きたむらいんてい》は、随筆『嬉遊笑覧《きゆうしようらん》』（文政十三年（一八三〇）序）の巻十二上において『和訓栞《わくんのしおり》』の「犬神は四国にあり。甚《はなはだ》人を害す」という一節を引用したのち、「筠庭、その国人の語るを聞しに、今も犬神てふ者の末あり。良民これをいやしむによりて、その者どち嫁娶す」と付記している。犬神持ちの末裔とされた人々が、それゆえに社会から排除され、婚姻を制限されていたとすれば、それは邪法の報いとして片付けられる問題ではないだろう。犬神は迷信である。『伽婢子』とさして隔たらない時期に書かれた随筆『醍醐随筆《だいごずいひつ》』（寛文十年〔一六七〇〕刊）には、四国に住む薬師《くすし》の話として「この土地の人々はふだんから犬神のことを聞き慣れて、恐ろしく思っている人々は、病気にかかると本人や家族も犬神のしわざだと思い込んで騒ぎ立てる。山伏などに祈禱をさせれば根拠のないことばかり言い、結局はたいした病でない病人でも死んでしまうことが多い」という趣旨のことが記され、著者の中山三柳はこれに「むべも有なんとおぼふ」（もっともなことだと思う）と書き添えている。犬神を迷信とする見方はこの頃からすでにあったのである。だが、迷信を迷信として片付けられないのが人間の弱さでもある。驚くべきことに、昭和二十年代にもまだ、高知県の村々では犬神持ちと言われる人々に対する差別感情と排除があったという（桂井和雄「犬神統その他」）。

## 黒衣郎山公と無腸公子

猿と蟹の話に移ろう。不思議な術を使う猿と言えば、中国の古典『西遊記』の孫悟空が思い出される。日本にも、だいぶスケールは違うが、妖術を使う猿の話がある。

栗杖亭鬼卵《りつじょうていきらん》の読本『蟹猿奇談《かいえんきだん》』（文化四年〔一八〇七〕刊）。「猿が島敵討」の説話をふまえた読本である。猿にかかわる部分を中心に、ざっとあらすじを紹介しよう。

鈴鹿山の阿黒丸《あぐろまる》は「風を起《おこ》し雨を呼《よぶ》術」を使う強盗で、その家来に猿の山公《さんこう》・蟹の横行《おうこう》・猪の鼻強《びごう》がいた。阿黒丸が坂上田村丸に滅ぼされた時に猪は落命、蟹は先非を悔い、人助けをしながら余生を送っていたが、猿は相変わらずの性悪で、人の娘を奪い、妖術を使っては人の財宝をかすめていた。蟹は猿に改心するよう忠告するが、猿はうるさく思って蟹に石を投げつけ、殺してしまう。

宝治二年、三浦前司泰村が謀叛を起こし北条時頼を殺害しようとしたが、謀略が露見して滅ぼされた。一族の吉村弾正は三河に逃げ、東条の城を略奪し、無頼の徒を集めて謀叛を画策する。猿は黒衣郎山公《こくえろうさんこう》と名乗って東条に近い石巻山《いしまきやま》に棲み、妖術を使って略奪し、または美女をおのれの妾とするなど悪行を続けたが、誰も猿を制することができなかった。吉村弾正は猿の術が謀叛に役立つと考え、自ら石巻山に赴いて礼を尽くし、猿を軍師として迎えた。猿は東条の城に移り、黒衣郎山公将軍と称した。

猿は豊城《ほうじょう》を落とすため、呪文をとなえて大雨を降らせ、洪水を起こした。城主安久見飛騨守の妹豊姫《とよひめ》は筏に乗って逃げようとするが、天眼通をもって四方を見まわしていた猿は豊姫が美しいのに心惑い、呪文をとなえて黒雲を起こし、雲のなかから腕をのばして姫をつかまえると虚空へさらう。

猿に殺された蟹の子無腸公子《むちようこうし》は猿を恨み、北条時頼の家来青砥藤綱《あおとふじつな》の息子百太郎《ももたろう》に敵討ちを依頼する。猿が豊姫を奪い去ったこと、百太郎が豊姫と将来を約束していることなどを無腸は通力によって知っていたが、かれ自身は非力であった。無腸は百太郎に、猿は力が強くさまざまな妖術を使うが、人の心中を察する力はないこと、千里眼ではあるが鬼門の方角だけは見ることができないことなどを教える。

百太郎は家来の雉子之助・卯之松・犬若と共に豊城に入り込み、猿を討つ。そして猿が城に秘匿していた三つの宝、隠頭笠《かくれがさ》・隠形蓑《かくれみの》・宝槌《ほうつい》（打出の小槌）を取り納め、北条時頼に献上した。時頼が家来に笠と蓑を着せてみると、たちまちに姿が見えなくなった。宝槌を振ると金銀財宝が思いのままに出てきたが、手に乗せて冷静に眺めていると、ことごとく石になってしまった。時頼は「これは全く妖宝であり、真の宝ではない。こんなものを宝として扱っていたら、天下はみな妖術を尊ぶようになってしまうだろう」と笑い、これらの品を焼き捨てた。その灰は瓶に入れられ、石巻山に納められたが、その後、吉村弾正の家来だった塩見兵藤多と赤岩軍蔵がその瓶を盗み出す。灰を体にまぶせばその部分が見えなくなることを知った二人は、この「隠形の術」によって姿を隠し、豊城に入り込んでかつて庭に埋めた大金を掘り出そうとする。しかし水をかけられて術を破られ、取り押さえられる。

一読しておわかりのように、前半は「猿蟹合戦」、後半は「桃太郎」のような内容になっている。この型の説話を「猿が島敵討」といい、かつては上方・西国方面で流布していた（沢井耐三「『猿蟹合戦』の異伝と流布――『猿が島敵討』考――」）。『蟹猿奇談』はこの「猿が島敵討」の筋立てに坂上田村丸の阿黒丸退治や青砥藤綱の話などを加え、読本らしく作られたものである（沢井耐三「豊橋三河のサルカニ合戦『蟹猿奇談』」）。

挿絵に描かれた猿と蟹は、顔や手足は動物のままだが衣服はつけていて、人間めいている。強い弱いの差はあるにせよ、興味深いのは両者ともに天眼通などの妖術・通力を会得していることだ。すっかり人間に置きかえれば、猿は『昔話稲妻表紙』の頼豪院のような〈謀叛人に一味する妖術使い〉の型にあてはまるだろう。

## 摩斯陀丸と島村蟹

妖術を使う猿と蟹の話をもう一つ紹介しよう。

馬琴に『島村蟹水門仇討《しまむらがにみなとのあだうち》』(文化四年〔一八〇七〕刊)という合巻がある。「猿蟹合戦」の構図に、「島村蟹」と「佐次兵衛」の説話を組み合わせたものだ。「佐次兵衛」とは「もと漁師の四国巡礼で、長年猿を殺した報いで生きながら猿になったという人物」のことである〈大屋多詠子「馬琴と蟹」〉。「島村蟹」については、馬琴自身が『燕石雑志《えんせきざつし》』で次のように考証している。——享禄四年に細川高国は三好海雲と戦って敗走、高国の家臣島村貴則《しまむらたかのり》は苦戦して主君を救い、自らは死して蟹になった。それを島村蟹という。

物語は、大猿が人間に化け、娘と関係を持つところから始まる。猿と娘との間に生まれた子どもは誕生後一ケ月余りで身の丈が六尺近くにもなる異形の者だった。かれは「自ずと魔術を習ひ得て飛行自在」となり、自ら摩斯陀丸《ましだまる》と名乗って山賊をしたがえ、美女や財宝を奪って悪逆の限りを尽くす。

図79 『島村蟹水門仇討』 摩斯陀丸は音姫を空中にさらっていく。

阿波の三好長基《みよしながもと》は源高国《みなもとのたかくに》を追い落として権力を握ろうと考えていた。摩斯陀丸は三好に一味し、高国を殺害する。また、その娘の音姫《おとひめ》が世にまれな美人であるのを見ると、たちまちに術を使って音姫を空中に引き上げ、小脇にかかえて淡路島へかどわかす（図79）。

高国の忠臣島村貴則は妻ぶしまと共に主君の後を追って自害し、貴則の魂は蟹に、ぶしまの魂は魚に変じる。音姫は囚われの身となっていたが、ふと現れた蟹が姫を縛っている縄を切りほどく。蟹は貴則とぶしまの姿に変じると、摩斯陀丸の妖術が効かない時間帯を見はからって姫を救出する。磯に出た姫は筏のように連なる蟹の大群によって尼崎の岩窟へ運ばれた。その後も島村夫婦の霊魂は音姫の弟国わか丸を助けて、摩斯陀丸を討つ。

半人半猿の妖術使い摩斯陀丸と、死して蟹になった島村貴則との戦い。摩斯陀丸が音姫の美貌に目をつけ、空中に連れ去る場面は『蟹猿奇談』の猿が豊姫をかどわかした場面によく似ている。一方で蟹のほうはどうだろう。『蟹猿奇談』の無腸公子が非力だったのに比べ、島村蟹は猿を出し抜く活躍ぶりである。筏のように連なって淡路島から尼崎まで運ぶ救出作戦は、妖術というよりは奇異な現象というべきだろうが、蟹が尋常ならざる力を発揮したことには変わりない。この合巻では妖術使いの猿と不思議な力を持った蟹が相対して、一応は互角に戦っている。いわば、「妖術猿蟹合戦」である。

## 島村監物

馬琴の小説に出てくる蟹、あるいは「蟹」の字が名前に含まれている登場人物には、「忠臣の霊魂が化した、恩には恩を仇には仇をもって奇瑞を顕すもの」というイメージがこめられているという(大屋前掲論文)。『島村蟹水門仇討』の島村蟹はまさにそれである。

しかしながら、馬琴が強調したこの善なる「蟹」のイメージは、幕末に書かれた仮名垣魯文の合巻では忘れられてしまった。魯文の合巻『傀儡師筆操《かいらいしふでのあやつり》』(元治二年〈一八六五〉刊)には、滅亡した平家の残党島村監物《しまむらけんもつ》が蟹の妖術使いとして登場する。この合巻は『平家物語』と「八百屋お七」をないまぜた複雑な筋立てだが、島村監物にかかわる部分をかいつまんで紹介しよう。

小倉家の若殿楓《かえで》の助は、京で馴染んだ遊女一本《ひともと》と共に船で駿河へ帰る。船は暴風にみまわれるが、船頭蓬萊島五郎の舵取りで無事に到着。帰国後、島五郎は航海中の働きを買われて武士に取り立てられ、島村監物と改名する。

楓の助は島津家の姫を正妻に迎えた後も、一本をそばに置いて遊び暮らしていた。館で宝剣紛失事件が起き、家臣の竹田一学とやりうめ源次兵衛が他の宝物を改めに宝蔵に行くと、家宝である璃竜の玉が発光しながら蔵から飛び出していく。折も折、楓の助と一本が何者かに誘拐されて

図80 『傀儡師筆操』三編　蟹に乗った島村監物。

しまう。一学らは不意に現れたたくさんの海蟹に行く手をふさがれる。そこに武具を身につけた島村監物が登場し、自分は平家の侍大将能登守教経の小姓菊王丸の弟あら若であることを明かす。

監物は平家滅亡の折にはまだ幼く、出自を知らず民間に育ち、船頭となった。しかし楓の助の船が暴風にまきこまれた時、平教経《たいらののりつね》の怨霊が海上に現れてかれにその出自を教えた。そして平家への恩を思うなら小倉家に入り込み、平家の残党を集めて源氏を滅ぼせと述べ、「巨蟹《こがい》の妖術」を授けたのであった。いま数多の蟹を出現させたのも、楓の助らを誘拐したのも、宝剣や玉を盗んだのも監物のしわざであった。監物はすでに小倉家の武士の大半を味方につけたと語り、妖術を使って一学と源次兵衛を相討ちにさせ、殺害する。

この合巻は未完のまま終わっている。島村監物の陰謀が成就するかどうかはわからないが、滅亡した武家のゆかりの者が出自を知らずに育ち、人間ならざるものから妖術を伝授されると同時に報復や謀叛の志を受け継ぐという設定は、あきらかに天竺徳兵衛や児雷也、若菜姫、藤浪由縁之丞など〈謀叛人の妖術使い〉の系譜に連なるものである。

さらに言えば、監物が巨大な蟹に乗って印を結ぶという格好《スタイル》（図80）も、これら先行の妖術使いたちと重なる。たとえば蝦蟇の背に乗った児雷也の図（前掲図42）や、蜘蛛の背に乗った若菜姫の図（前掲図60）と見比べてみてほしい。

平教経の伝授する術が「巨蟹の妖術」なのは、言うまでもなく平家蟹の伝説をふまえているからである。山崎美成の随筆『三養雑記《さんようざつき》』の「平家蟹　島村蟹　武文蟹」の項には、「讃岐国八島の海浜に、鬼面蟹を産す。（略）世にこれを平家蟹といへるは、寿永の戦争に溺死の者の寃魂の化するといふことは、世にあまねく知るところなり。さてこの蟹を地によりては、島村蟹とも、武文蟹ともいへり」と記されている。鬼面蟹は土地によって平家蟹とも島村蟹とも呼ばれていた。監物が島村姓であるのは、島村蟹からの連想だろう。監物は平家の忠臣には違いない。しかし陰謀の首謀者としての面が強調されていて、『島村蟹水門仇討』の島村蟹のような、善なるもののイメージはない。

### 曚雲

最後に虬《みずち》の話。虬は竜の一種で、架空の生き物である。これが人間に変じて妖術を使う。馬琴の読本『椿説弓張月《ちんせつゆみはりづき》』（文化四年～八年〔一八〇七～一一〕刊）に登場する悪人、曚雲《もううん》である。

琉球国中山省《ちゅうざんしょう》の高嶺《たかみね》は別名を旧虬山《きゅうきゅうざん》といい、その昔、人々に害をなす虬を天孫氏《てんそんし》が退治し、その骨を埋めたという虬塚があった。尚寧王《しょうねいおう》は、阿君《くまきみ》が虬塚の神に祈って吉凶を占っていることを知り「邪神を祀る祠には害がある。虬塚にどんな神霊が宿っているというのか」と、塚を暴こうとする。忠臣毛国鼎《もうこくてい》は天孫氏の伝説を引いて諌めるが、王は聞く耳を持たず家来を連れて塚を掘り返し、石の櫃《ひつ》を見つける。数人がかりで蓋をこじ開けると一度にたくさんの雷が落ちたような轟音がして櫃が砕け散り、一かたまりの群雲《むらくも》が立ちのぼった。残された底石の上には、痩せて骨ばかりの人とも鬼ともつかぬ者が、ぼろぼろになった衣を着て、さびた金鈴を手に結跏趺坐《けっかふざ》していた。

挿絵には、破片が飛び散り、群雲とともに異形の老人の現れる様子が描かれている（浮世絵「豊国揮毫奇術競《とよくにきごうきじゅつくらべ》　蒙雲国師《もううんこくし》」もこの場面に取材している。**カラー口絵**）。この光景は中国小説『水滸伝』の有名な場面、洪信《こうしん》が伏魔殿の扉を開け、封じ込められていた魔星たちがいっせいに解き放たれるところを思い出させる。『水滸伝』の魔星たちは飛び去ってしまうが、『椿説弓張月』の老人はあくびをして眼を「闊《くわっ》」と見開く。そして自分はこの塚のなかで長らく虬の悪霊を鎮めていた神仙であると名乗り、王が自分を疑わずに信頼してくれるなら今から政事を助けよう、と言う。尚寧王は老人を曚雲国師と呼んで重用する。

王は曚雲が危険な存在であることに気がつかない。通力自在の曚雲は欲しいものを自由に奪い、また毛国鼎が不義を働いているかのような幻を王に見せて、讒言する。忠臣の毛国鼎は、曚雲にとっては邪魔な存在だった。讒言を信じた王は家来に命じて毛国鼎を殺してしまう。さらに曚雲は、「禍福は形がないというが、できるなら禍《まがつみ》の形を見たい」という王の求めに応じて、牛と虎

図81 『椿説弓張月』続編巻之六　曚雲と怪獣。

の合体したような怪獣を出現させる（図81）。自ら招いた禍は退けることができない。怪獣は王に飛びかかり、驚いて倒れた王はそのまま事切れる。

曚雲は君主の座に就き、増長するが、ここで正義の英雄が登場する。尚寧王の娘寧《ねい》王女《わんにょ》を妻とする源為朝である。為朝は曚雲の妖術を見定めて戦いを挑む。苦戦の末、為朝の子舜天《すて》丸が曚雲ののどぶえを射《い》て落馬させ、すかさず為朝がその首をかき落とした。すると一天にわかにかき曇って大雨となる。しばらくして雨が止み、雲が晴れて、曚雲の死骸に目をやれば、そこにあったのは巨大な虬の骸《むくろ》であった。

曚雲は自分が虬の霊を鎮めたと言っていたが、ほんとうはかれ自身が虬だったのである。九尾狐と同じく、この世をわがものにしようとする悪の権化。それを封じ込めていた石櫃を開け、曚雲にまんまとだまされて命まで奪われた尚寧王は、当の曚雲から「尚寧王暗愚にして、政事《まつりごと》道に称《かなわ》ず」と嗤われている。だが曚雲は、最後には為朝と舜天丸に息の根を止められる。本文には「妖は徳に勝《かた》ず」とある。為朝と舜天丸による曚雲退治、それはかれらが手強い「妖」に勝つことのできる「徳」のある人物、英雄たることを証す物語なのである。

狐、狸、犬神、猿、蟹、そして虬と、妖術と結びついたさまざまな動物の話を紹介してきた。動物はふつうの人間をはるかに超越した力を持っている、そのように信じられた時、その動物の力は人間離れしたわざの根拠になりうる。妖術と結びつけられた動物の話がこれほど多様に存在するのは、動物神・動物怪の多様性とも連動しているだろう。

# 妖術を使う人々

妖術使いといっても、その内実はさまざまだ。これまでの各章では妖術のなかみ（形態）に焦点をあててきたが、同じような妖術を使うからといって、妖術使いの身分や階層、置かれている立場が同じであるとは限らない。

妖術使いたちがどういう身分や階層に属し、どのような立場にあるかということは、妖術使いの物語を考える上では無視できない問題である。なぜならそれらの条件は、妖術を支えている基盤や、妖術を使う目的などと関係していると思われるからだ。

これまでに紹介した例からも、「何となく似たような妖術使いがいる」ということは漠然と見えてきているが、この章ではもう少し踏み込んで、妖術使いたちを身分や階層、社会的立場によっていくつかの系統に分けてみたい。そしてまだ紹介していない例にもふれつつ、それぞれの物語をたどってみることにしたい。

## 高僧

妖術は超人的な術、人間離れしたわざや力である。だがこれは広義の解釈であって、一般に「妖術」と言えば妖《あや》しい術、悪い術として理解されていると思う。術・わざの善し悪しは、それが何のために用いられるのかということともつながっている。価値判断を別にして、単に不思議なわざのことを言うなら、通力《つうりき》（神通力）ということばを使うべきかもしれない。

たとえば役小角は仙人になろうとして、厳しい修行をした。そして飛行自在の身となり、鬼神を使役する力も身につけた。こき使われ、谷底に呪縛された鬼神からすれば小角の術は妖術だろうが、空を飛ぶというようなわざは、それ自体が特に悪いものというわけではない。

法力《ほうりき》とか験力《げんりき》と呼ばれるものもある。仏道修行によって得られる、仏法の功徳に裏打ちされた力のことだ。たとえば越の大徳（高僧）として知られる神融《じんゆう》は、落雷の害を防ぐため法華経を誦《じゅ》して雷神を呪縛し、下界へ堕ちてきた雷神に教え諭した（『今昔物語集』巻十二・一「越後国神《ゑちごのくにのじん》融聖人《いうしやうにん》、縛　雷　起　塔語《いかづちをしばりてたふをたてたること》」）。また明練《みようれん》は、信貴山に庵を結んで修行し、托鉢に行くかわりに鉢を空中に飛ばして食物を得た（『今昔物語集』巻十一・三十六「修行僧明練《しゆぎやうのそうみやうれん》、始　建信貴山《はじめてしぎさんをたてたる》語《こと》」）。これは飛鉢の法とよばれるもので、他にも多くの高僧にこのような飛鉢伝説があるという（南里みち子『怨霊と修験の説話』）。

真言宗を開いた空海（弘法大師）にも有名な伝説がある。天長元年（八二四）の旱魃の際、空海に「請雨経法を修すべし」（雨乞いの祈禱をせよ）という勅命が下った。先に守敏という僧が祈禱を行ったが、雨は限られた範囲にしか降らなかった。次に空海が祈禱すると、あまねく天下に大雨が降ったという（『古事談』巻三・十一）。

この話に出てくる守敏は、実在した僧修円《しゆえん》のこととされている。空海と修円をめぐる、こんな話もある。あるとき修円は帝の前で、祈禱によって生の栗を煮るというわざを見せた。空海はこの話を帝から聞いて、「では自分がいる時にかれを召して、栗を煮させてみてください」と言い、隠れていた。そこで帝はいつものように修円に祈禱をさせたが、こんどは一向に効験がない。修円は不思議に思ったが、そこに空海が出てきたので「ああ、この人が妨害していたのだ」と気づき、空海への嫉妬心が生じた。それから二人の僧は不仲になり、互いに「死ね」と呪詛し合った。空海は弟子たちに「空海は死んだ」と言わせ、修円が油断したすきに力いっぱい呪詛したので、ついに修円は死んだ（『今昔物語集』巻十四・四十「弘法大師《こうぼふだいし》、挑修円僧都語《しゆえんそうづといどめること》」）。

雨乞いの祈禱合戦はまだしも、命を奪うような呪詛となると、もはや妖術に等しい。しかし空海が仏道修行を始める前から、僧侶が呪詛を行うことは禁じられていたという（上垣外憲一『空海と霊界めぐり伝説』）。だからこの呪詛合戦の話は実話とは考えにくいが、空海の法力が尋常でないことを表す話として後々まで伝えられ、江戸時代に作られた空海伝にも採録されている（中前正志「ある矢取地蔵をめぐる覚書」）。

## 堕落僧

中世・近世（江戸時代）にも、高僧が怨霊や妖魔を調伏したという話はいくつも伝承されている（堤邦彦『近世説話と禅僧』・高田衛『新編江戸の悪霊祓い師』）。江戸の読本や合巻にも、そうした高僧の法力譚を取り入れているものがある。そのように人々を救う法力の物語があればこそ、その陰画として堕落僧による妖術の物語も生まれてくるわけである。

仏道を捨て、私利私欲に走り、悪しき目的のために妖術を使う堕落僧や僧侶くずれ・修験者くずれの人々。本書で紹介してきた例でいえば、盗賊に一味する土手の銅鉄、鼠の術を使う頼豪院や奇妙院、真言秘密の法で桜姫を苦しめる清玄、狐の術を悪用する赤池法印や玉江九郎六などが、この類《たぐい》の妖術使いである。

もう少し古い時代の例では、頼光四天王に退治されたという酒呑童子《しゅてんどうじ》も、これに類するものといっていい。御伽草子『酒呑童子』は、こんな話である。

池田中納言の姫が行方不明になり、丹波国大江山の鬼神のしわざと知れる。関白が「嵯峨天皇の時代にも似たようなことがあったが、その時は空海が鬼神を封じ込めた。このたびは源頼光らに退治を任せてはどうか」と進言する。勅命を受けた頼光は四人の家来と平井保昌を伴い、住吉・八幡・熊野の神社に詣でた後、山伏に扮して大江山に入る。一行は千丈岳にある鬼神の岩屋を尋ねる途中で三人の翁に出会い、「酒呑童子はいつも酒を飲んでおり、酔って寝る時は前後もわからない。神便鬼毒酒《じんべんきどくしゅ》を飲ませれば飛行自在の力も失せ、切られても突かれても気づかない」と教わり、その酒をもらう。実はその翁たちは住吉・八幡・熊野の神だった。

川にたどり着いた一行が川上へと上って行くと、花園中納言の姫が血のついた衣を洗濯していた。他にも姫たちがかどわかされ、苦しめられているという。さらに行くと鉄の門のある館に着いた。頼光らは首尾よく酒呑童子に面会して、例の酒をふるまう。

上機嫌の酒呑童子は身の上話をはじめる。——自分は越後出身で山寺育ちの稚児だったが、妬みのために多くの法師を殺して出奔し、比叡山に行った。だが伝教大師（最澄）に追い出されてしまった。次にこの峰に住んだところ、こんどは弘法大師（空海）の法力で封じこめられ、また追い出されてしまった。今はそういう法師もいないので、戻ってきて貴族の娘たちを思いのままに召し使っている。気がかりなのは都にいる頼光という強者《つわもの》とその家来たちのことだ。召し使いの茨木童子は綱と渡り合い、腕を切られてしまった。

酒呑童子は頼光をまじまじと見て「おまえは頼光、他の人々は家来たちだな」と顔色を変えるが、頼光は「そのような名前を聞くのははじめてだ」ととぼけ、さらに酒を勧める。そして酒呑童子が酔って寝てしまったところに踏み込み、その首をはねる。

酒呑童子は自らが山寺育ちの稚児だったと告白している。修行の途中で殺人を犯し、寺を出奔した後も排除されつづけた破戒僧。飛行自在といわれるその通力も、もとをたどれば仏道修行の成果であったのかもしれない。

この話をふまえて、江戸時代にはいっそう堕落僧らしい酒呑童子が造型されている。十返舎一九の合巻『大江山酒顚童子談《おおえやましゅてんどうじだん》』（文化五年〔一八〇八〕刊）に登場する酒顚和尚である。

冷泉帝の時代、左大臣高明《たかあきら》は謀叛の罪に問われて太宰府に左遷、それに関係した藤原千晴《ふじわらのちはる》も罰せられた。千晴の妻左枝《さえだ》は一子晴若《はるわか》を連れて丹波国氷上山《ひかみやま》に隠棲する。妻に先立たれた箕田《みた》の源次《げんじ》は残された一子源三を左枝のもとへ里子に出す。その後氷上山が崩落し、左枝は源三を連れて逃げ、晴若は旅僧に托される。

それから十八、九年の後。源頼光は藤原季仲《すえなか》の娘玉折《たまおり》と恋仲である。田原斉連《ときつら》も玉折に恋慕し、無理にかどわかそうとするが頼光に邪魔されて失敗。そこに二十歳そこそこの若さながら「真言秘密の加持祈禱」を得意とする酒顚和尚が通りかかり、これも玉折に一目惚れ。斉連は仕返しのため、酒顚に頼光と玉折を呪詛させようと絵姿を持ち込むが、酒顚は玉折の絵姿に恋情がつのるばかりである。

玉折は父季仲から斉連との縁談を勧められたため、頼光と駆け落ちするが、途中ではぐれてしまう。無人の庵室に逃げ込んだつもりが、そこは酒顚の庵室だった。酒顚は玉折を口説くが、追ってきた渡辺綱に阻止される。酒顚の身の上話から、かれが左枝の子晴若であることが知れる。綱は源次の子の源三で、二人は乳兄弟だった。あくまで玉折に未練を残す酒顚は、綱に刺されてしまうが、死んだと見せかけて分身の術を使い、姿を消す。

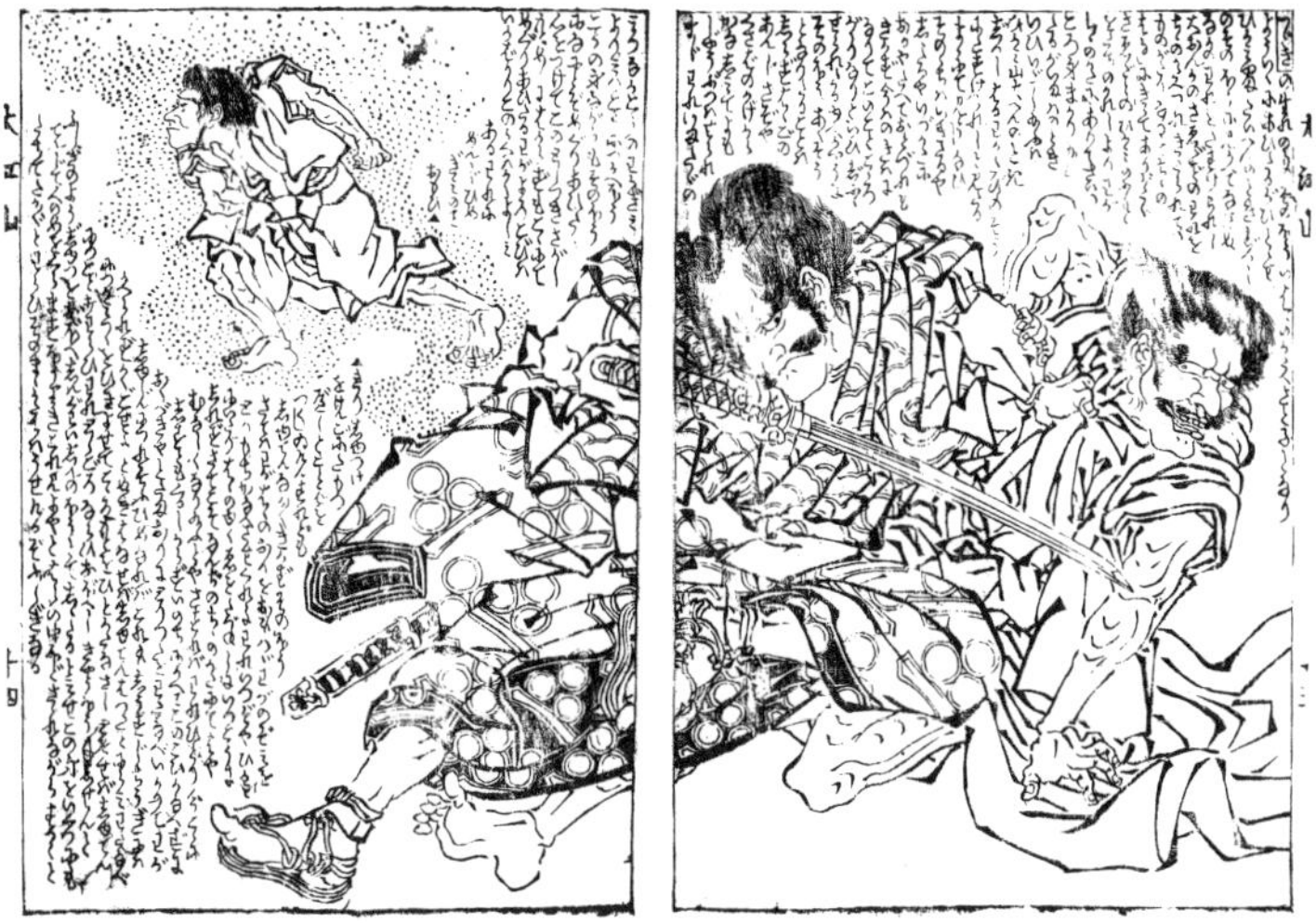

図 82 『大江山酒顛童子談』 綱に刺された酒顛の体から分身が抜け出す。

酒顛につこと打わらひ、「われ年ごろ習ひ覚へし行法に、自然と不思議の妖術を覚へ、身外身《しんぐわいしん》の法とて、死したると見せこの身をいくつにも転じて人の目をくらます法力、これ見よや」と腹の中ほど刺されながら、すつくと立ちてたかだかと笑ひ、そのまま形は失せけるぞ不思議なる。(図82)

綱は玉折を源次の家に預けるが、酒顛は姿を隠したまま玉折の寝所に忍び入り、口説きかかる。源次は左枝と再婚して娘おしづをもうけていたが、酒顛はそのおしづに取り憑き、頼光への恨み言を言わせる。頼光が友切丸の剣を抜くと、おしづの口から黒気が立ち上る。そこには黒い鬼の姿が見え、おしづは正気に返る。

悪心増長した酒顚和尚は大江山にこもり、酒顚童子と名乗る。邪法を用いて尸鬼《しき》神という悪魔外道を使い、悪行をなし、女をとらえては大江山へ連れてこさせる。斉連も酒顚童子の手下になり茨木童子と名乗る。

ある時、茨木童子は密法の行者を大江山に連れてくるが、この行者はかつて酒顚を育てた高僧だった。行者は酒顚に「われ、その方へ密法の奥義秘密をことごとく伝へたるは、かやうの悪行をせよとにはあらず」（私がおまえに密法の奥義秘密を伝授したのは、このような悪行をさせるためではないぞ）と叱りつけ、九字を切って酒顚の妖術を封じ込める。

酒顚は父の無念を晴らすため、帝を調伏しようと千丈岳で荒行するが、妖術を封じられたためにまったく効験はない。頼光が平井保昌らと千丈岳に入ると、おしづが血のついた衣を洗っていた。頼光は酒顚のすみかに乱入し、酒顚とその手下の悪者たちを討つ。

大江山にこもって悪行に走る酒顚童子は高僧に術を封じられ、最後には頼光らに退治される。後半の展開はあきらかに『酒呑童子』をふまえているが、そこにいたるまでの物語が興味深い。「真言秘密の加持祈禱」に通じた名僧が美しい姫に恋慕して堕落し、法力を悪用するというのは、桜姫に迷って破戒した清玄を思わせる。また謀叛を疑われて処罰された千晴の子として帝を恨み、妖術で反撃しようとするところは、よくある〈妖術を使う謀叛人〉の型を踏襲している。さらに渡辺綱と乳兄弟という奇縁も設定されていて、いかにも合巻らしい物語である。

## キリシタン

仏教を基盤とする妖術使いについて述べてきた。ところでキリシタンもまた、妖術と結びつけて語られることが多い（実録小説におけるキリシタンの妖術については菊池庸介『近世実録の研究』を参照されたい）。島原・天草一揆の大将にまつりあげられた天草四郎は、不思議な術を見せて人々を惹きつけたとされる。それは一揆の首謀者である浪人たちが演出したものだったというが、その浪人たちのなかには、ほんとうに妖術を使えると考えられていた者もいた。

実録『天草騒動《あまくさそうどう》』には、浪人の一人森宗意軒《もりそういけん》に関する次のような話が書かれている。森宗意軒は関ケ原の戦いに破れた小西行長の近習だった。徳川の天下を覆してわが志を立てよという主君の遺言を受け、天草島に隠棲して時勢を窺っていた。

宗意軒が浜辺に座って釣りをしていると、若い武士がやってきた。武士は由井正雪《ゆいしようせつ》と名乗り、各地で兵法・武術の修行を積んできたと語る。宗意軒が「あなたのしていることは大将の道ではない。腕力を身につけるだけではだめだ。大丈夫の道を学びたいなら、私の言うことに従いなさい」と言うと、正雪は「大将の道を学べとはどういうことか」と問うた。宗意軒は「大将の道というのは、天文運気《てんもんうんき》を知り、地理を知り、百万の軍勢も手足のように使い、帷幕の内に策略をめぐらしながら千里先の地で勝利し、十能六芸をすべて備えることだ」と答え、「自分は唐土《もろこし》の孫《そん》臏《ひん》から伝来の天文運気の術を身につけている」と語った。

正雪はその術を教えてほしいと請う。宗意軒はこの者に術を伝授しておけば謀叛の役に立つかもしれないと考え、正雪に「あなたには天下を覆そうとする大望があるようだが、五十歳に満たずして剣難に遭う相があるから、その大望は成就しない。しかしあなたの名前は末代に残るだろう。大望を諦めれば一生富貴にして寿命は八十歳を保つだろうが、どうするか」と尋ねた。正雪が「人は一代、名は末代。大望は成就せずとも名を残すことが望みだ」と答えたので、宗意軒は「では幻術のしるしを見せよう」と言い、持っていた釣り竿を海に投げ入れた。すると釣り竿は一丈ほどの魚に変わり、宗意軒はこれに乗って波の上を縦横に移動しながら「自分はもと小西行長の家臣である。秀吉の時代に阿蘭陀《おらんだ》に渡ってこの術を伝授された」と語った。それを聞いた正雪は「小西の家臣であれば、これはまさしく切支丹の法だ」と考えた。宗意軒は正雪を連れて帰り、幻術をことごとく伝授した。

由井正雪は丸橋忠弥らと共謀して徳川幕府への謀叛を企て、慶安四年（一六五一）に自害した実在の人物である。この実録ではそれぞれに謀叛の野望を抱く二人の男が出会い、妖術の伝授が行われる展開となっている。

正雪と妖術については後で述べるとして、先に、この挿話が幕末の合巻『白縫譚《しらぬいものがたり》』五編にも取り入れられ、宗意軒のおもかげを持つ人物として「桑楡軒《そうゆけん》」が登場することを紹介しておこう。

大友家に仕えていた吉弘勘解由惟俊《よしひろかげゆこれとし》は、主家の滅亡後は肥後の嶋山に隠棲し、桑楡軒と名乗っ

図83 『白縫譚』五編　桑楡軒は若菜姫の妖術を挫き、蜘蛛の動きを封じる。

ていた。浜辺で釣り糸を垂れていると、回国修行者にやつした若菜姫がやってくる。大友家再興のための挙兵を企てている若菜姫は、要塞に適した地を求め、豊後からはるばるこの地を訪れたのである。

　若菜姫は釣りをしている男が大友家の旧臣であることを知らない。呼びかけても返事をしないので、若菜姫は少し脅してやろうと呪文をとなえ、印を結ぶ。姫の懐から大きな蜘蛛が現れ、男の釣った魚が入っている畚《ふご》を持ち去ろうとする。すると男は釣り糸を蜘蛛のまわりにめぐらし、「やや気を込むる面持ち」で様子を眺める。蜘蛛は動きを封じられ、若菜姫がいくら呪文をとなえても全く効き目がない（図83）。

　このあと若菜姫の所持する守り袋がきっかけとなって、桑楡軒は姫が主君の娘であることに気づく。二人は身の上を語り合う。桑楡軒は大友家滅亡後に流浪し、大和国の大日嶽で異人から「合気の術」を学んだ。それは「幻術をも忽ち破る希代の剣法」であり、若菜姫の妖術を破ったのもこれによってであった。桑楡軒は若菜姫に「君が行ふ術も、わが合気の法に及ばず。これを恃《たの》み玉はんは、いといと危ふき事ならん」（あなた様が行う妖術も、わたしの合気の法には及びません。妖術に頼りすぎるのは危険です）と忠告し、姫に軍法・剣術を伝授する。

若菜姫の父大友宗隣のモデルはキリシタン大名の大友宗麟である（といっても当時、キリシタンについて表立って書くことは憚られていたので、作中にはキリシタンのキの字も出てこない）。また若菜姫という名、およびその前名すずしろには七草四郎がほのめかされている。森宗意軒を思わせる人物が『白縫譚』に登場してくるのは不自然なことではないといえよう。

若菜姫の妖術を破る桑楡軒の術は、それ自体が尋常ならざるものであるに違いない。ただし桑楡軒は、このあと姫の片腕として陰謀に加担していくが、あくまで妖術に拠らない正攻法での戦いを主張している。そのあたりは森宗意軒と少し異なる人物像になっている。

なお、森宗意軒のおもかげを持つ妖術使いが読本『泉親衡物語《いずみちかひらものがたり》』（二代目福内鬼外（森島中良）作、文化六年（一八〇九）刊）にも出てくる。豊総寺の僧伝察《でんさつ》である。伝察は幼い時に父母に死に別れ、寺の稚児となったが「仏道に心を寄ず」、十四歳の時に寺を出奔した。そして「張《てう》四官《しくわん》といへる異人」と男色関係になり、「呂洞賓《りよとうびん》の術」として隠形・分身・飛行の術など数ケ条の妖術を伝授された。張四官の死後、伝察は色と酒に身を持ち崩し「下衆法師《げすほうし》」になり下がっていたが、泉親衡に命を救われたことを恩に感じ、かれに術を伝授する。泉親衡は義経の家来の遺児であり、源頼朝を討って義経らの恨みを晴らそうと考えていた。伝察は親衡に一味して「堀松樹軒」と改名する。

謀叛を企てる泉親衡とそれを補佐する堀松樹軒の関係は、『白縫譚』の若菜姫と桑楡軒の関係に似ている。「伝察」という名前は『天草騒動』に出てくる天草玄察に拠っている。だからその妖術はキリシタンの妖術であるべきところだが、それを避けて「呂洞賓の術」になっているのは、出版前に行われる改《あらため》（検閲）に配慮してのことと考えられている（佐藤悟「『泉親衡物語』と『白縫譚』」）。

少年の時に寺を出奔して堕落したという伝察の身の上は、前述の酒呑童子の身の上にも通じるところがある。酒呑童子は「捨て童子」であると述べたのは佐竹昭広（『酒呑童子異聞』）であるが、作中の伝察もまた「世に捨《すて》られし此《この》法師」と自称している。作者は伝察に伝統的な妖術使いの型である〈堕落僧〉の衣装をまとわせ、本来の〈キリシタン〉としての姿を覆い隠しているのである。

さて、由井正雪の話である。正雪が浜辺で宗意軒に会い、妖術を伝授される話は実録『慶安太《けいあんたい》平記《へいき》』にも出てくる。この実録は正雪の生い立ちから謀叛の企てとその失敗、処刑までを綴ったものだが、そのなかに宮城野《みやぎの》・信夫《しのぶ》という姉妹の敵討ちの話が入っている。これに取材して作られたのが浄瑠璃『碁太平記白石噺《ごたいへいきしろいしばなし》』（紀上太郎ら作、安永九年〔一七八〇〕正月、江戸・外記座）だ。

この浄瑠璃では、石堂《いしどう》家に仕える剣術指南楠原普伝《くすはらふでん》が正雪（作中では宇治常悦《うじじようえつ》）に妖術を伝授する。『慶安太平記』には正雪に楠流の軍学を教える楠不伝という人物が出てくるが、これに森宗意軒を重ね合わせたのが楠原普伝である。普伝は謀叛を企み、唐の道士呂洞賓に伝えられた妖術を身につけている。かれの正体は、その陰謀に気づいた石堂家の寄浪《よせなみ》御前が踏み絵を試みる場面でいっそうはっきりしてくる。

寄浪御前は普伝の前に呂洞賓の絵姿を出し、石堂家への忠誠心があるならその絵を踏んでみろと言う。そこで普伝は次のように告白する。


「我が。本名を語り聞かせん。よつく聞け。我は九州七草《ななくさ》に、洞理《どうり》軒《けん》といひし者。先祖は唐《もろ》土《こし》ヨウカクとて、黄巾《くわうきん》の賊と呼ばれし者。故あつて日本へ押し渡り。習ひ覚えし妖術を以て日本を切り随へ。その虚に乗りて唐日本《からやまと》。魔国になさん我が大望」

（私の本名について語り聞かせよう。私は九州七草にて洞理軒と言った者。先祖は唐のヨウカクと言い、黄巾の乱の賊徒であった。わけあって日本に渡り、習い覚えた妖術で日本をしたがえ、虚に乗じて唐と日本を魔国にしようというのが私の大望なのだ）

歌川芳艶「破奇術頼光袴垂為搦《きじゅつをやぶってよりみつはかまだれをからめんとす》」

普伝の本名、洞理軒は宗意軒をほのめかした名前である。踏み絵の趣向はもちろんのこと、七草出身という設定もキリシタンをほうふつとさせる。

では常悦の妖術はどのようなものだったのか。宮城野・信夫姉妹の敵である鵜羽《うのは》黒《くろ》右衛《え》門《もん》（本名は志賀台七）は楠原普伝から毒薬の秘法と「忍び松明」の一巻を伝授されていた。常悦は黒右衛門を生かしておくため、妖術を使って幻の黒右衛門を出現させ、それを姉妹に討たせる。かれが妖術を解くと、黒右衛門の死骸は消滅する。

黒右衛門がのたれし死骸・むつくと起きて立つよと見えしが・水気《すいき》忽ち漲《みなぎ》る白砂《しらす》・見とれる宇治が照る月にユソタヤデイスの幻法秘印《げんぱふひいん》・ほどくになほも吹く水煙《みづけぶり》・ともに跡方《あとかた》生々しき・生血血《のりち》も屍《かばね》も消え失せて、残るは・以前の天眼鏡・居士衣の袖に飛び移る・邪術《じやじゆつ》の奇特《きどく》目《ま》の当り・神変稀代《しんぺんきたい》と言つつべし。

（黒右衛門の死骸がむっくりと起きあがって立ち上がった。庭の白砂の上に水煙が漲る。それに見とれていた常悦が、月に向かってユソタヤデイスの幻術の秘印を解くと、なおも吹き上がる水煙に、血糊や屍は消え失せた。邪術の不思議を目の当たりにして、神変稀代と言う外はない）

常悦は、この妖術を見ていた鞠ケ瀬秋夜（この人物は丸橋忠弥をふまえている）らに向かって、これがかつて洞理軒から習い覚えた「隠形分身《おんぎょうぶんしん》」の術であり、いったんは捨てた幻術だったが今月今宵の月光に「ウルガンソン」を観念した甲斐があり、「サンダマルの加護」によって台七を助けることができた、と語る。救われた台七は常悦に恩を感じ、普伝から伝授された毒薬の秘法と「忍び松明」の一巻を譲り渡す。

常悦の妖術がキリシタンに関わるものであることは、「ウルガンソン」「サンダマル」ということばからも察しがつく。「サンダマル」はサンタマリヤ、「ウルガンソン」はイエズス会宣教師で元亀元年（一五七〇）に来日したオルガンティーノ（通称ウルガンバテレン）であろうか。『吉《き》利《り》支《し》丹《たん》御対治物語』（寛永十六年（一六三九）刊）にも信長が「うるがんばてれん」に面会したとの記事があり、『天草騒動』にも切支丹の国に住む法術を会得《て》した道人「宇《う》留《る》岩《がん》破《ぱ》天《て》連《れん》」が来日して織田信長の信頼を得たと書かれている。

『慶安太平記』にも、正雪が人々の前で妖術を使う場面がある。呪文をとなえて遠くの山一面に松明を出現させたり、黒雲を呼んで富士山から雪を取り寄せたり、地面に木の枝を十文字に刺して紙の御幣をかけ、呪文をとなえて庭と座敷を野原に変えてみせたり、空中に女の生首を出現させたり、などである。これを見た人々は常悦に恐れをなし、丸橋忠弥などは常悦にますます惹きつけられていく。

天草四郎の奇術も、人々を惹きつけて仲間をふやすための狂言だったと言われている。『天草騒動』にも四郎が遠くの島にたくさんの松明を灯してみせる場面があった（「蝦蟇の術」105〜106

ページ参照)。前にも述べたように『慶安太平記』と『天草騒動』には共通の挿話がある。正雪の妖術場面にも、この天草四郎の挿話が流れ込んでいるのかもしれない。

## 武士

妖術を利用しながら謀叛を志す人々のなかには、森宗意軒や由井正雪のような浪人もいれば、鼠の術を使う仁木弾正のような現役の武士もいる。隠形の術を使う星影土右衛門や蝦蟇の術を使う自来也・児雷也も、もとは武士である。

謀叛や盗みのために妖術を用いるのではなく、武士が武術の一つとして妖術を用いている例はないものか。そう思って探してみると、源義経の話があった。江戸時代に出版された御伽草子『御曹司島渡《おんぞうししまわたり》』は、次のような内容である。

義経は藤原秀衡から、蝦夷が島のかねひら大王が「大日の法」という巻物を所持していることを教えられる。それは「現世《げんぜ》にては祈禱の法、後世《ごせ》にては仏道の法」で「此兵法《このひょうほう》を行ひ給ふ物ならば、日本国は、君の御まま」という秘法であった。義経はそれを手に入れるために蝦夷へと旅立つ。さまざまな島に立ち寄った後、蝦夷が島に着いて鬼の姿をした大王に面会する。「大日の法」の伝授を請うと、大王は義経に「四十二巻の巻物」をすでに習っているか、習っているなら目の前で語ってみろと言う。義経が鞍馬で教わった「四十二巻の巻物」についてことごとく語ったので、王は師弟の契約をし「りんしゆの法」「霞の法」「小鷹の法」「霧の法」「雲井に飛び去る鳥の法」などを伝授した。しかしこれ以上は不要、と「大日の法」は伝授してくれなかった。

義経は王の娘のあさひ天女と親しくなり、天女に頼んでひそかに「大日の法」を見せてもらい、三日三晩で書き写す。天女は義経に急いで帰るように勧め、最後にこの兵法の威徳を語る。――討手に追われたら「塩山の法」を用いて後ろに投げれば、海面に塩山ができ討手を隔てることができる。「らむぷうびらんぷう」の法（藍婆風《らんばふう》、毘藍婆風《びらんばふう》。暴風のこと）を行えば無事に日本に着けるだろう。自分（天女）のことを思ったら「濡手の法」を行ってほしい。茶碗に水を入れ「阿吽」の字を書き、そこに血が浮かんだら自分は父の手にかかって死んだと思ってほしい。

義経は言われた通り「塩山の法」や「早風の法」を使って塩山を出し、大風を吹かせて日本に戻った。そして夢のなかに天女が出てきて泣くので「濡手の法」を行ったところ、話に聞いたとおり一滴の血が浮かんだので、天女の死を察して歎いた。

『御曹司島渡』には絵巻体裁の本もあって、少し内容が異なる。まず、蝦夷が島の王の秘蔵する巻物は「虎の巻」である。次に、義経が蝦夷に行く途中で女護《にようご》の島（女ばかりの島）に着き、女たちにつかまえられそうになるが、「きりの印」を結んで霧を出し、そのすきに出船する場面がある。また蝦夷の王から諸芸の勝負を挑まれて跳躍くらべをする際、義経は「こたかの印」を結び、三丈（約九メートル）飛んで勝つ。さらに蝦夷を出て討手を退けながら帰国する際にも、義経は「きりの印」や「かぜの印」「ひの印」などの秘法を繰り出し、「虎の巻」から学んだ「さつさつ」の印も結んでいる。これによって塩山が出現したとあるので、「さつさつ」は「塩山の法」

と同じもののようだ。
「きりの印」は敵の視野を遮る術、「こたかの印」は自らの運動能力を高める術である。実戦に役立つ術をすでに会得している義経であればこそ、さらに高度な秘法である「大日の法」(「虎の巻」)を求めてはるばる蝦夷まで出かけたのだろう。

ところで敵に見つからないよう姿を隠す隠形の術も、戦の場で役立つ術の一つである。この術については「隠形の術」の章で述べたが、そこでは主に盗賊がこの術を用いた話を紹介した。ここでは、隠形の術が兵法として理解されている例をあげておきたい。

曲亭馬琴の読本『南総里見八犬伝』第三輯巻之四(文政二年〔一八一九〕刊)には、犬山道節が「隠形五遁《いんぎょうごとん》」について語るくだりがある。犬山道節は里見家に忠誠を尽くす八人の武士(八犬士)の一人であるが、修験者に扮して火定の儀式を見せては見物人から金を集め、軍用金にあてていた。火定は仏道修行として火中に投身し、死を迎えるものである。ニセ修験者の道節は「火に投《い》ると見せて、火に投《い》らず、全身焼亡《やけうせ》たりとおもはせて、火の外《ほか》に姿を隠す」という術を用いて、この儀式をこなしていた。道節はこれが自分の家に伝わる「間諜《しのび》の秘術、隠形五遁《いんぎょうごとん》の第二法、火遁《かとん》の術」だと述べている。ちなみに隠形の術は、歌舞伎『艶競石川染《はでくらべいしかわぞめ》』(寛政八年〔一七九六〕)でも「伊賀流忍術」の一つとされ、忍びの術として扱われている(「隠形の術」11〜13ページ参照)。

さて、火遁以外の四つは、木遁《もくとん》・土遁《どとん》・金遁《きんとん》・水遁《すいとん》である。道節はそれぞれの術について解説し、逸話を語る。木遁は樹木に倚《よ》って姿を隠し、火遁は火に隠れる。土遁は壁に入ったり穴に隠れたりするもので、金遁は金銀銅鉄を用いて隠れる。水遁は長時間水のなかに入っても苦しまず、またわずか一すくいの水を用いて姿を隠すものである。日本では伊豆の修禅寺にいた唐僧（中国人の僧）が木遁の術を会得していて、それがひそかに源頼朝に伝えられた。石橋山の合戦で敗れた時、頼朝は伏木のうろに隠れて危険を逃れたと言われているが、実は木遁の術を行ったと思われる。また吉岡紀一法眼は火遁の術を心得ており、誰にも伝授しなかったが、その術について書かれた秘書を源義経が盗み、かれもまた火遁の術を会得した。高館落城の折に義経が城に火をつけて逃れたというのは、火遁の術を用いたのだろう。――以上が道節の口から語られる「隠形五遁」にまつわる話である。

ここにも義経が兵法の秘書を盗む話が出てくる。小松和彦によれば、義経と兵法の巻物を結びつけたもっとも古い伝承は『義経記』で、牛若丸（義経）が陰陽師の鬼一法眼から「六韜」の巻物を盗むというものだ。『御曹司島渡』はこの伝承が幻想化されたものだと考えられている（『異界と日本人　絵物語の想像力』）。

**盗賊**

隠形の術を使うのは武士だけではない。石川五右衛門や稲田東蔵のように、盗賊もまたこの術を用いている。馬琴の読本『四天王剿盗異録《してんのうしょうとういろく》』（文化三年〔一八〇六〕刊）に登場する盗賊袴垂《はかまだれ》保輔《やすすけ》が使う妖術のなかにも、「遁形《とんぎょう》」の術がある。

時の関白を呪詛しようとして阿部晴明（作中ではこのように表記されている）に見顕され、都から追放された道魔法師は、袴垂保輔を見込んで妖術を伝授し、謀叛の志を託す。そして自分の術は概ね三種類、「一に変化。二に遁形。三に死活」であると述べる。変化とはあらゆるものに変身して敵をたぶらかす術、遁形は臨機応変に形を隠す術、死活とは敵が自分を撃とうとした時、即座にその相手を殺して又生き返らせる術である。

道魔と阿部晴明は、陰陽師の芦屋道満と安倍晴明をふまえた人物である（道満と晴明が術くらべをした話は『安倍晴明物語』などに出てくる。「分身と反魂の術」80〜85ページ参照）。ただし、道魔に謀叛の志があるという設定は『四天王剿盗異録』独自のものだ。保輔は道魔から妖術を伝授されると同時に、その謀叛の志をも受け継ぐことになったのである（大高洋司「馬琴読本の一展開――『四天王剿盗異録』とその前後――」）。

道魔は保輔に術を口授する。保輔はふと、死活の術をやってみようと考え、わざと道魔を怒らせる。道魔は鉄の如意（読経や説法に使う道具）で保輔を打とうとするが、保輔はすかさず呪文をとなえる。すると道魔は如意を持ちながら倒れ、そのまま息絶えた。保輔は術が効いたのを見て喜び、再び道魔を生き返らせようと思うが、道魔が他の人間にも術を伝授してしまうことを危ぶみ、そのまま道魔を刺し殺す。

図84 『四天王剿盗異録』巻之七　袴垂保輔（右）と鬼同丸の妖術くらべ。

その後、保輔は手当たり次第に美女を誘拐して妾にするなど悪行を続け、討手に囲まれても遁形の術を用いて逃れ去る。ある時、かれは鬼同丸という妖しい童に会い、妖術くらべをすることになる。保輔は呪文をとなえて山を炎でつつむが、鬼同丸は大雨を降らせて対抗する（図84）。また、鬼同丸は呪文をとなえて毒蛇を出現させ保輔を襲わせるが、保輔は鷲を呼んで毒蛇をとらえさせる。

保輔が妖術を使う場面をもう一つ。源頼光の一行が足柄山に入った時、熊と蟒蛇《うわばみ》が死闘をくりひろげているところに出くわす。一行はそれに惹きつけられ、両者が共に息絶えて谷底に落ちるまでを見届けるが、気がつくと荷物がすっかりなくなっていた。これは保輔のしわざで、一行に幻を見せ、そのすきに盗みを働いたのであった（この場面に取材した浮世絵もある。**カラー図版**）。気づいた一行は保輔を追いつめ、頼光は保輔の首をかき落とすが、手に提げてみると首と見えたものは一かたまりの石であった。保輔は遁形の術を使って逃げ去ったのである。

袴垂保輔には、実在したとされる二人の盗賊、袴垂《はかまだれ》と藤原保輔《ふじわらのやすすけ》が重ね合わされている。『宇治拾遺物語』には、袴垂が藤原保昌（酒呑童子退治に加わった平井保昌と同一人物）から物を奪おうと後をつけたが、逆に保昌からたしなめられたという話が見える。また藤原保輔は、その保昌の弟で、盗賊の長であったという。袴垂保輔を妖術使いにしたのは馬琴の創意で、細部を読むと酒呑童子のおもかげも見いだすことができる（大高前掲論文）。

ところで保輔と妖術くらべをした鬼同丸だが、こちらも説話集『古今著聞集』や『前太平記』にその逸話が記されている。『古今著聞集』巻第九「源頼光鬼同丸を誅する事」に書かれているのはこんな話である。鬼同丸は源頼信にとらえられ、厩につながれていたが腕力にまかせて縛めを切り、逃亡した。市原野で牛を殺してその腹のなかに隠れ、そこにやって来た頼光を襲うが、逆に頼光に成敗された。『前太平記』巻二十一「市原野狡童為二源頼信一被レ虜事《いちはらのけうどうみなもとのよりのぶのためにいけどらるること》」・「頼光朝臣《よりみつあそん》狡童誅戮事《けうどうちうりくのこと》」では、これに出自をめぐる物語が付け加えられている。すなわち、市原野の岩窟に棲んでいる鬼同丸は、もとは比叡山の大師坊の稚児だった。天狗道の術を学び、腕力もあって、法師たちを殺して仏法を破滅させようと企てたために追放された。その後、岩窟をすみかとして昼夜仏法破滅の謀《はかりごと》をしたので、源頼信にとらえられたという。

『四天王剿盗異録』の鬼同丸が妖術使いとして造型されているのは、鬼同丸が「天狗道の術」を学んだという『前太平記』の話を生かしているのだろう。寺で修行する稚児だったが妖術を身につけ、殺人を犯して寺を追放されたというところには、酒呑童子との共通点もある。妖術使いとして分類するなら、鬼同丸は堕落僧の系統ということになるだろう。

妖術使いにはいくつかの類型がある。高僧・堕落僧・キリシタン・武士・盗賊の五つの型について述べてきたが、お気づきのとおり、これらには分類できない妖術使いたちがたくさんいる。たとえば天竺徳兵衛。かれは漁師だったが実は異国の血をひく人間で、おのれの出自を知ると同時に父から謀叛の志を受け継ぎ、妖術を伝授される。よくある〈妖術を使う謀叛人〉のなかでも、妖術使いになると同時に（それまでと立場が変わって）謀叛人になる型《タイプ》である。木こりの娘として育ちながら土蜘蛛によって出自を知らされ、妖術を伝授されて謀叛人になる若菜姫もこの型である。

江戸時代の演劇や小説にはこの型にあてはまる妖術使いがしばしば登場する。類型として人気があったということだが、その理由は何だろうか。次の章では、この型の妖術使いたちについて考えてみることにしたい。

# 愛される妖術使い

誰かから妖術を伝授される時に、謀叛の志をも託される型《タイプ》。江戸の演劇や小説では、この型の妖術使いがよく登場する。

たとえば天竺徳兵衛。浄瑠璃『天竺徳兵衛郷鏡《てんじくとくびょうえさとのすがたみ》』(宝暦十三年〔一七六三〕)や歌舞伎『天竺《てんじく》徳兵衛韓噺《とくべえいこくばなし》』(文化元年〔一八〇四〕)に登場する天竺徳兵衛は、次のような人物である。

①いまは船頭だが、実は日本に滅ぼされた異国の臣の血をひいている。

②父と再会して出自を明かされ、同時に謀叛の志を託されて妖術を伝授される。

『天竺徳兵衛韓噺』で徳兵衛を演じた初代尾上松助は、再び歌舞伎『波枕韓聞書《なみまくらいこくのききがき》』(文化三年)で徳兵衛役を勤めた。この芝居では、徳兵衛はすでに尼子晴久から妖術を伝授されているものの、再会した父から出自を知らされ、謀叛の志を受け継ぎ、妖術を行うために必要な名剣を渡されることになっている。やはり①②の要素が見いだせるのである。

ところで山東京伝の読本『善知安方忠義伝《うとうやすかたちゅうぎでん》』が出版されたのは『波枕韓聞書』が上演されたのと同じ年だが、この読本にも似たような境遇の妖術使いが登場する。平将門の遺児である平良門（平太郎）と滝夜叉（如月尼）である。「蝦蟇の術」の章でも紹介したが、あらためて確認しよう。如月尼と平太郎の姉弟は筑波山麓でひっそりと暮らしていた。如月尼は幼い平太郎にあえて父の名を告げていなかった。平太郎は十五歳の時、山中で出会った肉芝仙（蝦蟇の精霊）から自分が将門の子であることを教えられ、さらに「地上を魔国にする」という肉芝仙の野望を託されて、蝦蟇の術を伝授される。平太郎はにわかに平氏再興の心が目覚め、良門と改名。如月尼も変心して弟に同調し、還俗して滝夜叉と改名する。

平良門と滝夜叉の人物設定を、前掲①②にならってまとめてみよう。

①いまは山奥で暮らしているが、実は滅亡した武家の遺児である。
②弟は出自を知らされると同時に、謀叛を託され、妖術を伝授されて御家再興の志を固める。
　姉もそれに同調する。

『善知安方忠義伝』は、通俗軍記『前太平記《ぜんたいへいき》』にある平良門と如蔵尼の話に拠りながら書かれているが、二人を妖術使いに設定したのは京伝の創意である。その妖術を他ならぬ蝦蟇の術とし、出自の明示―謀叛の継承―妖術の伝授が同時に行われる展開にしたのは、京伝が主人公たちの人物造型にあたって、歌舞伎の天竺徳兵衛像を参照していたことを窺わせる。

さて、徳兵衛と良門・滝夜叉をめぐる①②の設定を、もう少し一般化した表現で言い替えると次のようになる。

①主人公は無名のまま成長したが、実は由緒ある血筋をひいている。
②出自が明らかになると同時に、他者から謀叛を託され、妖術を伝授されて、謀叛や御家再興を志すようになる。

この二つの要素を備えている妖術使いは、他にも多く存在する。この章では、読本や合巻に出てくるこの型の妖術使い――かりに〈妖術伝授〉型の妖術使いと呼ぶ――の系譜をたどり、なかでも幕末の合巻においてもてはやされた理由について考えてみる。また、それらの合巻から生まれた歌舞伎やマンガなど、受容作の魅力にも目を向けてみたい。

## 〈妖術伝授〉型

読本や合巻に出てくる〈妖術伝授〉型の妖術使いを思い出してみると、①②を両方とも備えている完全型と、②のうちの謀叛の継承―妖術の伝授の部分だけを備えている部分型とがあることに気づく。たとえば、前章で紹介した読本『四天王剿盗異録《してんのうしょうとういろく》』の袴垂保輔《はかまだれやすすけ》は部分型である。盗賊の保輔は「相貌凶悪《そうぼうきょうあく》にして虎狼《ころう》のごと」くであったところから道魔に見込まれ、朝廷への謀叛を託されて、妖術を伝授される。保輔は平将門に仕えた武蔵権守興世《むさしごんのかみおきよ》の遺児なのだが、道魔に会う前から、保輔はすでに自らの出自について知っている。

また「蜘蛛の術」の章で紹介した合巻『扇々爰書初《おうぎおうぎここにかきぞめ》』の痣右衛門《あざえもん》も部分型である。痣右衛門は漁師だったが殺人を犯して出奔、逃亡先で土蜘蛛に見込まれ、足利家転覆の志を託されて妖術を伝授される。これも、隠されていた出自が明かされるという出来事はない。

袴垂保輔や痣右衛門はいずれも、妖術を伝授される時点ですでに悪人である。これに対して完全型の天竺徳兵衛や平良門・滝夜叉の場合は、妖術伝授の直前まで、いわば何者でもない。妖術を伝授されることで無名の存在から謀叛人に変貌する――物語としてはこちらのほうが劇的《ドラマチック》だろう。

さて、幕末に人気のあった妖術ものの長編合巻『児雷也豪傑譚《じらいやごうけつものがたり》』、『白縫譚《しらぬいものがたり》』、『北雪美談時《ほくせつびだんじ》代加賀見《だいかがみ》』の主人公たちは、いずれも完全型である。順に見ていこう。

『児雷也豪傑譚』の主人公児雷也は、①没落した尾形家の遺児で、寺子屋の師匠をしている養父に育てられた。②仙素道人から妖術を伝授され、尾形家再興を志す。

『白縫譚』の主人公若菜姫は、①没落した大友家の遺児で、山仕事を生業とする養父母に育てられた。②蜘蛛の精霊から菊地家転覆を託されて妖術を伝授され、大友家再興を志す。

『北雪美談時代加賀見』の主人公藤浪由縁之丞は、①多賀家に仕えた局岩藤の曾孫で、山家に住む養父母に育てられた。②曾祖母岩藤の霊から多賀家への復讐を託され、妖術を伝授される。

こうしてみると、この三人には他にも二つの共通点があることがわかる。

③孤児である。

④妖術を会得した後、志をとげるために遍歴し、あちこちで事件に遭遇する。

さらに顧みれば、これらの要素は『善知安方忠義伝』にも見いだせる。平太郎と如月尼は将門滅亡の後、乳母にも死に別れ、姉弟だけで助け合って生きてきた。これが③である。また、④の遍歴は物語の長大化と結びつく要素である。『善知安方忠義伝』は前編（五巻六冊）しか出版されず、良門が謀叛を画策する途中で終わっているが（滝夜叉は途中で死ぬ）、予告によれば、後編（五冊）では良門の挙兵と源頼光による良門討伐が書かれる予定だった。すなわち前後合わせて十一冊という少なくない分量を使って、良門・滝夜叉の謀叛の企てと失敗がつづられるはずだったのである。したがって未完とは言え、この読本も構想上は④をはらむ可能性があったといっていいだろう。

となると、①②③④の要素は『善知安方忠義伝』にすでに胚胎していて、それが幕末の合巻へと続いていると言えそうだ。ちなみにもっと細かい点について言えば、妖術伝授の場面で主人公が亡父生前の様子を見せられる趣向も『善知安方忠義伝』→『児雷也豪傑譚』→『白縫譚』へと受け継がれている。

## 妖術使いは悪人か

〈妖術伝授〉部分型の妖術使いのうち、保輔と痣右衛門は、妖術を伝授される前から悪人として描かれている。では、完全型の妖術使いはどうだろうか。江戸の小説は多かれ少なかれ勧善懲悪の理念に則っており、悪人は最終的に善人によって成敗される。言いかえれば、悪人が悪人として読者に意識されるためには、それに対峙する正義の善人が、はっきりと登場してくる必要がある。

『善知安方忠義伝』では、謀叛を志す平良門はおのれに諫言してくる家臣善知安方《うとうやすかた》を殺害する。また安方の一子千代童は母錦木の敵討ちのために（錦木は夫の死後、貞操を守るために命を落とす）伯父則友と行動を共にするが、その則友も良門によって殺されてしまう。つまり良門は、単に謀叛人である以上に、忠や孝の心から行動する善人たちを殺す悪人としての相をはっきり見せている。

一方で『児雷也豪傑譚』の児雷也は、そう単純な人間像ではない。まず児雷也の志は尾形家の再興にあって、現政権への謀叛にあるのではない。作中で児雷也は、御家再興の邪魔になる者を駆逐する一方、管領足利持氏を逆臣の悪謀から救うなど、現政権に協力する動きも見せている。

あくまで義賊であり、謀叛人ではない。

『白縫譚』の若菜姫はどうか。若菜姫は大友家を滅ぼした菊地・太宰の両家を転覆させようと考えている。その志は御家再興という大義と分かちがたく結びついているが、現政権への謀叛であることに変わりはない。ところが菊地家には御家横領を狙う悪小姓の青柳春之助がおり（春之助の父は異国の海賊で、これも菊地の前当主に滅ぼされた恨みがある）、かれを含む佞臣《ねいしん》一味と、主君を守ろうとする忠臣たち（鳥山豊後・秋作父子）の対立が物語の重要な柱になっている。若菜姫は菊地家を外から脅かす位置にいて、当然ながら鳥山親子から敵視されているが、かの女自身は菊地の佞臣大友刑部（亡父の弟だが大友滅亡の折に菊地に寝返った人物）への報復の機会を狙ってもいる。つまり菊地家の御家騒動における善・悪の対立からすれば、若菜姫はそのどちらともつかない、第三者的な立場に置かれているのである。

これらに比べると『北雪美談時代加賀見』の由縁之丞はわかりやすい。かれは多賀家に奉公する身でありながら、岩藤の霊に説得されるとただちに主家への復讐を志す。そして由縁之丞の陰謀に立ち向かうのが多賀家の忠臣初浦尾上之助。善・悪の対立は明白である。曾祖母岩藤の恨みを晴らすという大義があるとはいえ、由縁之丞には明らかに悪人としての相が見いだせる。

## 孤児・遍歴・異性装

このように〈妖術伝授〉完全型の妖術使いの場合、必ずしも悪人として登場してくるわけではなく、また善人と決まっているわけでもない。したがって、この型の妖術使いの魅力について考えるためには、単に善か悪かということとは別の評価軸によらなければならない。

かれらの共通点として、①②の他に③④がある。孤児と遍歴、これらの要素が人間としての魅力につながっているとは考えられないだろうか。

長編構想の半ばに終わった『善知安方忠義伝』をはずし、長編合巻の三作にしぼって見ていくことにしたい。これらはいずれも主人公の子ども時代から書き出されている。由緒ある武家の末裔であることは知らずに、養家のつましい暮らしのなかで成長する孤児。まずここに、読者の同情を誘う素地があるだろう。そして妖術を身につけてからの遍歴。大志に燃える主人公だが、味方となる肉親はいない。そこで御家の旧臣（たとえば『白縫譚』の桑楡軒）や不思議な縁で結ばれた人物（たとえば『児雷也豪傑譚』の綱手）が支援者として登場する。だが、こうした数少ない味方を除けば、あとは自分の力――機知と妖術だけが頼みである。つまり妖術は、孤児の主人公にとっては自らを守る武器に等しい。

由緒正しい血筋の主人公がめぐまれない環境に育ち、ほぼ孤高の状態で、妖術を武器に困難を乗り越えていく――それがこの三つの合巻に共通するドラマ性である。妖術使い版の貴種流離譚と言ったら大げさだろうか。

ところでこの三人が読者を夢中にさせる要素はもう一つある。いずれも美貌で、時には異性の姿に変装する（異性装）ということだ。

図85　『児雷也豪傑譚』五編　宝子に扮した児雷也（右）。

合巻は挿絵が多いので、主人公がどういう容貌で描かれるかはかなり重要である。児雷也の顔が当時人気の歌舞伎役者の似顔になっていることは前に述べたとおりで（129〜132ページ参照）、美貌に描くことが読者を惹きつけるための工夫であることは言うまでもない。では異性装の趣向はどのように考えればいいだろうか。具体的にそれぞれの場面を見てみよう。

『児雷也豪傑譚』では、児雷也は巫女に扮し、福蒔宝子《ふくまきのたからこ》と称して占いや呪《まじな》いを行い、町の人気者になる。役人のやかま鹿六はたまたま見かけた宝子の美しさに惹きつけられ「金銀をもてたらし込み、手かけにせん」と考えて彼女を家に招く。宝子は掛軸の観音像と語り合い、壺から金銀を溢れさせるという不思議を見せ、鹿六は感嘆して

図86 『白縫譚』十二編　白縫大尽に扮した若菜姫と千種に扮した秋作。

宝子の言うことを何でも信じ込む。宝子は、ありったけの金銀を床の間に飾って祈禱を行えばもっと金銀が集まってくると鹿六をだまし、貯め込んでいた金銀を出させると、夜陰に乗じてそれを奪い去る（図85）。実はこれ（不正な蓄財を奪うこと）が児雷也の目的だったのだ。そのために宝子に扮して鹿六を惑わしたのである。

『白縫譚』の若菜姫は男装して白縫大尽《しらぬいだいじん》と名乗り、遊廓に入り込んで敵の情勢を窺う。また、千種《ちぐさ》という娘に扮している鳥山秋作に出くわすと山中の一軒家で二人きりになり、親しく語りあうが（図86）、互いの素姓に気づくとにわかに正体を現して、一戦をまじえる（前掲図59）。秋作が娘に扮していたのは主家を脅かそうとしている敵（若菜姫）を目立たぬように探すためであ

図87 『北雪美談時代加賀見』初編　腰元姿のたより。

り、白縫大尽に近づいたのもそれが若菜姫ではないかとうすうす気づいていたからだった。もっとも若菜姫のほうは「ここに汝を釣り寄せしも、かねて施す手だてなり」（ここにおまえを引き寄せたのも、かねて用意のことであった）と、意図的に秋作を引き寄せたと述べている。

『北雪美談時代加賀見』の由縁之丞は、前述のとおり女子として育てられ、多賀家にもはじめは腰元たよりとして奉公する。しかし主君多賀正方の夜伽に召されることになり、窮地に立たされる（図87）。児雷也と若菜姫の異性装はそれぞれ目的があってのことだったが、由縁之丞の場合は幼い時から女装させられ、そのまま腰元奉公することになったのだから、主体的な異性装というよりは成り行きである。正方の寝所に呼び出されたたよりはひそかに正方の正室と入れ替わり、その場を切り抜ける。そしてすぐに、自分が男子であることを正方に打ち明けて詫びる。

さて、主人公に引き寄せられた人物のうち、秋作は自身も異性装をしているので、見た目の性は女。鹿六と正方はそのままなので、本来の性も見た目の性も男。三例とも、主人公の見た目の性と、引き寄せられた人物の見た目の性は一致していない。つまり異性装をした主人公は、いずれも（見た目の上では）異性を引き寄せているということになる。少しややこしいので、図式的にまとめてみよう。

| **主人公** | 本来の性—見た目の性 | **引き寄せられた人物** | 本来の性—見た目の性 |
|---|---|---|---|
| 児雷也 | 男—女 | やかま鹿六 | 男—男 |
| 若菜姫 | 女—男 | 鳥山秋作 | 男—女 |
| 由縁之丞 | 男—女 | 多賀正方 | 男—男 |

異性装が主体的な行動だったかどうか、また相手が主人公の性的魅力のみに惹かれたかどうかは措《お》くとしても、異性装の主人公が異性を引き寄せたという現象には変わりない。

ところで、そんな主人公に心奪われたのは鹿六や秋作、正方だけだろうか。日本には伝統的に異性装者を許容し、愛でる文化があると言われている（三橋順子『女装と日本人』）。男性役者が女性を演じる歌舞伎などは、まさにそうした文化と結びついている。そして合巻の読者たちは、同時に歌舞伎に親しむ人々でもあった（合巻と歌舞伎の親和性については鈴木重三「後期草双紙における演劇趣味の検討」を参照されたい）。主人公が異性装をして現れる場面は、そんな読者たちをも惹きつけるものであったに違いない。

## 合巻から生まれた歌舞伎

若菜姫や児雷也は、子どもにとっても魅力的な妖術使いだった。明治の文人饗庭篁村の伝記「饗庭篁村氏の伝」（『国民新聞』明治二十三年八月十日。森銑三「饗庭篁村」による）のなかに、次のようなくだりがある。

> 安政二年八月十五日、下谷龍泉寺町に生る。（略）九歳にして始めて白縫物語を読み、蜘蛛の奇術を行はんことを願ひ、十歳にして児雷也物語を読み、中田甫に啼く蛙なつかしく覚え、十一にして質屋の小僧となり、番頭に就いて算術を学びしが、

安政二年（一八五五）生まれの篁村が『白縫譚』を読んだのは九歳の時、『児雷也豪傑譚』は十歳の時で、数え年だとするとそれぞれ文久三年（一八六三）と元治元年（一八六四）のことになる。これらの合巻は奉公前の子どもでも読めるものだった。というのも、合巻はほとんど平仮

名だけで書かれていて、さらに挿絵が豊富にあるから、仮名文字が判読できればなかみはだいたい理解できるのである。『白縫譚』の刊行が始まった嘉永二年（一八四九）に生まれた鹿島萬兵衛も、合巻について「寺子屋でいろは四十八文字を習ひ覚えし婦女子や子供のすらすら読み得るもの」（寺子屋でいろは四十八文字を習い覚えた女性や子どもがすらすらと読めるもの）と述べている（『江戸の夕栄』）。

女性や子どもは歌舞伎の愛好者でもあった。人気の合巻は、さっそく歌舞伎に仕組まれる。『児雷也豪傑譚』をもとにした『児雷也《じらいや》豪傑譚話《ごうけつものがたり》』は嘉永五年七月に江戸・河原崎座で上演された。狂言作者は河竹黙阿弥（当時は河竹新七）、児雷也を演じたのは当時の美男役者八代目市川団十郎であった。いま残っている活字翻刻の台帳によれば、劇中には児雷也が巫女宝子に扮する場面もある。

合巻とその台帳を読み比べると、仙素道人が児雷也へ妖術を伝授する場面に多少の違いがある。合巻では、術譲りの場面は「異人は児雷也をかたへに招き、秘文《ひもん》をとなへ、印を結ぶことを口授することとやや久しく、なを繰り返して教ゆるを、児雷也つつしんでこれを学ぶに」とあるだけで、秘文（呪文）の文句などは書かれていない。これに対して、歌舞伎では次のようになっている。

道人、座したるまま岩台の角を打割《うち》り、児雷也の身体《からだ》へ切火《きりび》を打ち、九字を切る。
児雷也、道人と向《むか》ひ合ひ、同じやうに九字を切る。

道人　南無《なむ》さつたるま、ふんだりぎや。
児雷　南無さつたるま、ふんだりぎや。
道人　守護《しゆご》せうでん。
児雷　守護せうでん。
道人　はらいそはらいそ。
児雷　はらいそはらいそ。

この呪文の文句は、天竺徳兵衛ものの歌舞伎（文化三年〔一八〇六〕『波枕韓聞書』、天保十二年〔一八四一〕『天竺徳兵衛万里入船《てんじくとくべえばんりのいりふね》』）に出てくるものとほとんど同じである。同じ蝦蟇の妖術使いということもあり、先行する歌舞伎の演出が取り入れられたのだろう。

歌舞伎上演に即して浮世絵も作られ、嘉永五年八月には「児雷也豪傑双六」という双六も出版されている。柳下亭種員の撰案、一雄斎国輝の画、版元は和泉屋市兵衛で、合巻『児雷也豪傑譚』の作者・画工・版元が双六も作ったのである。中央下段の「振出し」からサイコロの目によって各コマへ飛び、中央上段の「上り」にいたる飛び双六の形式で、コマ絵には、この時点までに出版されていた二十編までの口絵・挿絵をもとにした図が描かれている（『幕末・明治の絵双六』解説）。

その後、安政二年（一八五五）五月に江戸の河原崎座で『児雷也豪傑譚話』の続編にあたる

『児雷也後編譚話《じらいやごにちものがたり》』が上演され、八代目団十郎の弟河原崎権十郎（後の九代目団十郎）が児雷也を演じた。佐藤かつらによれば、この『後編譚話』は明治十年（一八七七）三月にやや格下の劇場である春木座（東京・本郷）でも上演され、そのときの児雷也役は九代目団十郎の弟子である市川権十郎であった（「『児雷也後編譚話』をめぐって――明治期の規制への反応――」）。

『白縫譚』も河竹黙阿弥によって歌舞伎に仕組まれた。題は『しらぬひ譚』、嘉永六年（一八五三）二月に江戸・河原崎座で上演され、若菜姫を演じたのは当時の美人女形《おやま》坂東しうかである。四月にはほぼ同じ配役で続編が上演されているから、好評だったのだろう。その後も明治、大正、昭和にかけてたびたび舞台にかかっているが、鳥山秋作を主人公にした場面だけが上演されることもあった。なお『白縫譚』も『児雷也豪傑譚』と同様に、浮世絵や双六といった関連商品が作られている。

『北雪美談時代加賀見』の歌舞伎化は、少し遅れて明治年間に入ってからである。明治九年三月に大阪・松島芝居で『けいせい時代鏡』、そのあと明治十四年二月に東京・春木座で『北雪美談時代鏡』が上演された。春木座はさきに『児雷也後編譚話』が上演された劇場である。由縁之丞を演じたのは、これもさきに春木座で児雷也を演じた市川権十郎であった。

このときの劇評を『続続歌舞伎年代記　乾』から引用しよう。

○狂言は二世為永春水事、染崎延房著述の合巻物、北雪美談を金作が通し狂言に脚色せしものにて、申さば鏡山の後編とも言ふべく、岩藤の遺子由縁之丞、蝶の術を遣ひ、悪党を語らひ、多賀家を狙ふも忠臣尾上之助其外に見顕《あら》はされ、悪人亡《ほろ》び善人栄ゆる例のお家狂言、若手のからだに嵌《はま》り、何れも申し分なし、（略）

「権十郎」藤浪由縁之丞、病気の由にて白山峠より出勤せり。武者修行のこしらへ余り更《ふ》け過ぎ、前のたよりとは一ツ人とは見受けかねたり。最も爰《ここ》は夢ゆゑどうでもよけれど、三国の廓より八坂越の場は綺麗綺麗、草履打の場からは振袖で無き方宜しからんとの評あり。蝶々のフワフワは大層見物を嬉しがらせ、大詰めの改心まで都《すべ》て上評なり。耕作も申し分無くこなしたが、顔がチト白きに過ぎて、其上《そのうえ》紅裏の襦袢など着て居た為め百姓とは受取り悪し。然《しか》し腹切りは能《よ》く出来たり。何しろ今回の大入《おおいり》も此人《このひと》の働きとは豪《えら》いもの

権十郎は病気のために白山峠の場（岩藤の霊から妖術を伝授される場面）から出演したとあるから、その前のたよりの役は別の役者が演じたのだろうか。百姓役の耕作を演じた場面では白塗りに派手な襦袢を着て百姓には見えなかったと批判されているが、「綺麗」な役者ではあった。「大入」もこの人の人気ゆえ、という。ちなみにこの権十郎は、江戸時代には嵐璃鶴《あらしりかく》の名で大芝居（幕府公認の劇場）に出演していたが、明治四年に殺人事件に関わって投獄され、出所後に九代目団十郎の弟子になったといういわく付きの人物である（佐藤かつら前掲論文）。

ところで岩藤から由縁之丞へ妖術が伝授される場面では、いわゆる骨《こつ》寄せの趣向がある。合巻

では、岩藤の亡霊の出現→妖術伝授→骸骨への変化という順序だった。なお「蝶の術」の章で紹介したように、安政七年（一八六〇）に上演された鏡山物の歌舞伎『加賀見山再岩藤《かがみやまごにちのいわふじ》』では、岩藤の骸骨の出現→亡霊への変化という順序で、岩藤の亡霊が蝶を追いながら宙乗りで退場する幕切れになる。この歌舞伎は合巻『北雪美談時代加賀見』を歌舞伎化したものではないが、ここで工夫された岩藤の骨寄せから宙乗りへの展開は、見せ場として歌舞伎『北雪美談時代鏡』に取り入れられた。

『歌舞伎新報』一二〇号（明治十四年一月二十三日）に掲載された『北雪美談時代鏡』の筋書を見てみよう。

まず「いつもの骨寄《こつよせ》の仕かけ」で石が割れ、中から岩藤の亡霊が出てきて由縁之丞に語りかけ、妖術を伝授する（骸骨の出現→亡霊への変化）。それから「岩藤の姿、骸骨にかはり、後ろ黒幕へ消る」（亡霊→骸骨への変化）。そして由縁之丞が「誠《まこと》、わが影身《かげみ》に添《そひ》たまはば、最《も》一度姿を顕《あら》はしたまへ。奇妙頂礼《きみようちようらい》、奇妙頂礼」と呪文をとなえると、舞台の岩組みを返し、清水の舞台がせり上がって花見の景色に変わる。そこで花道のスッポンに岩藤が打掛姿で出てきて、蝶を追いながら「ハテ風情ある詠《なが》めぢやなア」と宙乗りで退場する（再び亡霊の出現→宙乗り）。

蝶を追っての宙乗り、「ハテ風情ある…」のせりふは、歌舞伎『加賀見山再岩藤』の演出を踏襲している。ここから取り入れた骸骨→亡霊→宙乗りという見せ場に、亡霊→骸骨という合巻に基づく展開を挟み込み、うまくつなぎ合わせていることがわかる。

図88 『ヘマムシ入道昔話』 天竺徳兵衛による屋台崩し。

## 蝦蟇の活躍

妖術使いの物語が上演される時、観客としてはやはり妖術の場面に期待してしまう。

合巻『児雷也豪傑譚』で印象的なのは、児雷也が巨大な蝦蟇に変じて館を押しつぶす場面である。これ自体が妖術による幻なのだが、挿絵を見ると蝦蟇の迫力に圧倒される（前掲図12）。この蝦蟇による屋台崩《やたいくず》しの演出は、天竺徳兵衛ものの歌舞伎から取り入れたものだ。天保十二年（一八四一）七月に江戸中村座で上演された歌舞伎『天竺徳兵衛万里入船』には、徳兵衛が吉岡宗観の館を去る場面で、大蝦蟇が屋上に現れて火炎を吹く演出があったという（鵜飼伴子『四代目鶴屋南北論』）。それより前に出版された合巻『ヘマムシ入道昔話《にゅうどうむかしばなし》』（山東京伝作、文化十年（一八

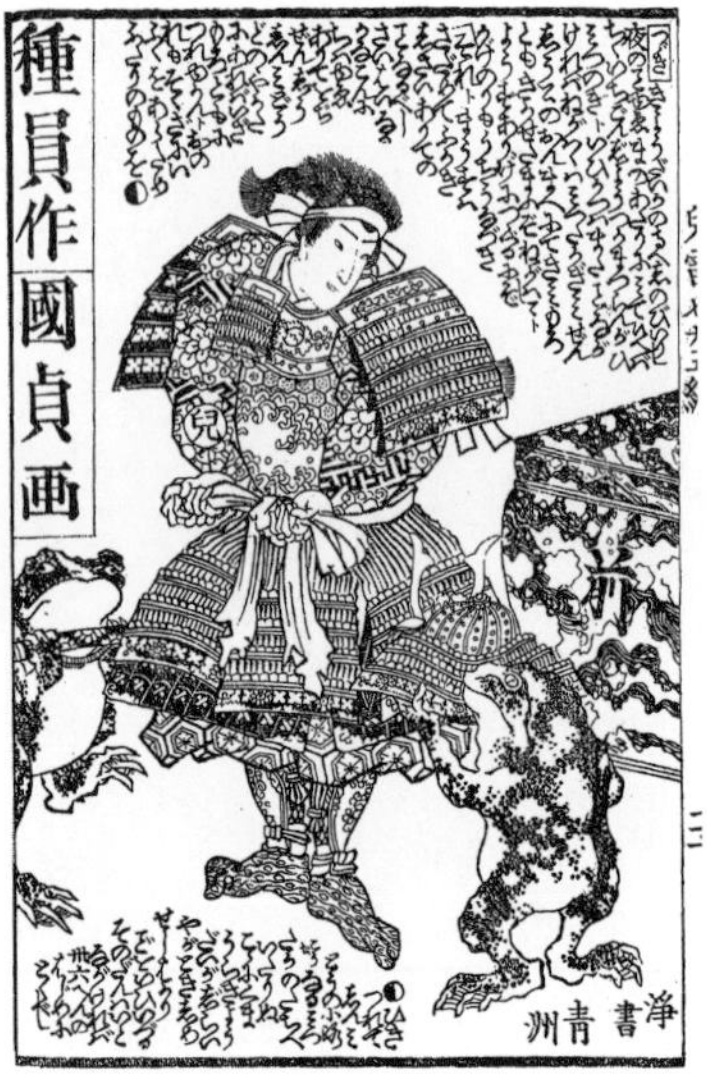


図89 『児雷也豪傑譚』三十五編　児雷也の身支度を手伝う蝦蟇。

図90 『児雷也豪傑譚』四十一編　蒲の穂と弓矢を持つ蝦蟇。

一三）刊）にも、宝鏡を奪った天竺徳兵衛が館の屋上に現れて大蝦蟇に変じ、逃げ去る場面がある（図88）。

　昭和四十七年（一九七二）五月に国立劇場で『天竺徳兵衛韓噺』が上演された時にも屋台崩しの演出があって、好評だった。井草利夫は次のような劇評を残している。

　次は屋台崩しの大スペクタクルで、大屋根の真中に大蟇が這い、その上に徳兵衛が宗観の切首を持って立つ。見物は大熱狂である。これは当り前。何しろテレビのトリックによるチャチな映像などとは違い、これはほんものなのである。国立劇場の舞台いっぱいに花開いた壮大なまがいなし

歌川芳艶「自来也妙香山の図」

図91 『絵本実録　天竺徳兵衛蝦蟇妖術』 戦う蝦蟇たち。

の見世物である。これに熱狂しないようなら一九七二年の観衆ではない。(「見世物芝居の醍醐味」。傍点は原文のまま)

ところで合巻『児雷也豪傑譚』に描かれた蝦蟇の図像を見ていくと、このように巨大な蝦蟇も出てくれば、小さな蝦蟇がたくさん出てくるところもあり、実に多彩である。蝦蟇たちの働きぶりもさまざまだ。児雷也が敵に対峙する時には武器のように使われ、空中を移動する時には乗り物にもなる。姫君の警護役として人間めいた姿に変えられる場面もある(前掲図40)。蝦蟇が児雷也の身支度を手伝っている場面などは、いじらしい感じさえする(図89)。

図92 『絵本実録　天竺徳兵衛蝦蟇妖術』 児雷也の世話をする蝦蟇たち。

四十一編（元治元年〔一八六四〕刊）の見返し（河鍋暁斎画）には、槍に見立てた蒲《がま》の穂や弓矢を持つ蝦蟇が描かれている（図90）。弓矢を手にした蝦蟇と言えば、平安時代の『鳥獣人物戯画絵巻』（鳥獣戯画）の蛙と兎の賭弓《のりゆみ》の図が思い出されるが、蒲の穂を持つ蝦蟇は、この四十一編と同じ頃のものかと思われる歌川芳艶の浮世絵「自来也妙香山の図」（カラー図版）にも出てくる。この浮世絵は妙香山に児雷也（画中の表記は「自来也」）・仙素道人（同じく「蝦蟇仙人」）・黒姫夜叉五郎が居並び、その前で蝦蟇の群れが蛇の群れと戦う構図である。『児雷也豪傑譚』に取材しているのは明らかだが、蝦蟇と蛇の群れが戦う光景は、合巻にはないものである。

ところで、やはり同じ頃に作られた河鍋

暁斎の浮世絵「風流蛙大合戦之図」にも、擬人化された蛙の戦いが描かれている。『児雷也豪傑譚』とは関係なく、青蛙の群れと赤蛙の群れが戦うさまを描いたものだが、蒲の穂を武器に、蛙が蛙の上に乗る騎馬武者もいて、なかなか勇壮である。これは当時の世相――公武合体をめざす幕府と尊皇攘夷を主張する長州藩の対立を諷刺した図と考えられている（『河鍋暁斎と江戸東京』解説）。あるいは芳艶が「自来也妙香山の図」に描いた蝦蟇と蛇の戦いにも、同様の意図がこめられているのだろうか。

なお河鍋暁斎には、西南戦争を蛙合戦に見立てて描いた浮世絵「不可和合戦之図《かわずがっせんのづ》」（明治十年〔一八七七〕刊）もある。「風流蛙大合戦之図」と同じ趣向である。そしてこの戦う蝦蟇の図像は、再び蝦蟇の妖術使いの物語のなかに登場する。明治二十四年刊の銅版草双紙『絵本実録　天竺徳兵衛蝦蟇妖術』（牧金之助編）。これは児雷也ではなく天竺徳兵衛の話なのだが、その口絵に天竺徳兵衛の背後で戦う蝦蟇たちの図がある（図91）。蒲の穂や棒で突き合い、蝦蟇の上に蝦蟇が乗る騎馬武者など、暁斎の浮世絵に通じるところがある。また、挿絵には蝦蟇たちが徳兵衛の肩たたきをしたり、お茶を運んだりしている図があり（図92）、こちらは『児雷也豪傑譚』で児雷也の身支度を手伝っていた蝦蟇を思い出させる。頬被《ほおかむ》りをした蝦蟇など愛敬すら感じられて、愉快な絵である。ちなみに蝦蟇の群れが戦う場面は『善知安方忠義伝』にも出てくるが、挿絵に描かれた蝦蟇たちは擬人化されていない。

## 小さな児雷也

最後にもう一つ、『児雷也豪傑譚』の受容をめぐる話。

巨大化すると不気味な蝦蟇も小さければ愛らしく見えるように、大人の姿だと凄味のある妖術使いも子どもの姿で描かれればかわいらしくなる。それは妖術使いが子どもの読者にも親しめる登場人物《キャラクター》になるということでもある。そのことを意識させられるのが、杉浦茂のマンガ『少年児雷也』である。

このマンガは『少年』昭和三十一年（一九五六）八月号〜三十二年十二月号に連載された（一部は別冊ふろく）。滅亡した針山家の遺児である太郎は、養父吉兵衛によって信州の山奥で育てられている。落雷で養父は死ぬが、太郎は落ちてきた雷獣を「逆ハンマー投げ」で倒してその胆《きも》を口にし、怪力を得て「児雷也」と改名する。亡父の建てた針山城が荒れ果てているのを見た児雷也は「修行をつんだらここへもどって城をつくりなおすぞ」と決意、武者修行の旅に出る。大蝦蟇と大蛇が戦っているのを見かけて大蝦蟇に加勢すると、それが仙素道人で、お礼に妖術を伝授される。それからは変身・隠形・飛行も自在となる。

図93　杉浦茂『少年児雷也』第一回　児雷也は前髪のある少年姿。

細部は異なるものの、冒頭部分の筋立ては基本的に合巻『児雷也豪傑譚』と変わらず、遍歴する義賊という児雷也の特色も共通している。児雷也の敵として大蛇丸が登場するのも合巻と同じである。だが、話が進むにつれてマンガ独自の人物や怪物が次々と登場し、合巻とは無関係の展開になる。

それはともかく、このマンガが合巻ともっとも異なるところは、主人公の児雷也があくまで少年であることである。合巻の児雷也は冒頭こそ前髪のある少年姿で登場してくるが、すぐ「七年すぎて後の物語」になり、成人した姿に変貌する。だが『少年児雷也』の児雷也は養家を出て妖術を身につけた後も、ずっと少年の姿のままだ（図93）。

図94　杉浦茂『少年児雷也』第一回　児雷也は仙素道人から蝦蟇の術を伝授される。

仙素道人や蝦蟇（図94）、あまたの悪人や怪物も恐ろしげには描かれていない。これも掲載誌『少年』の読者層（小学生）を意識しているからだろう。第四回では「孝行孝《こうこうこう》ちゃん」の敵討ちを見守った児雷也が術を使って去ろうとすると、村の子どもたちが「いいなあ　忍術　知ってると」とうらやましがって

図95　杉浦茂『少年児雷也』第四回　忍術をうらやましがる子どもたち。

いる（図95）。このマンガでは、児雷也の術は子どもにとって「あったらいいな」と思えるものとして描かれているのである。

作者の杉浦茂は『少年児雷也』の他にも『猿飛佐助』『ドロンちび丸』などの忍術もののギャグマンガを描いている。並べてみると、児雷也も佐助もちび丸も、髪型などが少し異なるだけで同じような愛嬌のある顔だちである（中野晴行編『杉浦茂の摩訶不思議世界　へんなの…』）。

杉浦茂は明治四十一年（一九〇八）東京生まれ。回想録「遠い記憶」によれば、小学生の時に仲のいい友だちから「猿飛佐助」や「忍術児雷也」の話を詳しく聞かされ、また子ども同士で出かけた活動写真では「忍術物やチャンバラ物をやっていた」という。忍術ものに限らず、杉浦のマンガには映画と似通った題名のものが多く、内容面でも映画から少なからず影響を受けていることが指摘されている。井上晴樹は、『少年児雷也』と関連する映画として昭和十一年（一九三六）公開の『児雷也』を挙げている（「杉浦茂は生きている！」）。

ちなみに『少年児雷也』の連載が始まる前年、昭和三十年には映画『忍術児雷也』とその続編『逆襲大蛇丸』が公開されている。児雷也を演じたのは七代目大谷友右衛門。平成二十一年（二〇〇九）現在、最高齢の女形である四代目中村雀右衛門の若き日の姿である。モノクロの画面に巨大な蝦蟇・大蛇・蛞蝓《なめくじ》が登場し、古き良き怪獣映画といった趣もある。マンガと映画、子どもにも大人にも身近なところに児雷也がいた、そんな時代だったのだと思う。

演劇や小説のなかでくり返し踏襲された妖術使いの型の分析から、なぜもてはやされたのかという理由の考察、そして歌舞伎や明治の銅版草双紙、昭和のマンガなどの受容作について、手元にある資料を見ながら思いつくままに述べてみた。明治以降には活字翻刻本や講談本も数多く作られており、それらにふれる余裕のなかったのが残念だが、近代以降に妖術使いの物語がどのように語られ、どのように楽しまれていったのかは、これはまた別に考えるべきテーマだろう。近世文芸研究家の鈴木重三は、小学生であった昭和初年の夏に博文館の雑誌『少年世界』の特集カラーページで「男装の大友若菜姫が、女装した鳥山秋作と、互に妖術と勇力で争う一図」を目にし、それがきっかけで『白縫譚』を読むに至ったと記している（「草双紙『しらぬひ譚』の世界」）。

現代でも忍術もののマンガ『ＮＡＲＵＴＯ』（岸本斉史作）が人気だ。脇役で自来也（作中ではこのように表記されている）や大蛇丸も出てくるという。人物像の改変はあるにせよ、江戸の妖術使いたちの息の長さには驚かされる。ちなみに平成十五年には『少年児雷也』が文庫体裁で復刻され、杉浦マンガも再び新たな読者を得つつある（平成二十一年三月〜五月には京都国際マンガミュージアムで特別展「冒険と奇想の漫画家　杉浦茂１０１年祭展」が開催された）。近い将来、『ＮＡＲＵＴＯ』や『少年児雷也』を読んで『児雷也豪傑譚』に関心を持つ子どもが現れるかもしれない。

# 参考文献

◆**古典籍資料**（版本は所蔵先を記した。マイクロフィルムで閲覧したものもある）

『曙草紙』『山東京傳全集』第十六巻（読本2）　ぺりかん社　平成九年

『阿古義物語』　学習院大学国語国文学研究室蔵本／中村幸彦氏蔵本／『式亭三馬集』（近代日本文学大系）　国民図書　昭和二年

『浅間嶽面影草紙』　国立国会図書館蔵本／『柳亭種彦集』（近代日本文学大系）　国民図書　大正十五年

『芦屋道満大内鑑』『竹田出雲並木宗輔浄瑠璃集』（新日本古典文学大系）　岩波書店　平成三年

『安達原氷之姿見』　東京都立中央図書館加賀文庫蔵本

『安倍晴明物語』『仮名草子集成』第一巻　東京堂出版　昭和五十五年

『天草騒動』『近世実録全書』第十二巻　早稲田大学出版部　昭和四年

『泉親衡物語』　佐藤悟「翻刻『泉親衡物語』」『実践国文学』第四十二号　平成四年九月

『狗張子』『仮名草子集成』第四巻　東京堂出版　昭和五十八年

『妹背山長柄文台』　名古屋市蓬左文庫蔵尾崎久弥コレクション本

『浮世夢助出世噺』　有働裕「『浮世夢助出世噺』について」『昭和63年度科学研究費による「江戸時代の児童絵本の調査分析と現代の教育的意義の関連の研究」報告書』　平成元年二月

『宇治拾遺物語』『宇治拾遺物語　古本説話集』（新日本古典文学大系）岩波書店　平成二年
『薄雲猫旧話』　東京大学総合図書館蔵本
『うとふ之俤』『山東京傳全集』第九巻（合巻4）　ぺりかん社　平成十八年
『善知安方忠義伝』『山東京伝集』（叢書江戸文庫）国書刊行会　昭和六十二年／『山東京傳全集』第十六巻（読本2）　ぺりかん社　平成九年
『梅主由兵衛頭巾』　東京大学総合図書館蔵本
『梅由兵衛紫頭巾』　国立国会図書館蔵本／『山東京傳全集』第九巻（合巻4）　ぺりかん社　平成十八年
『絵看版子持山姥』　東北大学附属図書館狩野文庫蔵本
『絵兄弟』　国立国会図書館蔵本／『異素六帖　古今俄選　粋宇瑠璃　田舎芝居』（新日本古典文学大系）岩波書店　平成十年
『絵本三国妖婦伝』『絵本稗史小説』一　博文館　大正六年
『絵本実録　天竺徳兵衛蝦蟇妖術』　著者蔵本
『絵本小説　天草軍記』　著者蔵本
『絵本舞台扇』　国立国会図書館蔵本
『艶哉女僊人』『山東京傳全集』第二巻（黄表紙2）　ぺりかん社　平成五年
『役の行者』『室町時代物語大成』第三　角川書店　昭和五十年
『役行者大峰桜』『近松半二浄瑠璃集』一（叢書江戸文庫）国書刊行会　昭和六十二年
『役行者伝記』『古浄瑠璃正本集』第八　角川書店　昭和五十五年
『扇々爰書初』『役者合巻集』（叢書江戸文庫）国書刊行会　平成二年

『逢州執着譚』　国立国会図書館蔵本／『柳亭種彦集』（近代日本文学大系）　国民図書　大正十五年
『近江国犬神物語』『江戸の絵本』Ⅰ　国書刊行会　昭和六十二年
『大江山酒顚童子談』　名古屋市蓬左文庫蔵尾崎久弥コレクション本（文政三年再版本）
『阿国御前化粧鏡』『鶴屋南北全集』第一巻　三一書房　昭和四十六年
『伽婢子』『伽婢子』（新日本古典文学大系）　岩波書店　平成十三年
『音聞七種噺』　東京都立中央図書館加賀文庫蔵本
『小野小町浮世源氏絵』　東京大学総合図書館蔵本
『御曹司島渡』（絵巻）『室町物語草子集』（新編日本古典文学全集）　小学館　平成十四年
『御曹司島渡』（版本）『御伽草子』上（岩波文庫）　岩波書店　昭和六十年
『蟹猿奇談』　国立国会図書館蔵本／沢井耐三『豊橋三河のサルカニ合戦――『蟹猿奇談』』（愛知大学綜合郷土研究所ブックレット）　あるむ　平成十五年
『開巻驚奇俠客伝』『開巻驚奇俠客伝』（新日本古典文学大系）　岩波書店　平成十年
『怪談全書』『怪談名作集』（日本名著全集）　日本名著全集刊行会　昭和二年
『傀儡師筆操』　国立国会図書館蔵本
『加々見山旧錦絵』『江戸作者浄瑠璃集』（叢書江戸文庫）　国書刊行会　平成元年
『照子浄頗梨』『山東京傳全集』第二巻（黄表紙2）　ぺりかん社　平成五年
『加賀見山再岩藤』『黙阿弥全集』第二十一巻　春陽堂　大正十五年
『籠ニ成竹取物語』　東京都立中央図書館加賀文庫蔵本
『敵討天竺徳兵衛』『山東京傳全集』第七巻（合巻2）　ぺりかん社　平成十一年

『甲子夜話』続篇　『甲子夜話続篇』2（東洋文庫）平凡社　昭和五十四年
『葛城物語』『浅井了意集』（叢書江戸文庫）国書刊行会　平成五年
『冠辞筑紫不知火』東北大学附属図書館狩野文庫蔵本
『河内国姥火譚』国立国会図書館蔵本
『関八州繋馬』『近松浄瑠璃集』下（新日本古典文学大系）岩波書店　平成七年
『菊模様皿山奇談』延廣眞治氏蔵本
『嬉遊笑覧』『嬉遊笑覧』五（岩波文庫）岩波書店　平成二十一年
『侠客伝仆撲略説』東京大学総合図書館蔵本
『狂歌百物語』『狂歌画本・狂歌百物語』国書刊行会　平成二十年
『清水清玄行力桜』『歌舞伎台帳集成』第二十六巻　勉誠社　平成三年
『吉利支丹御対治物語』『仮名草子集成』第二十五巻　東京堂出版　平成十一年
『鬼理志端破却論伝』『仮名草子集成』第二十五巻　東京堂出版　平成十一年
『金門五山桐』『石川五右衛門狂言集』（日本戯曲全集）春陽堂　昭和六年
『慶安太平記』『近世実録全書』第十二巻　早稲田大学出版部　昭和四年
『けいせい忍術池』『並木五瓶時代狂言篇』（日本戯曲全集）春陽堂　昭和五年
『傾城島原蛙合戦』『近松全集』第一巻　岩波書店　平成元年
『けいせい睦玉川』『伊達騒動狂言篇』（日本戯曲全集）春陽堂　昭和四年
『元亨釈書』『国史大系』第十四巻　経済雑誌社　明治三十四年
『弘徽殿鵜羽産家』『近松全集』第九巻　岩波書店　昭和六十三年

『好色敗毒散』『浮世草子集』（新編日本古典文学全集）　小学館　平成十二年
『古今著聞集』『古今著聞集』（日本古典文学大系）　岩波書店　昭和四十一年
『古今百物語評判』『続百物語怪談集成』（叢書江戸文庫）　国書刊行会　平成五年
『古事談』『古事談　続古事談』（新日本古典文学大系）　岩波書店　平成十七年
『小女郎蜘蛛怨苧環』　東京都立中央図書館加賀文庫蔵本
『碁太平記白石噺』『浄瑠璃集』（新編日本古典文学全集）　小学館　平成十四年
『木下蔭狭間合戦』『石川五右衛門狂言集』（日本戯曲全集）　春陽堂　昭和六年
『今昔物語集』『今昔物語集』三・四（新日本古典文学大系）　岩波書店　平成五年・六年
『西行撰集抄』　名古屋市蓬左文庫蔵尾崎久弥コレクション本
『咲替花之二番目』　東京都立中央図書館加賀文庫蔵本
『三宝絵』『三宝絵　注好選』（新日本古典文学大系）　岩波書店　平成九年
『三養雑記』『日本随筆大成』第二期六　吉川弘文館　昭和四十九年
『塩尻』『日本随筆大成』第三期十三・十四　吉川弘文館　昭和五十二年
『四天王産湯玉川』『鶴屋南北全集』第七巻　三一書房　昭和四十八年
『四天王剿盗異録』『馬琴中編読本集成　3　四天王剿盗異録』　汲古書院　平成八年
『四天王楓江戸粧』『鶴屋南北全集』第一巻　三一書房　昭和四十六年
『しのたづまつりぎつね付あべノ清明出生』『古浄瑠璃正本集』第四　角川書店　昭和四十年
「忍夜恋曲者」『歌謡音曲集』（日本名著全集）　日本名著全集刊行会　昭和四年
『嶋原記』『仮名草子集成』第三十六巻　東京堂出版　平成十六年

『島村蟹水門仇討』　東京大学総合図書館蔵本
『霜夜星』　国立国会図書館蔵本／『柳亭種彦集』（近代日本文学大系）　国民図書　大正十五年
『拾遺和歌集』『拾遺和歌集』（新日本古典文学大系）　岩波書店　平成二年
『酒呑童子』『御伽草子』下（岩波文庫）　岩波書店　昭和六十一年
『俊傑神稲水滸伝』　上田市立上田図書館花春文庫蔵本／『俊傑神稲水滸伝』（続帝国文庫）　博文館　明治三十五年・三十六年
『続日本紀』『続日本紀』一（新日本古典文学大系）　岩波書店　平成元年
『児雷也豪傑譚』　名古屋市蓬左文庫蔵尾崎久弥コレクション本／『児雷也豪傑譚』（続帝国文庫）　博文館　明治三十一年
『児雷也豪傑譚話』『黙阿弥全集』第二十一巻　春陽堂　大正十五年
『自来也説話』　名古屋市蓬左文庫蔵尾崎久弥コレクション本／『児雷也豪傑譚』（続帝国文庫）　博文館　明治三十一年
『白縫譚』『白縫譚』　国書刊行会　平成十八年
『しらぬひ譚』『黙阿弥全集』第一巻　春陽堂　大正十三年
『新御伽婢子』『江戸怪談集』下（岩波文庫）　岩波書店　平成元年
『新可笑記』『新可笑記』（近世文学資料類従）　勉誠社　昭和四十九年／『井原西鶴集』四（新編日本古典文学全集）　小学館　平成十二年
『殺生石後日怪談』　国文学研究資料館蔵マイクロフィルム
『賤者考』『日本庶民生活資料集成　第十四巻　部落』　三一書房　昭和四十六年

『撰集抄』『撰集抄』（岩波文庫）　岩波書店　昭和四十五年
『全盛伊達曲輪入』『伊達騒動狂言篇』（日本戯曲全集）　春陽堂　昭和四年
『前太平記』『前太平記』上・下（叢書江戸文庫）　国書刊行会　昭和六十三年・平成元年
『磯馴松金糸腰蓑』　東北大学附属図書館狩野文庫蔵本
『曽呂利物語』『江戸怪談集』中（岩波文庫）　岩波書店　平成元年
『醍醐随筆』『杏林叢書』下巻　思文閣　昭和四十六年（大正十五年版の復刻）
『太平記』『太平記』二（日本古典文学大系）　岩波書店　昭和三十六年
『太平百物語』『百物語怪談集成』（叢書江戸文庫）　国書刊行会　昭和六十二年
『伊達競阿国戯場』『伊達騒動狂言篇』（日本戯曲全集）　春陽堂　昭和四年
『達模様判官贔屓』　東京都立中央図書館加賀文庫蔵本
『鳥獣人物戯画絵巻』『サントリー美術館　開館記念特別展　鳥獣戯画がやってきた！――国宝『鳥獣人物戯画絵巻』の全貌』　サントリー美術館・読売新聞社　平成十九年
『椿説弓張月』『椿説弓張月』上・下（日本古典文学大系）　岩波書店　昭和三十三年・三十七年
『土蜘蛛』『謡曲三百五十番集』（日本名著全集）　日本名著全集刊行会　昭和三年
『土蜘蛛草紙』『室町時代物語大成』第九　角川書店　昭和五十六年
『天竺徳兵衛聞書往来』『歌舞伎台帳集成』第十巻　勉誠社　昭和六十一年
『天竺徳兵衛郷鏡』『天竺徳兵衛郷鏡』（未翻刻戯曲集）　国立劇場調査養成部・芸能調査室　昭和五十四年
『天明水滸伝』『近世実録全書』第九巻　早稲田大学出版部　昭和四年
『時話今桜野駒』　国立国会図書館蔵本

『波枕韓聞書』　鵜飼伴子『四代目鶴屋南北論』　風間書房　平成十七年
『南総里見八犬伝』『南総里見八犬伝』二・五〜七（岩波文庫）　岩波書店　平成二年
『日本霊異記』『日本霊異記』（新日本古典文学大系）　岩波書店　平成八年
『濡燕子宿傘』　東京都立中央図書館加賀文庫蔵本
『鼠のよめ入り』『近世子どもの絵本集　江戸篇』　岩波書店　昭和六十年
『鼠花見』『近世子どもの絵本集　江戸篇』　岩波書店　昭和六十年
『旗飄莵水葛葉』　東京大学総合図書館蔵本
『艶競石川染』『石川五右衛門狂言集』（日本戯曲全集）　春陽堂　昭和六年
「板橋三娘子」『唐栄伝奇集』下（岩波文庫）　岩波書店　昭和六十三年
『人武士弓引方』　名古屋市蓬左文庫蔵尾崎久弥コレクション本
『鶊山後日囀』　東京都立中央図書館加賀文庫蔵本
『武江年表』『増訂武江年表』　前野書店　大正十四年
『平家剣巻』『参考源平盛衰記』上　臨川書店　昭和五十七年（『参考源平盛衰記』「剣巻」。改定史籍集覧本の複製）
『ヘマムシ入道昔話』　国立国会図書館蔵本／『草双紙集』（新日本古典文学大系）　岩波書店　平成九年
『保元物語』『保元物語　平治物語　承久記』（新日本古典文学大系）　岩波書店　平成四年
『簠簋抄』「三国相伝簠簋金烏玉兎集の由来」『兵法秘術一巻書　簠簋内伝金烏玉兎集　職人由来書』（日本古典偽書叢刊）　現代思潮新社　平成十六年
『簠簋内伝金烏玉兎集』「清明序」『兵法秘術一巻書　簠簋内伝金烏玉兎集　職人由来書』（日本古典偽書叢刊）

現代思潮新社　平成十六年
『北雪美談時代加賀見』　著者蔵本／『北雪美談時代鏡』（続帝国文庫）　博文館　明治三十四年
『北雪美談時代鏡』『歌舞伎新報』一二〇号　明治十四年一月二十三日
『発心集』『方丈記　発心集』（新潮日本古典集成）　新潮社　昭和五十一年
『本朝列仙伝』『本朝列仙伝』　古典文庫　昭和五十年
『松梅竹取談』『山東京傳全集』第七巻（合巻2）　ぺりかん社　平成十一年
『漫遊記』『怪談名作集』（日本名著全集）　日本名著全集刊行会　昭和二年
『昔話稲妻表紙』『米饅頭始　仕懸文庫　昔話稲妻表紙』（新日本古典文学大系）　岩波書店　平成二年／『山東京傳全集』第十六巻（読本2）　ぺりかん社　平成九年
『往昔赤池法印』　国立国会図書館蔵本
『伽羅先代萩』（歌舞伎）『伽羅先代萩』（演劇叢書）　六合館　明治四十四年
『伽羅先代萩』（浄瑠璃）『浄瑠璃名作集』下（日本名著全集）　日本名著全集刊行会　昭和四年
『戻橋背御摂』『鶴屋南北全集』第五巻　三一書房　昭和四十六年
『桃太郎宝噺』　東京都立中央図書館加賀文庫蔵本
『桃太郎昔語』『近世子どもの絵本集　江戸篇』　岩波書店　昭和六十年
『大和荘子蝶胥笄』　東京大学総合図書館蔵本
『湯尾峠孫杓子』　名古屋市蓬左文庫蔵尾崎久弥コレクション本
『頼豪阿闍梨恠鼠伝』『馬琴中編読本集成　9　頼豪阿闍梨恠鼠伝』　汲古書院　平成十一年
『和漢三才図会』『和漢三才図会』　東京美術　昭和四十五年

◆その他の参考文献

『国史大辞典』第十三巻「益田時貞」の項（煎本増夫執筆）　吉川弘文館　平成四年
『日本古典文学大辞典』第三巻「白縫譚」の項（鈴木重三執筆）　岩波書店　昭和五十九年
『歌舞伎登場人物事典』「常陸坊海尊」の項（鈴木英一執筆）　白水社　平成十八年
『増補落語事典』　青蛙房　昭和五十四年（第七版）
『河鍋暁斎と江戸東京』（展示図録）　河鍋暁斎記念美術館　平成六年
『国立劇場歌舞伎公演』第一五一回（上演パンフレット）　昭和六十三年十二月
麻生磯次『江戸文学と中国文学』　三省堂出版　昭和三十年（再版）
井草利夫「見世物芝居の醍醐味」『国立劇場上演資料集』四一二　日本芸術文化振興会　平成十一年（初出『演劇界』昭和四十七年六月）
伊東清『八代目林家正蔵　正本芝居噺考』　三一書房　平成五年
井上晴樹「杉浦茂は生きている!」『杉浦茂　自伝と回想』　筑摩書房　平成十四年
伊原敏郎『歌舞伎年表』第五巻・第六巻　岩波書店　昭和三十六年
鵜飼伴子『四代目鶴屋南北論』　風間書房　平成十七年
大高洋司「馬琴読本の一展開――『四天王剿盗異録』とその前後――」『近世文芸』第三十九号　昭和五十九年五月
大屋多詠子「馬琴と蟹」『青山語文』第三十九号　平成二十一年三月

尾崎久弥「合巻類と諸動物」『草双紙研究資料叢書』第四巻　クレス出版　平成十八年（初出『草双紙選』改造社　昭和七年）
鹿島萬兵衛『江戸の夕栄』（中公文庫）　中央公論新社　平成十七年（改版）
桂井和雄「犬神統その他」　谷川健一編『日本民俗文化資料集成　第七巻　憑きもの』三一書房　平成二年（初出『土佐の民俗と人権問題』　高知県友愛会　昭和二十八年）
加藤康子・松村倫子『幕末・明治の絵双六』　国書刊行会　平成十四年
上垣外憲一『空海と霊界めぐり伝説』（角川選書）　角川書店　平成十六年
菊池庸介『近世実録の研究』　汲古書院　平成二十年
木村八重子「蛙に乗った七草四郎」『たばこと塩の博物館研究紀要』四　平成三年三月
小池正胤「いわゆる『天竺徳兵衛』ものについてのノート」『言語と文芸』第八十号　昭和五十年六月
小松和彦『異界と日本人　絵物語の想像力』（角川選書）　角川書店　平成十五年
佐竹昭広『酒呑童子異聞』（同時代ライブラリー）　岩波書店　平成四年
佐藤かつら「『児雷也後編譚話』をめぐって――明治期の規制への反応――」『国語と国文学』第八十四巻第六号　平成十九年六月
佐藤悟「『泉親衡物語』と『白縫譚』」『読本研究』第十輯上套　平成八年
佐藤至子「『白縫譚』の土蜘蛛について」『国語と国文学』第八十三巻第五号　平成十八年五月
佐藤至子「幕末の長編合巻における主人公と妖術」『語文』第一三〇輯　平成二十年三月
沢井耐三「『猿蟹合戦』の異伝と流布――『猿が島敵討』考――」　平成二十一年度日本近世文学会春季大会口頭発表　平成二十一年五月（於早稲田大学）

杉浦茂「遠い記憶」『杉浦茂　自伝と回想』　筑摩書房　平成十四年
杉浦茂『少年児雷也』１・２（河出文庫）　河出書房新社　平成十五年
鈴木重三「後期草双紙における演劇趣味の検討」『国語と国文学』第三十五巻第十号　昭和三十三年十月
鈴木重三「草双紙『しらぬひ譚』の世界」『国立劇場歌舞伎公演』第八十四回（上演パンフレット）　昭和五十二年三月
鈴木重三「京伝と絵画」『絵本と浮世絵』　美術出版社　昭和五十四年
鈴木重三「戯作を這い渡る蝦蟇――その妖術の軌跡――」『国立劇場歌舞伎公演』第二一五回（上演パンフレット）　平成十一年十月
須藤真紀「『土蜘蛛草紙』成立の背景をめぐって」『説話文学研究』第三十七号　平成十四年六月
高木元『江戸読本の研究』　ぺりかん社　平成七年
高田衛『新編江戸の悪霊祓い師』（ちくま学芸文庫）　筑摩書房　平成六年
田口文哉「『擬人化』の図像学、その物語表現の可能性について」『美術史』第一六〇冊　平成十八年三月
田村成義『続続歌舞伎年代記　乾』　鳳出版　昭和五十一年（市村座・大正十一年版の複製）
崔官『文禄・慶長の役』（講談社選書メチエ）　講談社　平成六年
堤邦彦『近世説話と禅僧』　和泉書院　平成十一年
永井啓夫『新版三遊亭円朝』　青蛙房　平成十年
中野晴行編『杉浦茂の摩訶不思議世界　へんなの…』　晶文社　平成二十一年
中前正志「ある矢取地蔵をめぐる覚書」『女子大国文』第一三三号　平成十五年六月
錦三郎『飛行蜘蛛』　笠間書院　平成十七年

延廣眞治編、二村文人・中込重明著『落語の鑑賞201』新書館　平成十四年
俳筋力の会編『無敵の俳句生活』ナナ・コーポレート・コミュニケーション　平成十四年
服部幸雄「仁木弾正の鼠」『日本歴史』第五七二号　平成八年一月
三橋順子『女装と日本人』（講談社現代新書）講談社　平成二十年
南里みち子『怨霊と修験の説話』ぺりかん社　平成八年
向井信夫「『児雷也豪傑譚』くさぐさ」『国立劇場歌舞伎公演』第七十一回（上演パンフレット）昭和五十年三月
森銑三「饗庭篁村」『新編明治人物夜話』（岩波文庫）岩波書店　平成十三年
吉原素子・吉原高志訳『初版グリム童話集』2　白水社　平成九年

# 図版所蔵先一覧

カラー口絵

三代目歌川豊国「清書七いろは　まさかど　滝夜叉姫　大屋太郎」　著者
三代目歌川豊国「清書七いろは　らいがう　清水冠者よし高」　著者
三代目歌川豊国「豊国揮毫奇術競　藤浪由縁之丞」　国立国会図書館
三代目歌川豊国「豊国揮毫奇術競　蒙雲国師」　国立国会図書館

隠形の術

1　『桃太郎昔語』　東京都立中央図書館加賀文庫
2　『俊傑神稲水滸伝』　上田市立上田図書館花春文庫
3　『逢州執着譚』　国立国会図書館

飛行の術

4　『葛城物語』　東北大学附属図書館狩野文庫
5　『小野小町浮世源氏絵』　東京大学総合図書館

6 『旗飄莵水葛葉』 東京大学総合図書館
7 『梅主由兵衛頭巾』 東京大学総合図書館
8 『冠辞筑紫不知火』 東北大学附属図書館狩野文庫
9 『冠辞筑紫不知火』 東北大学附属図書館狩野文庫
10 『音聞七種噺』 東京都立中央図書館加賀文庫
11 『音聞七種噺』 東京都立中央図書館加賀文庫
12 『児雷也豪傑譚』 名古屋市蓬左文庫蔵尾崎久弥コレクション
13 『児雷也豪傑譚』 名古屋市蓬左文庫蔵尾崎久弥コレクション
14 『白縫譚』 名古屋市蓬左文庫蔵尾崎久弥コレクション
15 『白縫譚』 著者
16 『白縫譚』 著者
17 『北雪美談時代加賀見』 著者

**分身と反魂の術**

18 『絵兄弟』 国立国会図書館
19 『艶哉女僊人』 東京都立中央図書館加賀文庫
20 『俠客伝仆撲略説』 東京大学総合図書館
21 『開巻驚奇俠客伝』 成城大学図書館
22 『開巻驚奇俠客伝』 成城大学図書館

23『好色敗毒散』 大東急記念文庫
24『西行撰集抄』 名古屋市蓬左文庫蔵尾崎久弥コレクション

**蝦蟇の術**

25『絵本小説 天草軍記』 著者
26『絵本小説 天草軍記』 著者
27『敵討天竺徳兵衛』 鈴木重三氏
28『敵討天竺徳兵衛』 鈴木重三氏
29『敵討天竺徳兵衛』 鈴木重三氏
30『善知安方忠義伝』 個人
31『善知安方忠義伝』 個人
32『善知安方忠義伝』 個人
33『うとふ之俤』 鈴木重三氏
34『善知安方忠義伝』 個人
35『自来也説話』 名古屋市蓬左文庫蔵尾崎久弥コレクション
36『自来也説話』 名古屋市蓬左文庫蔵尾崎久弥コレクション
37『児雷也豪傑譚』 名古屋市蓬左文庫蔵尾崎久弥コレクション
38『児雷也豪傑譚』 著者
39『児雷也豪傑譚』 名古屋市蓬左文庫蔵尾崎久弥コレクション

40 『児雷也豪傑譚』 著者
41 『児雷也豪傑譚』 名古屋市蓬左文庫蔵尾崎久弥コレクション
42 『児雷也豪傑譚』 名古屋市蓬左文庫蔵尾崎久弥コレクション

**鼠の術**

カラー 三代目歌川豊国「伊達競阿国戯場」 早稲田大学演劇博物館
43 『昔話稲妻表紙』 鈴木重三氏
44 『昔話稲妻表紙』 鈴木重三氏
45 『昔話稲妻表紙』 鈴木重三氏
46 『人武士弓引方』 名古屋市蓬左文庫蔵尾崎久弥コレクション
47 『絵本舞台扇』 国立国会図書館
48 『頼豪阿闍梨恠鼠伝』 東京大学文学部国文学研究室
49 『濡燕子宿傘』 東京都立中央図書館加賀文庫
50 『安達原氷之姿見』 東京都立中央図書館加賀文庫
51 『咲替花之二番目』 東京都立中央図書館加賀文庫
52 『咲替花之二番目』 東京都立中央図書館加賀文庫
53 『籠ニ成竹取物語』 東京都立中央図書館加賀文庫
54 『新可笑記』 古典文庫
55 『霜夜星』 独立行政法人国立文化財機構東京文化財研究所

**蜘蛛の術**

56『白縫譚』著者
57『白縫譚』著者
58『白縫譚』名古屋市蓬左文庫蔵尾崎久弥コレクション
59『白縫譚』東京大学総合図書館
60『白縫譚』著者
61『扇々爰書初』鈴木重三氏
62『扇々爰書初』鈴木重三氏
63『梅由兵衛紫頭巾』国立国会図書館
64『絵看版子持山姥』東北大学附属図書館狩野文庫
65『絵看版子持山姥』東北大学附属図書館狩野文庫

**蝶の術**

66『北雪美談時代加賀見』著者
67『北雪美談時代加賀見』著者
68『北雪美談時代加賀見』著者
69『北雪美談時代加賀見』著者
70『妹背山長柄文台』名古屋市蓬左文庫蔵尾崎久弥コレクション

71 『松梅竹取談』 鈴木重三氏

72 『松梅竹取談』 鈴木重三氏

73 『菊模様皿山奇談』 延廣眞治氏

**妖術を使う動物**

74 『殺生石後日怪談』 国文学研究資料館蔵マイクロフィルム

75 『湯尾峠孫杓子』 名古屋市蓬左文庫蔵尾崎久弥コレクション

76 『近江国犬神物語』 財団法人東洋文庫岩崎文庫

77 『鶬山後日囀』 東京都立中央図書館加賀文庫

78 『磯馴松金糸腰蓑』 東北大学附属図書館狩野文庫

79 『島村蟹水門仇討』 東京大学総合図書館

80 『傀儡師筆操』 国立国会図書館

81 『椿説弓張月』 国立国会図書館

**妖術を使う人々**

カラー 歌川芳艶「破ニテ奇術ニ頼光袴垂ヲ為レ搦《きじゆつをやぶってよりみつはかまだれをからめんとす》」 悳俊彦氏

82 『大江山酒顚童子談』 名古屋市蓬左文庫蔵尾崎久弥コレクション

83 『白縫譚』 名古屋市蓬左文庫蔵尾崎久弥コレクション

84 『四天王剿盗異録』 明治大学図書館

愛される妖術使い

カラー　歌川芳艶「自来也妙香山の図」　悳俊彦氏
85　『児雷也豪傑譚』　名古屋市蓬左文庫蔵尾崎久弥コレクション
86　『白縫譚』　著者
87　『北雪美談時代加賀見』　著者
88　『ヘマムシ入道昔話』　国立国会図書館
89　『児雷也豪傑譚』　名古屋市蓬左文庫蔵尾崎久弥コレクション
90　『児雷也豪傑譚』　著者
91　『絵本実録　天竺徳兵衛蝦蟇妖術』　著者
92　『絵本実録　天竺徳兵衛蝦蟇妖術』　著者
93　杉浦茂『少年児雷也』第一回　『少年児雷也』1　河出文庫
94　杉浦茂『少年児雷也』第一回　『少年児雷也』1　河出文庫
95　杉浦茂『少年児雷也』第四回　『少年児雷也』1　河出文庫

# あとがき

平成二十一年（二〇〇九）六月十三日、約一年ぶりに生《なま》で「死神」を聴いた。演者は柳家喬太郎、吉祥寺・前進座劇場での一席である。

金の工面がつかず死のうとしている男が、道で死神に出会う。死神は男に儲け話を教える。――医者と称して往診に行き、寝ている病人をみろ。死神が足元にいたら、呪文をとなえれば退散する。病人はすぐ治り、謝礼がもらえるだろう。死神が枕元にいたら、それは寿命だから手を出してはいけない。

男は死神を退散させるための呪文を教わり、病人を治しては大儲けする。いい気になった男は女房を離縁して取り巻きの女たちと上方旅行に出かけ、金を使い果たして江戸に戻る。再び医者を始めるが、今度は一向に依頼がない。ある大店《おおだな》に呼ばれて行くと死神は病人の枕元にいる。男は高額の謝礼に目がくらみ、死神の眠りかけたすきに病人の寝床を半回転させ、呪文をとなえて死神を退散させる。

謝礼を得た男は帰り道で以前の死神につかまり、狭くて暗い所に連れて行かれる。そこには人の寿命を表すろうそくが並んでいた。男のろうそくは先ほどの病人のものと入れ替わっており、燃え尽きる寸前である。死神は男に新しいろうそくを渡し、火を移すことができれば寿命を延ばせると言う。男はふるえながら火を移そうとするが、失敗して死ぬ。

聴きながら、これは〈妖術使いの物語〉だということにあらためて気がついた。異人（死神）との遭遇、呪文の伝授、妖術の濫用とその報いとしての死。本書で見てきたさまざまな物語のなかにも、こうした要素を持つものがあった。

死神は、男を助けるつもりで、他人の生死を見分ける力と死神を退散させるわざを教えた。だがタナボタで尋常ならざるわざを会得した男は、金が欲しい一心から禁忌を破ってしまう。サゲは演者によってさまざまだ。男が火の移し替えに成功しながらクシャミをして消してしまう形もある。が、この日の喬太郎はそういう滑稽味のあるサゲではなかった。火を移そうとする男の傍らで、死神が「消える…」と言うだけだ。男は死ぬ。喬太郎は無言で前のめりに倒れる。禁忌を破った報いの恐ろしさが伝わってくる終わり方である。

ところで「死神」は、もとから日本にあった噺ではない。三遊亭円朝（天保十年〜明治三十三年〔一八三九〜一九〇〇〕）が『グリム童話』の「死神の名づけ親」を基に創作したものと言われている（永井啓夫『新版三遊亭円朝』、『落語の鑑賞２０１』）。原典の『グリム童話』を見ると、初版（一八一二〜一五年刊）に収められた「死神の名づけ親」は死神が男に燃え尽きようとしているろうそくを見せるところで終わっているが、第二版以降では、死神がわざと手を滑らせてろうそくの火を消し、男が死ぬという結末が付加されている（『初版グリム童話集』２）。努力もせずに身につけたわざが、結局は自分の身を滅ぼす。こうした教訓性は、洋の東西を問わないのだろう。「死神」の男は妖術使いとしては小物《こもの》である。本書で紹介してきた妖術使いたちも、大物もいれば小物もおり、主役もいれば脇役もいた。だが、たとえ端役でも妖術使いが出てくると物語は一気に幻想味をおび、面白くなってくる。妖術に奇怪な動物がからんだり、派手な戦いが展開されたりすれば十分に見せ場である。

妖術そのものは空想の産物である。だが妖術のなかみとその使い手との関係や、登場人物が妖術使いになる理由には、それなりに合理性が感じられることが多い。そういったことも〈妖術使いの物語〉が多くの人に楽しまれてきた理由の一つだろう。

『白縫譚』を読んだのがきっかけで、妖術使いの出てくる合巻に興味を持つようになり、論文「幕末の長編合巻における主人公と妖術」を書いた。この小論の内容は本書のあちこちに生かされている。日頃親しんでいる合巻から出発して、他の分野にどれだけ目配りできるかが課題だったが、資料は調べれば調べるほど見つかるものだ。十のテーマのなかではふれることのできなかったものもあるし、存在は知りながら未調査のものもある。まだまだ多くの〈妖術使いの物語〉が、この世のどこかで読者の訪れを待っているに違いない。

本書をなすにあたり、延廣眞治先生、佐藤かつら氏、服部仁氏、服部直子氏、早川由美氏から多くのご教示を頂いた。また図版の使用に際し、個人及び諸機関の御協力を賜った。深謝申し上げる。そして国書刊行会の清水範之氏には今回も大変お世話になった。心から御礼申し上げる。

**佐藤至子**さとう　ゆきこ
一九七二年、千葉県生まれ。

東京大学大学院博士課程修了。

博士（文学）。

現在、日本大学文理学部准教授。

専攻、日本近世文学。

著書に、『江戸の絵入小説――合巻の世界』（ぺりかん社、二〇〇一年）、『山東京伝』（ミネルヴァ書房、二〇〇九年）、編・校訂書に『白縫譚』（上・中・下、国書刊行会、二〇〇六年）などがある。

**妖術使《ようじゅつつか》いの物語《ものがたり》**

二〇〇九年九月八日初版第一刷印刷
二〇〇九年九月十八日初版第一刷発行

**著者**　佐藤至子
**発行者**　佐藤今朝夫
**発行所**　株式会社国書刊行会
東京都板橋区志村一―十三―十五　〒一七四―〇〇五六
電話〇三―五九七〇―七四二一
ファクシミリ〇三―五九七〇―七四二七
URL : http://www.kokusho.co.jp
E-mail : info@kokusho.co.jp
**装訂者**　間村俊一
**印刷所**　明和印刷株式会社
**製本所**　株式会社ブックアート
ISBN978-4-336-05108-0 C0095

## 白縫譚

高田衛 監修
佐藤至子 編・校訂

菊判／七九二頁・七六〇頁・七一二頁／揃定価九二四〇〇円

群雄割拠する戦国時代の九州を舞台に、謀計に斃れた豊後国臼杵城主大友宗麟の遺児として、変幻自在の妖術を操り、御家再興と九州平定を誓う、美貌の妖賊・若菜姫の活躍を壮大なスケールで描いた、全九十編にも及ぶ合巻中の最大にして最高の傑作伝奇長篇。泉鏡花によって「江戸児の張と意気地」を体現した女性像が賞賛され、江戸川乱歩が原本を愛蔵していた事でも知られる、幻の幕末のベストセラー小説。原本の挿絵も全て収録。

## 幕末明治百物語

一柳廣孝・近藤瑞木 編

四六判／三〇四頁／定価二九四〇円

時は明治二十六年、場所は浅草奥山閣、三遊亭円朝、五世菊五郎ら、大通連が一堂に会した。ハーンの著作の原話としても名高い、明治二十七年刊・扶桑堂版『百物語』が、読みやすくなって、ここに復活！

よみがえる講談の世界

## 安倍晴明

三代目旭堂小南陵・杉本好伸 編

四六判／二四六頁／定価二五二〇円

宿敵・蘆屋道満との祈禱対決に勝利した晴明ではあったが、その身には復讐に燃える道満と、天下を狙う謀反人・藤原元方の魔の手が忍び寄る。三代目旭堂小南陵による完全新録音のＣＤ（録音時間約60分）付き。

定価は改定することがあります。